L'expédition

DOECURU

Publié pour la première fois par Fukuinkan Shoten Publisher, Inc., Tokyo, Japon en 2018 sous le titre *DOEKURU Expedition Party* (titre anglais)

Pour la présente édition publiée avec l'accord
de Fukuinkan Shoten Publishers, Inc., Tokyo,
par l'intermédiaire du Bureau des Copyrights Français, Tokyo :

ISBN 979-10-352-0492-1

Éditrice : Charline Vanderpoorte
Assistante d'édition : Juliette Gaillard
Conception graphique couverture : Florie Briand
Maquette intérieure : Amandine Chambosse

Loi n° 49-956 du 16 juillet 1949 sur les publications destinées à la jeunesse

Mato Kusayama
草山万兎 作

Taiyô Matsumoto
松本大洋 画

L'expédition DOECURU

Première partie
La maisonnée du Père Kazé

Traduit du japonais par Myriam Dartois-Ako

EDITIONS THIERRY MAGNIER

Mato Kusayama, de son vrai nom Masao Kawai (1924-2021), est un primatologue japonais. Il a notamment mis en œuvre le concept de kyôkan (une forme de recherche très subjective et empathique qui consiste à baser son étude sur la relation et l'attachement créés entre le chercheur et son objet d'étude) comme moyen d'étudier les primates, dans son ouvrage *Life of Japanese Monkeys* en 1969. Il est aussi l'auteur de *Des pieds et des mains*, publié en 1995.

Taiyô Matsumoto est un auteur de manga né le 25 octobre 1967 à Tokyo au Japon. Il développe son propre univers à travers des mangas dont le style graphique et la narration sont très éloignés de la majorité des productions japonaises. Il est notamment reconnu pour les mangas *Amer Béton* (1993-1994) et *Ping-pong* (1996) qui ont été adaptés en séries d'animation. Tout au long de sa carrière, Taiyô Matsumoto a reçu de nombreux prix : le Prix Spécial de l'Association des auteurs de bande dessinée japonais en 2001, le Prix culturel Osama Tezuka en 2011 ou encore le Prix Micheluzzi de la meilleure série de bande dessinée étrangère en 2017. Il a aussi fait partie des sélections officielles 2012 et 2015 du Festival international de la bande dessinée d'Angoulême.

Myriam Dartois-Ako est traductrice de littérature japonaise contemporaine, en particulier des romans d'Ogawa Ito, Durian Sukegawa, Motoya Yukiko ou encore Nakamura Fuminori. Fondatrice de *Nouvelles du Japon*, un site pensé pour ouvrir la littérature japonaise à un large public, faire découvrir de nouveaux auteurs et tisser une communauté de traductrices et traducteurs du japonais vers le français, elle vit au Japon.

Les personnages de cette histoire sont...

Taketsuno Yatagarasu
Le corbeau messager
à trois pattes

Yûza
Ours noir d'Asie

Yukimaru
Sixième génération
du chien bien-aimé
du prince Shôtoku Taishi

Goppé
Belette

Kurokoma
Cinquième génération du cheval bien-aimé
du prince Shôtoku Taishi

Ryûji Yamaji
Jeune garçon de 12 ans

Sayuri Fujino
Jeune fille de 12 ans

Père Kazé
Aussi appelé Professeur Taishi

Pompino et Pompina
Couple de tanukis

Belkahaya
Tchitrec du Japon

Touwabien
Singe bonobo

Zuguro
Mystérieuse chouette boréale
à tête noire

Chôji
Lièvre

Kikki
Macaque japonais

Horaji
Loutre de rivière

CHAPITRE PREMIER

Yatagarasu le corbeau messager

L'extrémité de la canne à pêche frémit.

La canne serrée dans sa main droite, Ryûji en scruta le bout, aux aguets. Si le fil à la surface de l'eau se tendait, la faisant ployer, il devrait la relever sans perdre une seconde.

Il pratiquait ce qu'on appelle la pêche à la calée.

La pêche classique, c'est la pêche à la ligne. À la pêche à la ligne, quand il mord, le poisson tire sur l'hameçon et le bouchon s'enfonce dans l'eau. On relève alors la canne, avec la prise au bout.

À la pêche à la calée, on n'utilise pas de bouchon. On fixe des plombs, plus ou moins lourds, une quinzaine de centimètres au-dessus de l'hameçon qu'on lance dans l'eau. On cale la canne à pêche sur un support en forme de Y. Quand il mord, le poisson tire sur le fil qui fait ployer la canne, et la technique consiste alors à la relever aussitôt pour ferrer la prise. C'est ainsi qu'on attrape les gros poissons qui vivent au fond de l'eau, comme le silure ou le *kamatsuka*. Il arrive même qu'on pêche une anguille ou une carpe.

Ryûji gardait les yeux sur l'extrémité de sa canne à pêche, mais au bout d'un moment, elle cessa complètement de bouger.

– Et zut ! cria-t-il avec exagération avant de se laisser tomber en arrière sur l'herbe, les bras en croix.

Le mois de mars tirait à sa fin ; la brise annonciatrice du printemps, encore fraîche, était agréable. Sur les berges, une foule de renoncules en bouton ondulait sous le vent. Dans deux petites semaines, l'herbe serait tapissée de fleurs jaunes.

– Ça ne mord vraiment pas, aujourd'hui ! Où sont passés les poissons ? lança sa camarade de classe Sayuri, installée un peu plus loin avec sa canne à pêche.

Elle pêchait à la ligne et n'avait pris qu'un petit chevesne foncé.

– Pardon, c'est de ma faute. Il faut des vers rouges, c'est clair. J'aurais dû aller en chercher. Tout ça parce que j'ai eu la flemme... Avec les simples vers de terre du champ derrière chez moi, ça ne mord pas, s'excusa Ryûji, désolé.

– À moins d'avoir très faim, moi non plus je ne mange pas ce que je n'aime pas tellement. Les poissons sont pareils.

Sayuri posa sa canne à pêche sur l'herbe et vint s'asseoir à côté de Ryûji. Au même moment, une ombre passa devant ses yeux, aussi rapide qu'une flèche.

– Qu'est-ce que c'est ? Un papillon ?

Ryûji se redressa.

– C'est un échancré. Regarde la drôle de tête qu'il a avec sa longue trompe !

– Je te reconnais bien là, Ryûji l'amoureux des insectes. Tu l'as identifié tout de suite. Mais ils sont de sortie alors qu'il fait encore froid ?

– Oui, parce que c'est un papillon déjà adulte quand l'hiver arrive ; il reprend son envol dès le début du printemps. Il a déjà vécu toute une année et souvent, ses ailes sont abîmées ; ça ne fait pas de beaux spécimens, mais moi je les aime bien.

Sayuri s'allongea elle aussi sur le dos. Dans le ciel d'un bleu pur flottait un unique nuage. Tel un galion, il voguait lentement vers l'est.

– Il est bientôt dix heures. Il va falloir que je rentre. Ta tante aussi doit se faire du souci, non ? s'inquiéta Sayuri en vérifiant la hauteur du soleil dans le ciel.

Ryûji, orphelin, vivait avec sa tante.

– Non, ça va. Elle est partie en voyage avec une amie.

– Ah bon ?... On a beau être venus de bon matin, c'est plutôt raté aujourd'hui.

La pêche, c'est mieux tôt le matin ou en fin d'après-midi. Parce que les poissons sont actifs, à la recherche de nourriture.

– Il y a des jours comme ça. Dans la vie, parfois on a de la chance, et parfois non. C'est pareil. Même si aujourd'hui c'est aussi un peu à cause des appâts, répondit Ryûji assez mollement.

Ensuite, ils restèrent à regarder le ciel en silence.

À douze ans, ils venaient de décrocher leur certificat d'études, au début du mois de mars. Sasagawachô, où ils vivaient, était une petite ville de six mille habitants située presque parfaitement au milieu d'une cuvette entourée de collines ; ici, beaucoup d'enfants commençaient à travailler dès la fin du cycle primaire. On était en 1935 (an 10 de l'ère Shôwa) ; l'école primaire était obligatoire et gratuite, mais pas le collège. Seuls les enfants de familles aisées pouvaient continuer leurs études. Pour les autres, même les meilleurs élèves, c'était hors de question.

Les parents de Ryûji avaient divorcé quand il avait trois ans ; sa mère l'avait ensuite élevé seule, mais elle s'était épuisée au travail et était morte de maladie lorsqu'il avait six ans. Depuis, c'était Junko, la sœur cadette de celle-ci, qui tenait lieu de mère à Ryûji. Elle était célibataire et elle avait un travail.

Le rêve de Ryûji était de devenir zoologiste. Pour cela, il fallait d'abord entrer au collège, puis poursuivre des études dans une école spécialisée ou à l'université. Malgré ses bonnes notes, il avait dû faire une croix sur ses projets, puisqu'il lui était impossible de payer les frais de scolarité.

À partir du mois d'avril, il entrerait en apprentissage chez son oncle d'Osaka, un important grossiste en céréales. Il avait l'intention de travailler de toutes ses forces pour mettre de l'argent de côté et s'inscrire à des cours du soir, mais le métier de grossiste en céréales ne semblait pas être de tout repos. Si le travail principal était sûrement la livraison du riz et des diverses céréales, celui du commis ne s'arrêtait pas là. Il serait à la fois garçon de courses et employé de maison.

Et puis, comme il vivrait chez son oncle, il devrait sans doute travailler du petit matin jusque tard dans la soirée.

En étant logé, nourri et blanchi, il ne pourrait pas compter sur un gros salaire. D'après tante Junko, l'oncle était un homme gentil, quelqu'un de bien, mais... Sûrement Ryûji n'aurait-il ni le temps ni l'argent nécessaires aux cours du soir.

Y penser assombrissait son humeur, et son inquiétude enflait.

Comme pour balayer ses angoisses, la voix claire de Sayuri s'éleva :

– Tu vas travailler chez ton oncle à Osaka, c'est ça ?

– Oui, même si je n'en ai pas très envie. Je voulais suivre des cours du soir, mais je crois que ça va être impossible...

– Je comprends ce que tu ressens. Moi, il a été décidé que je serai ouvrière dans une filature de la région du Shinshû. Je ne sais pas quand on pourra se revoir... Si, au moins, on avait attrapé de gros poissons pour notre dernière partie de pêche ! Cette mauvaise pêche, ce n'est pas un très bon présage pour l'avenir. Mais quoi qu'il arrive, on s'en sortira.

Elle eut un petit rire teinté d'amertume. Ryûji répondit, surpris :

– Ouvrière dans une filature ? C'est un travail très dur ! Il paraît que les ouvrières du textile sont exploitées comme des esclaves, qu'elles souffrent de malnutrition et que beaucoup d'entre elles attrapent la tuberculose... Ça ne t'inquiète pas, Sayuri ?

– L'histoire misérable des ouvrières, c'est du passé. C'est vrai que le travail semble difficile, mais on n'est plus traitées comme autrefois. Ça ira, je ne me fais pas de souci.

– Oui, mais quand même... C'est quoi, ton rêve d'avenir ?

– Mon rêve ? Je ne rêve de rien. Je verrai bien ce qui m'attend, au jour le jour. On a beau se débattre, ce qui est impossible reste impossible, et puis, comme on dit : *Tout vient à point à qui sait attendre.*

Ryûji afficha un air dubitatif.

– Hum, je ne suis pas convaincu. Quelque part, c'est comme si tu attendais que les choses te tombent du ciel...

– Non, je n'espère pas que ça me tombe tout rôti dans le bec. C'est ma mère qui disait qu'il existe des rouages plus grands, invisibles à chacun. Chaque dent du rouage transporte un bonheur ou un malheur. Peut-être que c'est plus simple d'imaginer une grande roue de fête foraine. Dans une nacelle, il y a la déesse du bonheur, et dans une autre, un démon. Une nacelle différente arrive devant chacun. Certains auront plusieurs fois de la chance, tandis que d'autres auront surtout des malheurs. Et alors, quand la bonne fortune se présente, l'important, c'est de s'en emparer fermement, sans précipitation. Il y a des gens devant qui elle passe plusieurs fois mais ils la laissent filer sans la remarquer, et d'autres qui, impatients, se jettent sur le malheur. Certains se plaignent d'être malchanceux : c'est qu'ils n'ont pas su saisir l'opportunité. Tu sais, je n'entends pas rester ouvrière toute ma vie. Quand ma chance se présentera, je n'ai pas l'intention de la laisser passer.

Elle avait lancé ces derniers mots vers le ciel.

– Tu as des idées extraordinaires, Sayuri ! Moi j'aime bien réfléchir, mais je vois plutôt le mauvais côté des choses et je finis toujours par me faire du mouron. Ta façon de penser est intéressante. J'ai tout de même une question. Je peux te la poser ? demanda Ryûji en frissonnant sous la brise printanière.

« Par exemple, on peut être grièvement blessé, ou même mourir dans un tremblement de terre. Ou alors, on peut avoir le malheur de voir sa maison et sa famille emportées par des inondations, d'être le seul survivant. Mais ça, ce ne sont pas des choses que l'on attrape ou que l'on saisit soi-même. Comment envisages-tu ces cas-là ? »

– Ah ah ! fit Sayuri dans un éclat de rire. Bonne question. Personne n'a envie d'attraper au vol une telle mauvaise fortune, c'est sûr. Quand une catastrophe se produit, on est nombreux à être frappés par le malheur, ce n'est pas seulement soi. Des dizaines, des centaines, voire des milliers de gens sont touchés en même temps... Dans ces cas-là, il s'agit du sort ou du destin. Ce sont des choses auxquelles on ne peut rien. Ce dont je parlais tout à l'heure, c'est la façon dont chacun mène son existence. Où en est la grande roue invisible de la fortune qui tourne devant moi ? Voilà une question intéressante...

Ils gardèrent le silence, chacun perdu dans ses pensées.

« C'est une drôle de fille, Sayuri », se disait Ryûji en se rappelant leur première rencontre.

Elle était arrivée à l'école en quatrième année. Les classes n'étaient pas mixtes ; Ryûji était dans la classe des garçons et Sayuri dans celle des filles mais, rapprochés par leur amour commun des animaux, ils étaient vite devenus amis. Sayuri remarquait souvent ce qui échappait aux autres et émettait des avis pertinents, ce qui impressionnait toujours Ryûji. Sans donner l'impression de beaucoup travailler, elle figurait parmi les meilleures élèves de sa classe ; elle aimait lire et savait plein de choses.

Elle vivait avec son père. La maison était tenue par une bonne qui venait quotidiennement. Il ignorait si sa mère était morte ou si ses parents avaient divorcé. Son père, dans l'import-export *a priori*, était souvent en déplacement ; parfois, il ne rentrait pas pendant deux ou trois semaines. Un jour, Ryûji avait demandé à Sayuri si elle n'était pas triste, et elle avait répondu, impassible :

– Pas du tout. Parce que j'ai mes livres.

La rumeur voulait que son père, M. Fujino, ne soit pas son vrai papa, mais cela n'avait aucune importance. Pour Ryûji, cela ne changeait rien au fait que Sayuri était une amie avec qui il s'entendait très bien. Et puis, ils s'apprêtaient tous les deux à entrer dans la vie active, c'était encore un point commun.

Ryûji, toujours allongé, cueillit quelques brins d'herbe pour les mâcher. Le jus lui rafraîchit le palais. Un peu amer, il avait le goût du printemps.

– Sayuri, si je t'apprenais un de mes jeux préférés ?

– Qu'est-ce que c'est ? Dis-moi.

Elle le regarda en relevant seulement la tête.

– Alors, on entrouvre les yeux de façon à voir le ciel entre ses cils. C'est tout. Et les nuages passent en flottant derrière le rideau des cils. Ils ont plein de formes différentes. Tiens, un dinosaure ! Ah, sa queue s'est transformée en serpent. Essaie, pour voir.

Sayuri ferma les yeux avant de relever un tout petit peu les paupières. À travers le filtre de ses cils, le paysage apparaissait flou. Dans le ciel bleu, des nuages dérivaient placidement vers l'est. Les cumulus, qui d'habitude lui paraissaient tout blancs, étaient assez contrastés, quand on les regardait bien : un tas de motifs se dessinaient sur leur fond blanc.

– C'est vrai, c'est amusant. Tiens, une souris roulée en boule. N'y aurait-il pas un chat…

Hoookekyo ! lança une bouscarle chanteuse du haut d'un arbre voisin.

– Elle chante comme un pied ! Elle manque d'entraînement, remarqua Sayuri en riant.

Hoookekyo, kekyokekyon, kekyokekekyo, kekyon !

Incapable de s'empêcher d'éclater de rire, Sayuri ouvrit grand les yeux.

Le ciel d'un bleu pur la submergea.

– J'adore penser à tout et à rien, allongé comme ça sur l'herbe à regarder le ciel, lança Ryûji. Le plus amusant, c'est quand on se mouille les cils. Parce que ça fait un arc-en-ciel. C'est beau. C'est ma mère qui m'a appris ça.

– Elle est morte quand tu avais six ans, n'est-ce pas ?

– Oui. Elle me l'a appris quand elle était encore en forme. Et alors, juste après sa mort, je regardais le ciel entre mes cils quand les larmes me sont montées aux yeux, et ça a dessiné un arc-en-ciel. Maman se tenait dessus. Elle posait sur moi son regard doux. La surprise m'a fait pleurer pour de bon et l'arc-en-ciel a disparu. Après, j'en ai revu plein en me mouillant les cils, mais maman n'est jamais revenue. Ce n'est pas grave. Parce que juste rêvasser ainsi, c'est chouette aussi.

Sayuri garda le silence. Elle était terriblement triste. Elle aussi avait perdu sa mère, quand elle avait huit ans.

Un jour, je m'allongerai toute seule sur l'herbe et je dessinerai un arc-en-ciel sur mes cils pour faire revenir maman. Cette idée lui réchauffa le cœur, comme si un arc-en-ciel avait soudain jailli en elle.

– Merci, Ryûji. J'essaierai bientôt.

Ensuite, ils restèrent encore un moment à contempler le ciel.

Le soleil désormais plus haut, la brise s'était réchauffée. Emmitouflés dans la bonne odeur d'herbe, les deux enfants qui s'étaient levés tôt sentaient leurs paupières s'alourdir.

À leur droite se dressait un micocoulier de Chine, un arbre à feuilles caduques dont les jeunes feuilles n'éclosent qu'au mois de mai.

Le grand arbre attirait toujours des oiseaux. Lesquels étaient là aujourd'hui ? se demanda Sayuri en le scrutant pour lutter contre le sommeil.

« Vous êtes bien Sayuri et Ryûji ? »

– Comment ? s'exclama-t-elle.

Elle avait cru qu'on l'appelait.

Un corbeau était perché sur une branche en hauteur. Plus gros qu'un corbeau normal, il avait un plumage luisant, d'un noir de jais profond.

Alors qu'elle se redressait pour mieux le voir, l'imposant oiseau sauta sur une branche plus proche.

Son bec épais, encore plus long que celui de la corneille noire, semblait fait d'acier trempé. Quelques moustaches s'étiraient de chaque côté et, sur son large poitrail tout noir, des plumes blanches dessinaient une étoile.

Sayuri, comme confrontée à un émissaire venu d'un pays mystérieux, se sentait pleine de révérence. Elle éprouvait de la confiance, plus que de la crainte, c'était étrange.

« Ce corbeau nous a appelés par nos prénoms, j'en suis certaine. »

Davantage qu'une voix inarticulée, cela avait été comme une vibration dans sa poitrine.

– Monsieur le corbeau, vous m'avez appelée ? Comment connaissez-vous mon prénom ? demanda-t-elle en se levant.

– Hum ? Qu'est-ce que tu dis, Sayuri ? Qu'y a-t-il ?

Ryûji, qui sommeillait, avait ouvert les yeux et s'était redressé, ébahi.

– Regarde, le corbeau là-bas !

Il eut une surprise lorsqu'il posa les yeux sur la branche du micocoulier à l'invitation de Sayuri. Un gros corbeau comme il n'en avait jamais vu le regardait. De ses yeux couleur d'obsidienne émanait une lueur bienveillante.

– Tu es Ryûji, n'est-ce pas ?

Il avait nettement entendu la voix résonner au plus profond de lui-même.

Sidéré, il dévisagea l'oiseau et bredouilla :

– Euh, oui…

– Mon maître m'a confié une lettre.

Sans un bruit, le gros corbeau vint se poser au sol et, s'approchant doucement des enfants, il s'inclina profondément devant eux.

Ryûji s'empressa de lui rendre sa courbette.

Il lui sembla voir un sourire se dessiner dans les yeux de l'oiseau.

Ryûji, soudain soulagé, laissa échapper un petit rire – il avait fait une courbette à un corbeau !

– C'est une invitation de sa part, pour vous deux.

L'oiseau, sortant une patte d'entre les plumes blanches de son poitrail, tendit une enveloppe verte.

Ryûji se frotta les yeux. Le corbeau avait pourtant les deux pattes fermement plantées sur le sol !

– Un corbeau à trois pattes… C'est Yatagarasu le corbeau messager ! murmura Sayuri à ses côtés.

La main de Ryûji, comme aimantée par les plumes formant une étoile blanche, saisit d'elle-même l'enveloppe verte. Elle était adressée, à l'encre violette, à *Monsieur Ryûji Yamaji et Mademoiselle Sayuri Fujino*. Au dos était écrit *De la part de Père Kazé*.

– C'est Père Kazé qui nous écrit ! s'écria Ryûji. Je peux l'ouvrir ?

– Je vous en prie. J'attends votre réponse, répondit le corbeau à trois pattes avec un hochement de tête.

Cher Ryûji, chère Sayuri,

Félicitations pour la fin de votre scolarité. Cela fait un moment que nous ne nous sommes pas vus. Je suis en pleine forme, toujours en agréable compagnie avec mes amis les animaux.

Vous allez bientôt entrer dans la vie active. C'est pour fêter cela qu'aujourd'hui, je tiens à donner chez moi un banquet en votre honneur.

Si vous êtes d'accord, ne tardez pas. Prenez le train de 13 heures 23 à la gare de Sasagawa, sur la ligne Yamato en direction de Yashima, et descendez à la gare de Korino où vous monterez dans le bus jaune à destination d'Ôsugidani jusqu'à l'arrêt Nagi. On vous y attendra.

Si c'est entendu, ramassez un caillou vert que vous lancerez bien haut.

Au plaisir de vous revoir.

Père Kazé

Sa lecture terminée, Ryûji prit une grande inspiration, suivie d'une grande expiration. La brise printanière lui emplit les poumons, le gonflant de joie. En même temps, il se sentait tout bizarre, à croire qu'un renard lui jouait un tour.

– Qu'est-ce qu'on fait, Sayuri ?

– On y va, bien sûr ! On va bien s'amuser, répondit-elle avec un sourire.

– Quand même… Il faudrait que le corbeau nous donne un peu plus de détails. Monsieur le corbeau… lança Ryûji, mais l'oiseau avait disparu.

Le garçon balaya du regard les alentours : personne.

– Ça alors, il est parti. Un caillou vert, où va-t-on dénicher ça… ? Tu ne trouves pas ça bizarre ? On risque de se faire embarquer dans une drôle d'histoire. Pour commencer, un corbeau à trois pattes, c'est étrange. Sayuri, on ferait mieux d'être prudents.

– Mais non, ça n'a rien de bizarre. Moi, je suis décidée à y aller.

Surpris par son ton ferme, Ryûji la dévisagea. Il reprit :

– Déjà, la gare de Korino, c'est louche. Korino, ça veut dire « la plaine où vivent les renards et les tanukis », c'est-à-dire les animaux maîtres dans l'art de tromper les humains. J'ai l'impression qu'on est en train de se faire rouler.

– Quelle méfiance, Ryûji ! Cette lettre vient de Père Kazé, sans erreur. Nous ignorons où et comment il vit, c'est vrai, et nous ne savons pas grand-chose de lui, mais il est gentil et il nous raconte toujours des tas d'histoires amusantes. Cela fait longtemps qu'on ne l'a pas vu, mais puisqu'il sait parler aux animaux, quoi de plus facile pour lui que de demander de nos nouvelles aux moineaux et aux corbeaux ? Et c'est tout lui de nous envoyer comme émissaire Yatagarasu le corbeau à trois pattes, un oiseau qui parle le langage des humains.

Sayuri avait débité tout cela d'une traite.

– En effet, tu n'as pas tort, mais...

– Tu réfléchis trop, Ryûji. La nacelle du bonheur est devant nous. Tu veux être zoologiste, n'est-ce pas ? Eh bien, la meilleure chose à faire, c'est de devenir le disciple de Père Kazé. Allez, jette tes hésitations au vent ! Il faut saisir la bonne fortune. Si tu laisses cette opportunité filer, rien ne dit qu'une aussi belle chance se présentera à l'avenir.

Ses yeux brillaient. Ryûji réfléchit un instant avant de dire :

– C'est vrai, tu as raison. D'accord, on y va ! En avant pour la plaine des renards et des tanukis ! Bon, alors, tu vois un caillou vert ?

– Il y en a un là, juste sous ton nez.

– Mais c'est bizarre ! Il n'était pas là tout à l'heure.

Ryûji se dépêcha de le ramasser pour le lancer de toutes ses forces vers le ciel. Le caillou vert monta très haut en décrivant un arc de cercle et, arrivé au point culminant de sa course, il brilla joliment, imprégné des rayons du soleil ; puis, comme une masse de magma entre soudain en éruption, il s'évanouit dans une explosion lumineuse de rayons verts et dorés à travers le ciel bleu. Yatagarasu le corbeau l'avait sûrement vu de là où il était, il transmettrait leur réponse positive à Père Kazé. C'était aussi un signal de départ, celui du début de leur aventure.

– Allez, pressons-nous. Il y a quatre kilomètres jusqu'à la gare de Sasagawa. On a juste le temps de repasser chez nous pour poser nos affaires et prendre nos bicyclettes.

Sayuri remit à l'eau le chevesne foncé qui nageait dans son seau et entreprit de ranger à toute allure ses affaires de pêche.

– Ah, zut ! Un hameçon s'est pris dans ma chemise.

Ryûji tentait désespérément d'ôter l'hameçon planté dans le tissu ; l'ardillon le rendait difficile à détacher.

– On n'a pas le temps. Coupe la ligne avec tes ciseaux. On enlèvera l'hameçon plus tard, le sermonna Sayuri.

Il se dépêcha de sectionner le fil.

Chargés de leur matériel de pêche, ils s'élancèrent le plus vite possible.

– Mais ma tante va se faire du souci si je disparais sans rien dire. Et si elle prévenait la police ? Ce serait ennuyeux, lança Ryûji à Sayuri tout en courant.

– Qu'est-ce que tu racontes ? Il suffit de laisser un petit mot sur la table : *Je pars chez un ami à Mishima avec Sayuri. Nous y resterons peut-être quelque temps. Ne t'inquiète pas.* Je vais faire pareil, répondit-elle dans un grand rire. C'est juste une sortie. Ne t'inquiète pas : personne ne va s'imaginer que nous fuyons en amoureux ! On va bien s'amuser, Ryûji !

La gare de Korino

Chacun rentra chez soi, griffonna un message et fit ses préparatifs à toute vitesse. Chargés d'un sac à dos contenant le strict nécessaire, ils pédalèrent avec vigueur en direction de la gare.

Une fois arrivés, ils laissèrent leurs bicyclettes dans le garage à vélos et se précipitèrent au guichet.

– Deux billets pour Korino, s'il vous plaît. C'est combien ?

– Korino ? Tiens, où est-ce donc déjà ? Presque personne ne va là-bas... C'est juste avant Aimoto, je crois... Ça alors, je ne trouve pas, dit l'employé de la gare en vérifiant du doigt les billets accrochés au tableau des destinations.

Tchouuu ! fit le sifflet de la locomotive.

– Faites vite, s'il vous plaît ! On va rater le train, cria Sayuri.

– Ah oui, ça me revient ! C'est entre Toya et Aimoto, c'est sûr. Je vous donne un ticket jusqu'à Aimoto, vous vous ferez rembourser la différence à la sortie. Voilà, ça fait un yen et vingt sens chacun.

Le train à vapeur entra en gare dans un grondement ; des passagers en descendirent. Les deux enfants se dépêchèrent de payer et coururent vers les quais.

Dans un nuage de fumée, la locomotive se préparait à repartir.

– Attention au départ ! cria le chef de gare en levant bien haut son drapeau blanc.

Ryûji et Sayuri grimpèrent à bord, fonçant comme des sangliers pourchassés.

Dans un tchou-tchou tonitruant et un double panache de fumée blanche, la locomotive s'ébranla lentement.

Les passagers étaient peu nombreux. Les enfants, qui avaient pris d'assaut un carré de quatre places face à face, s'écroulèrent sur les sièges avec un cri de soulagement, les bras en croix. Ryûji était aussi essoufflé que la locomotive.

Quoi qu'il en soit, ils étaient arrivés à temps. Qu'est-ce qui les attendait maintenant ? Ryûji était à la fois impatient et inquiet. Quant à Sayuri, elle ne paraissait pas inquiète pour un sou. Sa compagnie le rassurait profondément.

Il était surtout content d'aller voir Père Kazé, et il était convaincu que la nacelle du destin dont lui avait parlé Sayuri l'emmènerait vers un avenir lumineux. Il serait le disciple de Père Kazé – c'était le seul moyen de réaliser son rêve de devenir zoologiste, Ryûji en était certain.

Faisons une petite pause pour parler un peu de Père Kazé et de son lien avec Ryûji et Sayuri.

C'était à la mi-avril de leur quatrième année à l'école primaire. Des moineaux avaient fait leur nid sous l'avancée du toit en tuiles de la maison de Ryûji, où ils élevaient leur nichée. La maison était une petite bâtisse sans étage, à l'avant-toit bas, qui offrait une bonne vue sur les soins prodigués aux petits.

Ryûji avait décidé d'inviter Sayuri à venir observer le nid de moineaux.

Il y avait cinq oisillons. Nés tout nus, sans la moindre plume sur le corps, avec les yeux clos et un gosier énorme, c'étaient de drôles de bestioles. Quand leurs parents apportaient de la nourriture, ils ouvraient grand leur bec en poussant des cris stridents.

À la différence des moineaux adultes qui se nourrissent principalement de céréales, les oisillons ingurgitent uniquement des petits animaux, des insectes par exemple. Surtout des chenilles de piéride de la rave qu'on trouve partout, mais les parents leur donnaient également des vers de terre, des araignées et des mille-pattes. Alors que Ryûji s'inquiétait – était-ce bien raisonnable ? –, les oisillons engloutissaient leur nourriture sans rien mastiquer et faisaient claquer leur bec jaune, apparemment plus que satisfaits.

– Ils avalent tout rond des mille-pattes, qui arrivent certainement encore vivants dans leur estomac. Ils ne risquent pas de s'étouffer en cours de route, ou de se faire piquer le gosier ? demanda Sayuri d'un air dégoûté.

Ryûji répondit aussitôt :

– Il paraît que leurs sucs gastriques sont d'une efficacité surprenante. Les mille-pattes et les araignées sont dissous comme si on les arrosait d'acide chlorhydrique. Les sucs gastriques humains sont puissants, mais ceux des animaux sauvages encore plus. Imagine, les serpents sont capables d'avaler n'importe quoi sans mastiquer. Ils gobent des souris entières.

Ryûji, qui allait se renseigner à la bibliothèque dès qu'il se posait une question, savait plein de choses.

Les oisillons grandissaient de jour en jour, sauf un, sur les cinq, dont la croissance était plus lente. Les parents ne les nourrissaient pas chacun à tour de rôle ; les plus forts étaient les premiers servis. Le petit oisillon n'arrivait jamais à manger correctement et la faiblesse de ses cris faisait pitié.

Un jour, de retour de l'école, Ryûji trouva l'un des adultes par terre, en train de se tordre de douleur. Pour l'attraper, il accula dans un coin l'oiseau qui fuyait en battant d'une seule aile.

Son aile gauche ne bougeait plus du tout.

Au début, le moineau tenta de s'enfuir, avant de se calmer, comme résigné.

En l'enveloppant de sa main gauche, Ryûji lui caressa doucement le dos.

– Qu'y a-t-il, Ryûji ? demanda Sayuri.

Arrivée en courant, elle regarda ce qu'il tenait dans sa main.

Il lui expliquait ce qu'il s'était produit lorsque les oisillons se mirent à pousser de grands cris. L'autre parent était de retour avec de la nourriture. Les moineaux étant impossibles à différencier, il ne savait pas s'il s'agissait du père ou de la mère. Mais pour les petits, cela ne changeait rien au fait qu'il y avait moitié moins à manger ; il fallait se battre encore plus rudement pour se nourrir et le plus chétif peinait d'autant plus.

– Oh, le pauvre. Si on ne fait rien, il va mourir de faim, s'exclama Ryûji, inquiet.

– Allons vite chez le vétérinaire ! Il faut le soigner sans tarder, sinon, la moitié de la nichée sera en danger.

C'est à ce moment-là qu'une voix claire s'éleva derrière eux :

– Que vous arrive-t-il ?

Ils se retournèrent, surpris ; toute leur attention avait été concentrée sur le moineau.

Un homme grand et élancé se tenait là, un sourire aux lèvres. Quand il vit l'oiseau blotti au creux de la main de Ryûji, il s'écria :

– Le pauvre, il s'est blessé ! Fais voir, s'il te plaît, en saisissant prestement le moineau entre ses doigts pour le poser sur la paume de sa main gauche.

Ryûji tendit la main pour le reprendre, mais en le voyant si calme, il suspendit son geste.

Une drôle d'aura émanait de l'homme. Il semblait avoir la trentaine. Plein de vigueur, il affichait une force brute, mais aussi un sourire franc qui inspirait confiance. Un collier de barbe noire lui recouvrait les joues depuis les oreilles jusqu'au menton.

– Son aile gauche est blessée. Demandons-lui ce qu'il lui est arrivé, dit-il.

Puis il fronça les lèvres et s'adressa au moineau d'une voix fluette et haut perchée.

Il écouta ensuite attentivement la réponse de l'oiseau. Ryûji et Sayuri n'entendaient que des cui-cui et des gazouillis, mais en voyant l'homme hocher la tête, ils devinèrent qu'il comprenait ce chant.

Quand le moineau eut fini de pépier, l'homme se tourna vers les deux enfants qui avaient observé l'échange, interdits, et leur annonça avec un grand sourire :

– Il a l'aile gauche déboîtée. Je devrais pouvoir la remettre. Ce matin vers dix heures, un serpent ratier est venu attaquer les oisillons. Quand ils ont détecté son odeur particulière, leur instinct les a alertés du danger et ils se sont faits tout petits dans le nid. Avec leur duvet qui pointe à peine et leurs pattes qui ne les portent que sur deux ou trois pas, ils sont totalement incapables de voler. Leur mère – ce moineau est une femelle, vous savez – est alors revenue avec une larve de papillon de nuit, qu'elle a abandonnée pour courageusement se jeter sur la tête du serpent. Il ne se méfiait pas. Elle lui a planté son bec dans le crâne. Mais comme il a secoué la tête au même moment, le moineau, projeté sur le côté, s'est écrasé contre la façade et est tombé. Un serpent, ça a la tête dure, un coup de bec ne suffit pas à le blesser, mais notre serpent ratier s'est enfui sous le toit, craignant une nouvelle attaque de la mère des oisillons. Voilà, en gros, comment elle s'est retrouvée incapable de voler, son aile abîmée – maintenant, il faut vite la soigner.

Sur ces mots, l'homme manipula l'aile de la mère moineau. Sans faire mine de s'agiter ni de fuir, elle restait immobile, stoïque.

Ryûji et Sayuri, sidérés, la couvaient du regard.

Ils crurent entendre une sorte de petit claquement.

La maman oiseau, qui était restée plantée sur la paume de l'homme, se mit debout sur ses deux pattes et battit deux ou trois fois des ailes.

– Elle est guérie. Son aile était simplement démise, c'était bien ça. Tant mieux. Allez, montre-nous comme tu sais bien voler ! s'écria-t-il en lançant l'oiseau dans les airs.

Le moineau décrivit deux grands cercles dans le ciel avant de venir se poser sur l'épaule de l'homme ; le bec contre son oreille, il pépia quelques mots. Puis, après avoir baissé la tête comme s'il faisait une courbette, il s'envola droit vers le nid où se serraient les oisillons.

Ryûji et Sayuri crièrent « Hourra ! » en applaudissant des deux mains.

Mais les serpents sont rancuniers ; sans doute celui-ci reviendrait-il à l'attaque. L'homme leur conseilla d'aller cueillir quelques tiges de vigne de mouffette, une plante que les reptiles détestent, pour en disposer autour du nid, puis il leur raconta des anecdotes amusantes sur les mœurs des moineaux.

Après cette première rencontre, il leur rendit visite de temps à autre et, chaque fois, il leur parlait des animaux du monde. Il arrivait sans crier gare, comme une bourrasque, et repartait tout aussi inopinément ; c'est pourquoi Ryûji et Sayuri avaient fini par le surnommer Père Kazé – Père-le-Vent.

Père Kazé ne savait pas seulement parler aux animaux, il était aussi un puits de science. Sa spécialité était la zoologie, mais il était également très calé en botanique, ainsi que dans l'étude des minéraux, des sols, des fossiles et des étoiles ;

c'était un naturaliste qui avait sillonné le monde entier. Il s'appelait Fûka Kôya, mais comme c'était un nom compliqué, il disait en riant que Fûraibô (Coup-de-Vent) était tout aussi bien.

Pourtant, sans raison apparente, un beau jour, Père Kazé avait cessé de venir. Ils ignoraient où il habitait et n'avaient aucun moyen de le contacter. Ryûji et Sayuri s'étaient inquiétés ; et s'il était en danger quelque part dans le monde ? Mais voilà qu'ils recevaient une lettre de lui, et qui plus est, une invitation.

C'était une occasion à ne pas laisser échapper. Une porte s'ouvrait soudain devant Ryûji, qui lui permettrait d'approcher la zoologie.

« Je ferai tout pour devenir le disciple de Père Kazé » ; étouffant son excitation, il renouvela solennellement la promesse qu'il s'était faite.

– On se croirait dans un rêve. C'est incroyable ! J'ai apporté de quoi goûter. Tu en veux, Ryûji ?

Sayuri avait tiré des galettes de riz soufflé de son sac à dos. Elle en croqua une, toute croustillante, et en tendit une autre à Ryûji.

– Pas bête, hein ? souligna-t-elle pour rire.

Par la fenêtre du train, on voyait des étendues de blé encore vert. Une fois le riz récolté, certaines rizières étaient transformées en champs de blé. Les agriculteurs qui pratiquaient ainsi la double culture travaillaient toute l'année, sans repos. Les rizières où plus rien ne poussait, mises en eau, abritaient des loches, des escargots d'eau douce, des carassins et plein d'autres petits poissons. Les gens les mangeaient ou, pour les loches par exemple, les vendaient en ville afin de gagner un peu d'argent.

Les deux enfants bavardaient gaiement quand soudain, Ryûji s'inquiéta :

– Tout de même, cette gare de Korino, ça me tracasse. L'employé des chemins de fer n'avait pas trop l'air de savoir où c'était.

– Oui, mais quand on commence à douter d'une chose, on finit par douter de tout. Après Toya, il faudra être attentifs à ne pas laisser passer la gare suivante. Interdiction de s'endormir ! Quel voyage mystérieux... Il était écrit dans la lettre qu'on nous attendrait à l'arrêt de bus, mais qui cela pourrait bien être ? Tu crois qu'on reverra le corbeau à trois pattes ? En tout cas, ne t'en fais pas, Ryûji, affirma Sayuri avec confiance.

Au bout d'un moment, ils s'assoupirent tous les deux.

Sayuri rêvait qu'elle faisait un voyage en train. La locomotive s'arrêtait sans bruit dans une petite gare. Elle regardait par la fenêtre et voyait une pancarte blanche portant le nom « Korino ». En dessous étaient indiquées les gares voisines : Aimoto à droite et Toya à gauche. Surprise, elle se leva d'un bond. Son cœur battait à tout rompre.

– Oh là là, on est vraiment arrivés à Korino ! s'affola-t-elle.

Elle donna une tape sur le genou de Ryûji assis en face d'elle, se jeta sur les sacs à dos et courut vers la sortie.

Elle sauta sur le quai, suivie de Ryûji.

La locomotive redémarra sans bruit, ni coup de sifflet ni jet de vapeur blanche. La gare fonctionnait sans employés. Les trois ou quatre voyageurs descendus du train se dirigèrent sans tarder vers la sortie.

De l'autre côté des portillons, il n'y avait plus personne. Où étaient passés ces gens ? Ryûji se sentait tout bizarre. Il regarda Sayuri : l'air tendu, elle paraissait réfléchir.

L'autobus jaune

Devant la gare, tous deux balayèrent du regard les alentours sans trouver ni bus jaune ni arrêt de car à proximité.

– Sayuri, c'est bizarre. Je ne vois pas de bus jaune.

– C'est vrai… Où peut-il être ? Regarde le grand arbre là-bas – on dirait un chêne –, il y a un chemin derrière. Allons voir dans cette direction. Mais avant, si on passait aux toilettes ?

– Oui, j'ai envie aussi. On n'y est pas allés une seule fois depuis qu'on a pris le train. Je ne tiens plus !

Ils se précipitèrent vers les toilettes publiques. Lorsqu'ils en ressortirent presque simultanément, un petit cri leur échappa : un autobus américain jaune était arrêté devant eux. Quatre ou cinq passagers y étaient installés.

Ils coururent pour monter à bord.

Le contrôleur, sa petite sacoche en cuir sur le ventre, leur demanda où ils allaient. « À Nagi », répondirent-ils ; « Vingt sens par personne », fit-il en poinçonnant deux tickets marqués « Nagi » qu'il leur remit.

L'autobus démarra à une vitesse surprenante. Comme la route n'était bien entendu pas goudronnée, des nuages de poussière s'élevaient à l'arrière du véhicule, cachant le chemin qu'il venait de parcourir.

Il s'arrêtait parfois pour laisser descendre ou monter des gens. Les deux enfants, pris du mal des transports, regardaient par la vitre, les yeux dans le vague, sans échanger un mot.

Au bout d'un moment, il ne resta plus qu'eux comme passagers.

Depuis combien de temps roulaient-ils ? Sayuri murmura à l'oreille de Ryûji :

– Le contrôleur, tu ne trouves pas qu'il a un peu une tête de renard ?

Comme celui-ci les fixait, Ryûji hocha imperceptiblement la tête. À vrai dire, il l'avait lui aussi remarqué. Sa queue dépassait peut-être, avait-il imaginé, mais le contrôleur restait tourné vers eux, sans leur montrer son dos. Ce qui le rendait encore plus louche.

À quoi ressemblait le chauffeur ? Ryûji n'en savait rien. Le regard dirigé droit devant lui, il ne se retournait jamais.

L'autobus filait à vive allure, brinquebalant sur un chemin de montagne. S'arrêterait-il à Nagi ? Peut-être allait-il les emmener au royaume des renards ? Cette idée l'inquiéta terriblement.

Dans un murmure, il fit part de ses appréhensions à Sayuri, assise à côté de lui.

– Je crois qu'on a affaire à un renard et à un tanuki, comme le laissait supposer le nom de la gare. On n'y peut plus rien, mais il vaut mieux rester sur nos gardes.

– L'invitation précisait clairement de monter dans l'autobus jaune et le contrôleur nous a donné un ticket pour Nagi, nous ne nous sommes pas trompés. Tout va bien, répondit-elle tout bas avec fermeté.

– Hum hum, fit le contrôleur en se raclant exprès la gorge.

Peut-être entendait-il tout de leur conversation. À cette idée, Ryûji sentit son angoisse grandir. Mais quand on commence à douter d'une chose, on finit par douter de tout. Le doute appelle le doute, dans un tourbillon sombre auquel il est impossible d'échapper une fois qu'on s'y laisse entraîner. Ryûji prit une profonde inspiration et décida de changer de perspective : il devait avoir confiance en Père Kazé.

L'autobus cahotait tant et plus sur un chemin truffé d'ornières et de gravillons, projetant en l'air ou sur le côté les deux enfants aussi secoués que dans un simulateur de séisme. Le cœur soulevé, ils avaient tous les deux la nausée.

Ils étaient les seuls passagers et personne d'autre n'attendait l'autobus, qui ne marquait plus les arrêts.

Sur le chemin tracé dans la forêt de grands cèdres et cyprès (des arbres sans doute presque centenaires), le bus filait tout droit vers Ôsugidani. Les enfants n'étaient même plus en état de chuchoter entre eux ; abrutis par le mal des transports, ils arrivaient péniblement à se retenir de vomir.

Le sentier bordé d'arbres géants, à peine assez large pour l'autobus et coupé des rayons du soleil, était plongé dans la pénombre. C'était comme une interminable fin de journée.

Le moment où le soleil se couche pour laisser place à la nuit est appelé le crépuscule, mais on dit aussi que c'est l'heure du diable, entre chien et loup.

La lumière s'estompe, la nuit tombe et le ciel et la terre s'apprêtent à fusionner. Les esprits malins sur terre s'éveillent, ils vont à la rencontre des démons du ciel et tous ensemble laissent éclater leur joie dans une danse endiablée. Il se produit alors une foule de phénomènes bizarres.

À l'heure du diable, les enfants ne doivent pas quitter la maison sous peine de se faire kidnapper par les démons et d'être emmenés très loin de chez eux.

Mêlés aux esprits maléfiques de la terre et du ciel, les animaux capables d'adopter une forme humaine s'activent. Kappas bien sûr, mais aussi renards, tanukis, loutres et blaireaux entrent dans la ronde et se font un malin plaisir de rouler les humains qu'ils trouvent sur leur chemin.

Plongés dans ce crépuscule sans fin sur un étroit sentier encaissé dans la forêt touffue, les deux enfants se sentaient comme bloqués entre chien et loup et leur inquiétude allait grandissant.

L'autobus s'arrêta soudainement. Pensant être arrivés à Nagi, tous deux se regardèrent, pâles mais soulagés.

Surpris de ne rien entendre – le contrôleur aurait pourtant dû être en train d'annoncer « Nagi, arrêt de Nagi » –, ils regardèrent vers l'avant du bus et là, quel choc ! Plus personne, ni chauffeur ni contrôleur. Déconcertés, ils échangèrent de nouveau un regard.

Mais que se passait-il donc ? Vu la manière dont l'autobus avait cahoté à une vitesse folle sur un si mauvais chemin, il n'aurait pas été étonnant qu'il ait perdu un boulon, crevé un pneu ou subi une avarie quelconque. Le chauffeur et le contrôleur étaient-ils descendus pour réparer la panne ?

– Descendons, nous aussi. Respirer de l'air pur nous guérira du mal des transports. Et on pourra se dégourdir les jambes, proposa Ryûji en se levant.

Il s'étira, les bras écartés.

Sayuri, qui s'était dirigée sans tarder vers la porte de sortie, laissa échapper un cri.

– La porte est fermée à clé ! Et il n'y a personne dehors !

Elle tira et poussa de toutes ses forces sur la poignée.

Ryûji, sa nausée soudain envolée, pâlit.

– Sayuri, c'est terrible ! Ces deux-là étaient vraiment des renards de Korino.

Elle délaissa la porte pour se rapprocher de lui.

– C'est ennuyeux. Il faut trouver le moyen de s'enfuir, dit-elle.

– Mais... hésita Ryûji en regardant à l'extérieur.

Le crépuscule régnait toujours. À perte de vue s'étendaient des cèdres, encore des cèdres et toujours des cèdres. Aussi loin que portait le regard, la pénombre s'étendait, empêchant de distinguer quoi que ce soit dans un monde d'un noir d'encre.

– Un autobus jaune, c'est louche. C'est la couleur des renards. Mais quand on a lu la lettre, il n'y avait aucune raison de se méfier. Ryûji, montre-moi l'invitation de Père Kazé apportée par Yatagarasu.

Ryûji plongea la main dans la poche intérieure où il avait rangé la lettre.

Mais il ne trouva rien.

Il chercha une nouvelle fois. En vain. Il blêmit.

– Qu'y a-t-il ? demanda Sayuri d'un air inquiet.

Ryûji défit précipitamment les cinq boutons de sa veste d'uniforme pour inspecter avec soin sa poche intérieure.

Elle était vide.

– Tu ne l'aurais pas perdue quelque part ?

– Non, je l'avais quand nous sommes montés dans le bus, j'en suis certain. Parce que j'ai vérifié, et j'ai bien fermé le bouton de la poche intérieure. Elle était d'ailleurs toujours boutonnée... Si elle s'était ouverte, on aurait pu imaginer que la lettre serait tombée, mais... C'est bizarre.

Le visage du contrôleur lui traversa soudain l'esprit. Ce n'était quand même pas un coup du renard ?

– On a été tellement secoués par les cahots, peut-être qu'elle est sortie de ta poche. Regardons sous les sièges, proposa Sayuri.

Ils se baissèrent pour vérifier sous leurs sièges.

Sentant une présence dans son dos, Ryûji se releva.

Le contrôleur se tenait là, dans sa veste et sa casquette d'uniforme.

– Voilà ce que vous cherchez, non ?

Il tenait à la main une enveloppe verte.

– Oui, c'est ça. Merci. Mais où était-elle ?

Avec la nette impression de s'être fait rouler par un renard, Ryûji saisit l'enveloppe verte.

– Elle était par terre à l'entrée du bus. Un peu plus et elle tombait dehors. Vous avez eu de la chance.

Tout en remettant l'invitation dans sa poche intérieure, Ryûji peinait à croire aux paroles du contrôleur. Sa poche avait été correctement boutonnée. Et il n'y avait rien rangé d'autre que la précieuse enveloppe verte.

– Tant mieux. Tu l'as peut-être fait tomber quand on a acheté nos tickets ?

– Certainement pas. Car mon ticket, je l'ai mis dans ma poche droite. Tiens, le voici.

Ryûji sortit de sa poche droite le ticket de bus marqué « Nagi ».

– Les cahots ont dû vous donner soif, comme à nous. Nous nous arrêtons toujours ici pour boire l'eau de cette source. Tenez, goûtez-y.

Le contrôleur leur tendit à chacun un récipient en bambou rempli d'eau de source.

– Si vous avez trop mal au cœur à l'arrière, vomissez dans ce sac en cuir. Cela vous soulagera. Nagi n'est plus très loin, vous n'avez plus longtemps à patienter.

Le contrôleur posa sur les sièges deux bourses de cuir avant de retourner à son poste.

L'autobus démarra dans un bruit de moteur.

Sayuri chuchota :

– Comment était sa main ? C'était une patte de renard ?

– Avec ses gants blancs, je n'ai rien vu. Mais surtout, pourquoi l'enveloppe était-elle devant la porte ?

Il n'y comprenait rien.

– Ça fait du bien. De l'eau fraîche, c'est délicieux. Ça doit être ça qu'on appelle se sentir revivre. Ryûji, bois, toi aussi !

Il ôta le bouchon du récipient en bambou et prit une grande goulée d'eau.

Le parfum caractéristique du bambou frais lui chatouilla le nez. L'eau de source coula dans son gosier, comme elle était bonne ! Il but longuement. Il croyait sentir l'eau fraîche passer de sa bouche à sa gorge, de sa gorge à son œsophage puis à son estomac.

Il était rafraîchi de la tête aux pieds. « On dirait de l'eau magique », songea-t-il.

– Ne bois pas autant d'un coup ! Il y a encore du chemin jusqu'à Nagi, tu aurais dû en garder, lui reprocha Sayuri.

Il secoua la gourde de bambou.

Aucun son. Si le niveau d'eau avait baissé, il aurait dû entendre l'eau clapoter.

« Et si… » pensa-t-il en ôtant le bouchon pour regarder à l'intérieur : l'eau montait jusqu'à l'ouverture. Le niveau n'avait pas baissé d'une goutte.

Ryûji se frappa le ventre et la poitrine du poing.

« On dirait bien qu'on m'a fait boire de l'eau ensorcelée. Peut-être contient-elle un puissant somnifère ? Ou bien je vais soudain avoir mal au ventre et m'évanouir tellement la douleur sera insupportable. Et s'il nous avait donné un sac en cuir dans lequel vomir parce que l'eau va nous rendre malades ? Je le savais, le chauffeur et le contrôleur sont des renards. C'est un bus-renard. Nous voilà dans de beaux draps ! D'ailleurs, on s'est convaincus que le corbeau était Yatagarasu, mais il est possible que sa troisième patte, sur le poitrail, soit fausse. Il est de mèche avec les renards, ils nous ont bien eus… »

Il dévisagea le contrôleur. Celui-ci lui sourit aimablement. Il ressemblait à un renard sous certains angles, mais sous d'autres, non. Plus qu'une question de perspective, c'était une question de point de vue, de ce qu'on cherchait à voir. L'esprit embrouillé, Ryûji n'y comprenait plus rien.

L'autobus accéléra. Il roulait à tombeau ouvert sur un étroit sentier de forêt. Il continua à foncer, à la limite de l'accident. Que se passerait-il si un virage se présentait ? L'idée faisait frémir, mais le chauffeur connaissait sans doute le chemin par cœur.

Les deux enfants avaient plein de sujets à discuter ; ce n'était pourtant pas le moment : pour ne pas être éjectés de leur siège, ils s'agrippaient à celui de devant de toutes leurs forces. Cela évita à Ryûji de se faire du souci à tout propos.

Combien de temps avaient-ils roulé ? Quitter les cèdres qui poussaient dru pour entrer dans une forêt de feuillus leur procura du soulagement. Les frondaisons touffues se rejoignaient au-dessus du chemin, mais les grands chênes, tilleuls et rouvres, bien espacés, laissaient passer plus de lumière que les cèdres précédents.

L'autobus ralentit et s'immobilisa dans un bruit de ferraille.

– Nagi, arrêt de Nagi ! Nous sommes arrivés à Nagi.

En entendant l'appel du contrôleur, Ryûji poussa un gros soupir ; il se sentit mieux.

– Sayuri, on est enfin arrivés.

– Tant mieux ! À un moment, je me suis demandé ce qu'on allait devenir. Descendons vite.

Ils passèrent sans tarder leur sac à dos à l'épaule, avancèrent vivement en direction de la sortie et remirent leur ticket au contrôleur.

– Merci, l'eau de source était délicieuse. Elle nous a revigorés.

Ryûji faillit ajouter « Pardon d'en avoir douté », mais il décida de le garder pour lui.

Sayuri remercia à son tour et descendit d'un pas alerte.

Les portes se refermèrent, le bus se remit en route en brinquebalant. Les deux enfants le regardèrent s'éloigner en faisant de grands signes d'au revoir.

Une fois dépassé un grand chêne empereur, l'autobus fila à toute allure en soulevant de gros nuages de poussière derrière lesquels il finit par disparaître après avoir rapetissé à vue d'œil.

Un cheval noir à travers les airs

Un panneau marqué « Nagi » se dressait devant un arbre géant au tronc si épais qu'il fallait bien deux personnes pour en faire le tour avec leurs bras.

– C'est ici, pas d'erreur. Nagi, c'est le nom de ce grand arbre. Tout de même, c'était drôlement loin. Tu dois être fatigué, Ryûji ?

Sayuri était une enfant gentille. Elle se souciait davantage de son camarade que d'elle-même.

– Non, pas tant que ça, répondit-il. C'est plutôt un trop-plein d'émotions, avec toutes ces choses bizarres qui nous arrivent les unes après les autres. Quand l'enveloppe verte a disparu, je me suis vraiment demandé comment on allait faire. J'étais sur le point de rebrousser chemin. Lorsque le contrôleur me l'a tendue, j'ai été tellement soulagé que j'ai failli m'effondrer sur place. Tout de même, le mystère reste entier.

Il afficha un grand sourire avant de reprendre :

– Mais finalement, tout s'est passé comme l'avait dit Père Kazé et nous voilà arrivés à l'arrêt de bus Nagi, c'est plutôt rassurant. Cet arbre est donc un *nagi*. C'est la première fois que j'en vois ; il est un peu étrange, non ?

– Quand j'ai lu *L'Histoire du Kojiki*, un livre qui explique aux enfants le *Kojiki*[1], je suis allée à la bibliothèque me renseigner sur les passages que je ne comprenais pas, entre autres sur le nagi. En japonais, ce mot s'écrit avec les caractères chinois « bambou » et « chêne empereur », c'est un peu bizarre d'associer ces deux arbres. Mais il y a une raison à cela. Regarde bien ses feuilles : les nervures, au lieu de se ramifier, s'étendent tout droit, en parallèle. Un peu comme les feuilles de bambou, tu vois ? C'est une espèce de pin des bouddhistes. Bref, il appartient à la famille des conifères, comme les pins et les sapins.

Sayuri saisit une feuille de nagi et la caressa.

– Elle est épaisse et toute lisse. Et j'ai découvert quelque chose d'intéressant : il y a un lien avec Yatagarasu le corbeau à trois pattes. Je l'avais complètement oublié, ça vient tout juste de me revenir.

– Comment ça, un lien ?

– Tu disais que cet arbre te paraissait un peu étrange, n'est-ce pas ? Excellente intuition ! Tu as raison. Le nagi,

---

1. Le *Kojiki* (Chronique des faits anciens) est un recueil des mythes fondateurs du Japon établi au VIIIe siècle.

c'est l'arbre sacré du sanctuaire Kumano, dans l'Ouest du Japon. De ce fait, on en a planté dans plein de sanctuaires un peu partout dans le pays.

– Et quel lien y a-t-il avec Yatagarasu ? demanda Ryûji en scrutant une feuille de nagi qu'il venait de ramasser.

– Yatagarasu est le corbeau qui a guidé l'empereur Jinmu lorsqu'il a émigré vers l'est, depuis Kumano jusqu'à Yamato. D'après la légende, l'oiseau portait alors dans son bec une branche de nagi, dont les feuilles, avec leurs nervures toutes droites, indiquaient la direction à suivre. Le corbeau à trois pattes est le messager des dieux de Kumano, c'est un oiseau sacré qui possède des pouvoirs surnaturels. Celui qui nous a apporté l'enveloppe verte n'est sûrement pas le même qu'à l'époque, mais… son descendant, peut-être ?

– Tu as drôlement bûché la question. Je te reconnais bien là, Sayuri le rat de bibliothèque. Bravo ! s'exclama Ryûji.

– Nous avons trouvé l'arrêt de bus Nagi, c'est une bonne chose, mais il était écrit qu'on nous y attendrait. Pourtant…

Sayuri inspecta du regard les alentours, inquiète.

Comme pour lui répondre, un croassement se fit entendre et une voix connue résonna dans leur poitrine :

– Bonjour, Ryûji et Sayuri. Je vous attendais.

Sur la branche d'un tilleul était perché un gros corbeau tout noir au long bec. Il inclina la tête en direction des deux enfants qui s'étaient tournés vers lui. La tache blanche sur son poitrail luisait d'argent, pareille à une étoile.

– Ouf ! Me voilà rassuré, lança Ryûji. En cours de route, je me suis demandé ce qu'on allait devenir. Il ne se produisait que des événements incroyables. En particulier dans l'autobus jaune qui fonçait à toute allure sur des chemins étroits. J'ai encore l'impression d'être ballotté de tous côtés. J'avais des doutes sur notre destination, se plaignit-il, l'air dépité.

– Je suis désolé, répondit Yatagarasu avec un petit rire en ajoutant pour lui-même : Ce renard, il est incapable de résister à une bonne blague. Vous devez avoir faim, reprit-il. Je vous ai apporté des *mochi* aux marrons, mangez-en autant que vous voudrez.

Le gros corbeau leur tendit des gâteaux marron qu'il avait sortis d'un sac.

L'estomac de Ryûji grogna. C'est vrai, ils n'avaient pas eu le temps de manger ce midi. Il s'empara sans hésiter d'un gâteau de riz pilé et l'enfourna dans sa bouche.

– Hum, c'est délicieux ! C'est la première fois que j'en mange, ça a une saveur particulière.

Il avala un deuxième mochi.

– La pâte de haricots rouges à l'intérieur est excellente, déclara Sayuri. Elle est faite avec de bons haricots azuki, des *dainagon* de Namba, je parie ? Ils sont sucrés juste comme il faut.

Elle aussi en mangea un deuxième.

– Les mochi aux marrons, on les confectionne vraiment avec des marrons d'Inde ? demanda-t-elle.

– Oui, répondit le corbeau. Le plus difficile est de leur ôter leur amertume. Les glands, par exemple, il suffit de les faire tremper dans l'eau froide, mais pas les marrons. Il faut les faire bouillir, cela demande du travail. Et les gâteaux aux marrons doivent être mangés le jour de leur confection, car le lendemain, ils durcissent et sont moins savoureux.

– Ce midi, ce sera mochi aux marrons, pour moi, claironna Ryûji en enfournant un troisième gâteau.

Aussitôt, il éructa en roulant des yeux.

– Arrête de t'empiffrer ! Tu prends de trop grosses bouchées. Tiens, bois un peu d'eau.

Sayuri lui tendit la gourde d'eau de source en riant.

– Ah, ça fait du bien. Merci, Sayuri. J'ai failli m'étouffer avec un gâteau, mais... tu crois que cette eau a le pouvoir de dissoudre les aliments ? J'espère que je n'en ai pas bu trop.

Il secoua le récipient en bambou après avoir avalé une grande rasade. Un clapotis cristallin s'éleva.

– Ça alors ! C'est pourtant une gourde magique qui ne se vide jamais, tout à l'heure je pouvais boire autant que je voulais...

– Fais voir.

Sayuri secoua la gourde.

On entendit le même floc-floc résonner à l'intérieur : elle était à moitié vide.

Ils échangèrent un regard perplexe avant d'en tirer la même conclusion : ils avaient eu raison, le chauffeur et le contrôleur étaient des renards !

– La maison de Père Kazé est-elle loin d'ici ? On peut y aller à pied, monsieur le corbeau ? demanda Ryûji.

– Eh bien, elle est à sept lieues et demie d'ici.

– Oh là là, c'est assez loin ! Ça fait beaucoup, à pied. À bicyclette, ça irait... Vous avez des vélos ?

– Non. Et pour commencer, ce n'est pas un chemin praticable à bicyclette.

– Alors, il va falloir marcher. J'aime bien marcher, mais sept lieues et demie... En partant tôt le matin avec un pique-nique, c'est faisable, mais vu l'heure, on arrivera une fois la nuit tombée...

Ils étaient enfin parvenus jusqu'ici, et voilà qu'une nouvelle difficulté les attendait. N'y avait-il pas une autre solution ? se demandait Ryûji ; embêté, il regarda le corbeau.

– Ne vous inquiétez pas. Nous n'imposons pas de longue marche dans la montagne à nos invités de marque. Nous avons bien sûr prévu un moyen de transport pour vous.

– Oh, merci ! Mais j'espère que ce n'est pas l'autobus jaune.

– Ah ah ! Bien sûr que non. D'ailleurs, il n'y a pas de chemin praticable pour un bus. Un instant, je vous prie, dit gracieusement le corbeau avant d'aller se percher sur la cime du nagi géant.

Là, il leva le bec vers le ciel et émit un sifflement haut perché.

Presque aussitôt, comme surgi de nulle part, un imposant cheval d'un noir de jais se dressa devant eux.

Il avait de longues jambes fines. Son corps aux muscles fuselés comme ceux d'un cheval de course était recouvert d'un pelage noir à la fois profond et lustré, pareil à du laque. Avec ses longues oreilles effilées, la marque de poils blancs qui courait de son front à ses naseaux et ses quatre paturons blancs, il avait fière allure.

Mais le plus remarquable était son épaisse crinière dorée et sa queue brune bien fournie. Son élégance laissait deviner sa bonne éducation.

– Voici Kurokoma, la monture bien-aimée de M. Fûka Kôya. Il est beau, n'est-ce pas ? lança le corbeau avec fierté.

Le cheval noir prit la parole :

– Bonjour, Ryûji et Sayuri. Le Professeur vous attend.

– Bonjour ! répétèrent les deux enfants éberlués.

Le Professeur, c'était sans aucun doute Père Kazé. Et ce cheval savait parler la langue des humains, pensa Ryûji. Tout de même, qu'il était beau et puissant ! Il le contemplait, fasciné.

– Kurokoma va vous conduire tous les deux. Il n'est pas sellé, mais pour vous éviter d'avoir mal aux fesses, son dos est recouvert de trois épaisseurs de couvertures. Ryûji montera devant et Sayuri derrière, s'il vous plaît. Il n'y a pas de rênes : Ryûji, tu t'agripperas fermement à sa crinière et Sayuri, tu serreras bien fort la ceinture du pantalon de Ryûji. Le plus important, c'est les jambes. Tenez le ventre du cheval bien serré entre vos jambes, comme si elles ne faisaient plus qu'un avec lui, leur recommanda le corbeau.

– C'est compris. Je ferai attention à ne pas tomber. Mais sans étriers, comment faire pour monter sur son dos ? demanda Ryûji en regardant autour de lui. Tiens, il y a une branche parfaite, là. Je vais m'y agripper ; monsieur Kurokoma, voulez-vous bien venir vous positionner dessous ?

À peine Ryûji avait-il fait cette proposition que le cheval répliquait :

– C'est inutile. Laissez-moi faire.

Il lui saisit soudain l'épaule de sa mâchoire.

Sans avoir le temps de dire ouf, Ryûji se retrouva suspendu dans les airs.

Kurokoma tourna vivement la tête et le déposa à califourchon sur son dos.

– À ton tour maintenant, Sayuri, fit-il en usant de la même méthode pour l'installer derrière Ryûji.

Sans même avoir eu le temps d'être surpris, ils s'étaient retrouvés à dos de cheval en un clin d'œil. Ryûji massa son épaule mordue par le cheval : pas l'ombre d'une contusion ni d'une égratignure. Comment était-ce possible… ?

– Sayuri, ça va ?

– Oui, répondit-elle brièvement en saisissant des deux mains la ceinture du pantalon de Ryûji.

– Attention au départ ! annonça le corbeau. Prenez garde à ne pas tomber, l'un comme l'autre. Accrochez-vous ! Quand vous serez lancés au galop, tu passeras tes mains autour de la taille de ton camarade, Sayuri. Vos jambes ! Ryûji, ça ne va pas. Un cheval, ça se monte avec les jambes. Serre-les plus fort autour de son ventre. Voilà, comme ça, c'est bien, conclut l'oiseau avant de s'envoler haut dans le ciel.

À ce signal, Kurokoma s'élança d'un pas vif.

Dans la forêt s'alignaient à nouveau de grands cèdres au pied desquels poussaient des arbustes et des végétaux. Aucun sentier n'y était dessiné. Sans doute personne ne venait-il ici. Le cheval se faufila adroitement entre les arbres, allongeant le pas.

Les alentours étaient plongés dans la pénombre, comme à l'approche du crépuscule. Kurokoma accéléra, passant au trot. Chaque foulée ballottait les enfants. Ils serrèrent plus fort les jambes autour de son ventre.

Dans une trouée baignée de soleil se dressait un grand camélia couvert de fleurs. Leur rouge vif était comme une lumière dans le demi-jour du sous-bois. Deux bulbuls, sans doute un couple, en buvaient le nectar en piaillant. Leurs cris perçants déchirèrent l'air lourd. Ryûji, qui voyait souvent ce spectacle dans son jardin, se sentit rassuré, c'était apaisant.

Surpris par l'apparition soudaine du cheval, les oiseaux prirent leur envol dans un grand froissement d'ailes.

Kurokoma allongea le pas. Sur son dos, les enfants vacillèrent. Ryûji agrippa la crinière des deux mains tandis que Sayuri, les bras autour de la taille de son camarade, serrait sa main gauche de sa main droite.

Kurokoma ne galopait pas, il volait, plutôt. Il filait à travers les cèdres à une vitesse folle. Les arbres disparaissaient derrière eux à toute allure. Au bout d'un moment, les troncs de devant et ceux de derrière se superposèrent, formant comme un tunnel en écorce de cèdre.

L'air leur fouettait le visage, les empêchant de relever la tête. Ryûji était couché sur l'encolure de leur monture et Sayuri sur lui, son visage enfoui dans son dos. L'odeur de sa transpiration lui sauta au nez, mais ce n'était pas le moment de s'en soucier. Tous deux s'accrochaient comme ils le pouvaient pour éviter d'être désarçonnés.

Après la forêt, une rivière apparut. Sans la moindre hésitation, Kurokoma la franchit d'un seul bond.

Puis ce fut un étang. À sa surface nageaient des canards, il y avait même des aigrettes. On était au mois de mars ; en l'absence de roseaux et de plantes aquatiques, l'eau brillait comme un miroir.

« Arrête-toi ! Même pour toi, c'est un saut trop long ! » pria intérieurement Ryûji. S'ils tombaient à l'eau, c'en serait fini d'eux. « Faisons le tour de l'étang, sans chercher à se surpasser », implorait-il.

À l'instant où il criait « Stop ! » Kurokoma s'élança.

Il vola dans les airs plutôt qu'il ne traversa l'étang. À croire que des ailes lui avaient poussé, le cheval franchit l'étendue d'eau à tombeau ouvert.

Pour éviter de tomber, Ryûji s'agrippa de toutes ses forces à sa crinière, à l'en arracher, et serra les jambes. Couché sur l'encolure, il ne voyait pas bien le paysage qui défilait. Alors qu'ils survolaient l'étang, il ne pouvait qu'entrapercevoir la surface argentée de l'eau sous lui, sans voir

de quelle façon le cheval flottait en l'air. Comment faisait-il ? Il ne semblait pas pourvu d'ailes, alors agitait-il frénétiquement ses jambes pour avancer, ou glissait-il dans les airs, les quatre membres tendus de part et d'autre de son corps ? Ryûji n'en avait pas la moindre idée.

Kurokoma ralentit et rejoignit le sol. Ils se trouvaient dans une prairie à l'herbe sèche. Une ferme, sans doute, car cinq vaches paissaient, grignotant les jeunes pousses à peine émergées.

– Ryûji, ça va ? demanda la voix de Sayuri dans son dos.

– Je ne sais pas ce qu'il s'est passé, mais puisque je suis encore à dos de cheval, c'est que tout va bien. Et toi ?

– Moi, j'ai compris la signification de l'expression « avoir une peur bleue ». C'est incroyable : où sommes-nous passés, et comment ? Je ne sais même pas dire si on était sur terre ou dans les airs. C'était fou quand on a traversé la forêt de cèdres, n'est-ce pas ? Les arbres paraissaient collés les uns aux autres !

Un potager apparut. Épinards et moutarde épinard y poussaient dru.

« Serait-ce le potager de Père Kazé ? Tous ces légumes… Quelqu'un d'autre vivrait-il avec lui ? Est-ce qu'il aurait une famille ? Il nous avait pourtant dit qu'il était célibataire et qu'il n'avait pas de proches… » Ryûji avait du mal à croire que Père Kazé vivait seul.

On n'apercevait pas la moindre maison à la ronde.

« Est-ce qu'il vit en ermite ? Je sais qu'il existe des villages ermites, c'en est peut-être un ? » Le garçon se sentait tout bizarre, à croire qu'on l'avait transporté aux pays des merveilles.

Kurokoma avançait au trot, les jambes bien plantées sur terre. Ils virent des bosquets de châtaigniers et de noyers. Sans doute donnaient-ils plein de fruits à l'automne, songea Ryûji.

De l'autre côté d'un petit bois de pins, il entraperçut une maison aux tuiles bleues. Un chemin de terre battue y conduisait. Kurokoma le suivit, s'enfonçant parmi les grands pins rouges. Certains étaient épais comme la cuisse de Ryûji, d'autres aussi larges que son torse. Leur tronc, plus vermillon que brun, lui rappelait quelque chose.

« Je sais ! On dirait les portiques rouges des temples consacrés à Inari », pensa-t-il devant la pinède.

Au sommet de la colline où se dressait le sanctuaire Kasuga de leur ville, il y avait un temple dédié à Inari. Le chemin qui y menait était bordé de portiques rouges alignés en rangs serrés : un long escalier de sept cents marches, qu'il avait souvent gravies en faisant la course. Le messager d'Inari est un renard. Le souvenir du drôle de bus-renard revint à Ryûji qui s'inquiéta, peut-être étaient-ils finalement bien victimes d'une mauvaise blague orchestrée par ces animaux ?

– Ryûji, cette pinède est magnifique, n'est-ce pas ? fit Sayuri dans son dos. À l'automne, on doit y trouver plein de *matsutake*. J'adore ces champignons ! Je pourrais en manger matin, midi et soir sans me lasser, ajouta-t-elle d'un ton enjoué.

– Oui, en effet, répondit-il sans le moindre entrain.

Il appréciait la gaieté de Sayuri. Lui avait tendance à ressasser, et en plus, il broyait plutôt du noir, ce qui n'était pas bon. Un petit rire forcé lui monta aux lèvres.

Derrière les pins rouges apparut enfin une immense maison au toit bleu entourée d'une haie.

– C'est la maison de Père Kazé ! Qu'elle est belle… ne put s'empêcher de murmurer Sayuri.

– Tiens, une haie de citronnier épineux. J'aime beaucoup ces fleurs blanches. C'est un endroit parfait pour les larves de papillon noir et de machaon ! s'exclama Ryûji, ravi – les insectes le passionnaient.

Il adorait en ramasser et il possédait une belle collection de spécimens. En cinquième année, à l'école, elle lui avait valu la meilleure note de tout l'établissement pour un projet de recherche sur ce sujet.

Ils franchirent un portail en forme d'arche de roses derrière lequel s'étendaient des parterres de fleurs. Bien entendu, les rosiers grimpants ne portaient pas la moindre feuille verte à la fin mars. Seules leurs tiges épineuses s'enroulaient autour des montants métalliques.

Les plates-bandes étaient garnies d'une multitude de bulbes de fleurs de printemps – tulipes, anémones et muscaris – qui laissaient encore à peine émerger de minuscules bourgeons bien clos. Bientôt, toutes s'épanouiraient à l'unisson, formant de magnifiques massifs.

Le sentier qui serpentait à travers les parterres menait à une bâtisse occidentale en pierres à deux étages. Plus loin se dressait la grande maison japonaise aux tuiles bleues aperçue depuis la pinède.

« Qui peut bien habiter une si vaste maison traditionnelle ? Peut-être les parents de Père Kazé ? » Ryûji laissa dériver son imagination.

La maisonnée de Père Kazé

Yatagarasu approchait en faisant de petits bonds avec, dans son sillage, Père Kazé tout sourire.

Ryûji et Sayuri se dépêchèrent de descendre de Kurokoma pour se précipiter à sa rencontre, mais tous deux s'affalèrent par terre. Après avoir serré de toutes leurs forces le ventre du cheval, ils ne sentaient plus leurs jambes.

Kurokoma les releva en les attrapant par l'épaule et les caressa doucement de sa joue ; comme par enchantement, ils retrouvèrent leurs forces.

Père Kazé approcha, un sourire aux lèvres.

Sayuri se jeta soudain dans ses bras et éclata en pleurs.

– Nous... enfin... arrivés. Contente ! bredouilla-t-elle comme un bébé, avant de le lâcher en riant. Puis elle se reprit : Père Kazé, merci pour votre invitation, dit-elle poliment en exécutant une courbette.

– Merci d'être venus. Entrez, je vous en prie. Une boisson chaude vous attend.

Un grand chien tout blanc avait fait son apparition à ses côtés.

« Tiens, il était là, ce chien ? » se demanda Ryûji, étonné. Pas quand Père Kazé les avait accueillis, en tout cas. Peut-être avait-il mal vu. Il se tourna vers Sayuri.

– Tu l'avais vu, le chien ? lui demanda-t-elle à voix basse. Apparemment, elle aussi trouvait cela bizarre. On le dirait modelé dans de la neige. On a l'impression que si on le caressait, sa fourrure risquerait de nous fondre entre les doigts.

L'animal se retourna. L'avait-il entendue chuchoter ? Ses deux oreilles dressées bien droit, il avait l'air doux, très distingué. Comme Yatagarasu, venu des temps mythologiques, peut-être était-il une créature fabuleuse ? Ryûji le salua instinctivement. Il crut voir le chien blanc de neige lui décocher un sourire.

Les deux enfants furent invités à gagner le salon du manoir.

Une table en occupait le centre. Les cernes du bois sombre formaient des arabesques aux formes étranges. Ryûji les regardait, fasciné.

– Père Kazé, cette table a des motifs étonnants. Quel bois est-ce ? Si je ne fais pas erreur, le plateau est d'un seul tenant, n'est-ce pas ? C'est impressionnant.

Il faisait un bon mètre de large.

– Tu as l'œil. C'est du cèdre. Un cèdre plus que millénaire, qui a donné du bois très précieux. On en trouve encore sur l'île de Yakushima ou parmi les arbres sacrés des sanctuaires, mais plus à l'état naturel dans les forêts. Mon père aimait les œuvres d'art et les antiquités, c'est lui qui a déniché cette table quelque part. Vous verrez, elle donne une saveur particulière aux boissons et aux mets qu'elle porte. Mille années d'existence lui confèrent une profondeur qui nous est insoupçonnable.

– Asseyez-vous donc, le café est bientôt prêt.

Ça alors ! C'était le chien blanc, assis sur le siège voisin de celui de Père Kazé, qui avait pris la parole.

– Vous devez être surpris. Ce chien est le chef de notre maisonnée. Il comprend très bien le langage des humains et le parle aussi, n'hésitez pas à lui poser toutes vos questions. Il s'appelle Yukimaru. Yuki, comme la neige qui tombe du ciel.

Le dos bien droit, Yukimaru déclara avec dignité :

– Ravi de faire votre connaissance, en leur adressant un signe de tête.

– Tout le plaisir est pour nous, répondit Sayuri très poliment, avec une courbette.

Ryûji, impressionné par la réaction de sa camarade, s'inclina à son tour.

On frappa à la porte ; un tanuki entra, un tablier autour des hanches. Il apportait le café.

– Merci, Pompina. Ça sent bon ; quel café est-ce, aujourd'hui ?

Le tanuki appelé Pompina répondit d'une voix un peu aiguë en faisant remuer son museau.

– D'accord, acquiesça Père Kazé. Très bien. C'est du moka cultivé en Éthiopie, me dit Pompina, dans la province de Kaffa. La région produit un café délicieux, réputé dans le monde entier. Il a un arôme unique, tout à fait inoubliable, avec une pointe d'acidité. C'est ce nom, Kaffa, qui a donné le mot café, et aussi l'anglais *coffee*.

– C'est vrai qu'il sent très bon. Rien que l'odeur est enivrante. Je vais y ajouter un peu de sucre et de lait, annonça Sayuri, surexcitée.

Mais Ryûji, lui, n'était pas de bonne humeur. À la réflexion, depuis qu'ils étaient descendus du train à la gare de Korino, il ne s'était passé que des choses bizarres. Ils avaient de la chance d'être arrivés sains et saufs.

Il flaira son café. L'odeur le plongeait dans le monde des mille et une nuits. Le breuvage était en effet légèrement acide, mais c'était à son goût.

– Père Kazé, j'ai l'impression d'être dans un rêve, dit-il. Depuis qu'on est montés à bord de l'autobus jaune, il s'est passé tellement de choses incompréhensibles que je ne sais plus si notre présence ici relève du rêve ou de la réalité.

Ryûji et Sayuri racontèrent à tour de rôle leurs péripéties jusqu'à l'arrêt de bus de Nagi.

– Ah ah ! Sacré Kimparanji ! s'esclaffa Père Kazé. C'est un renard sympathique, mais farceur.

– C'était donc bien un renard ! J'en étais sûr. Kimparanji, c'est un drôle de nom...

Ryûji coupa la parole à Sayuri :

– Mais l'eau de source était délicieuse. Il suffisait d'en boire pour se sentir revivre. Tout de même, avec sa façon de conduire, c'est étonnant qu'on n'ait pas eu d'accident.

– Cette eau de source a des pouvoirs surnaturels, commenta Père Kazé en buvant une gorgée de café. Il n'en donne jamais aux étrangers ; si vous en avez eu, c'est qu'il vous considère comme des amis.

Cela réjouit Ryûji, qui se sentit aussitôt mieux disposé envers l'autobus jaune dans lequel il s'était pourtant promis de ne jamais remettre les pieds.

– Père Kazé, votre cheval noir aussi nous a surpris. Quand il galope, on se demande s'il avance sur le sol ou dans les airs, et il a traversé la forêt de cèdres à la vitesse de l'éclair. Quel type de cheval est-ce ? demanda-t-il encore.

– Je comprends que cela vous ait étonnés. Kurokoma n'est pas un cheval mais ce qu'on appelle un *koma*, d'où son nom – Kurokoma, le koma noir. Le cheval galope sur terre tandis que le koma, lui, peut voler dans les airs.

– On dirait Pégase, le cheval ailé de la mythologie grecque ! intervint Sayuri.

– Celui-ci porte le nom de la monture préférée du prince Shôtoku Taishi, Kurokoma. C'est son cinquième descendant en ligne droite. Quant à Yukimaru, c'est le nom du chien bien-aimé du prince, et vous avez devant vous la sixième génération de sa lignée.

Yukimaru, qui buvait son café assis à côté de Père Kazé, éloigna la tasse de ses lèvres en toussotant discrètement.

Père Kazé lui caressa la tête et demanda :

– Vous connaissez le prince Shôtoku Taishi, bien sûr ?

– Oui, il figurait dans notre livre d'histoire, à l'école. C'est le régent qui a gouverné sous l'empereur Suiko ; il a rédigé la fameuse Constitution de dix-sept articles, n'est-ce pas ? répondit Sayuri.

– Il paraît qu'il arrivait à écouter dix personnes lui parler en même temps, vous croyez que c'est vrai ? fit Ryûji.

– Sans doute qu'il en aurait été capable, mais en réalité, cela veut sûrement dire qu'il avait l'ouïe très fine. Son vrai nom est Toyotomimi no Miko, « le prince à l'oreille riche et sage », ce qui signifie, en langage d'aujourd'hui, qu'il était très bien informé. Il avait aussi pour autre nom Umayado no Ôji, « le prince des écuries », et c'est dans ses écuries que vivait Kurokoma. Le prince le montait souvent ; sur son dos, il parcourait le pays entier. Il se renseignait sur les seigneurs de province pour détecter d'éventuels signes de rébellion, s'assurait que sa politique était bien appliquée partout et collectait un tas d'informations précieuses. Dire qu'il était capable d'écouter dix personnes à la fois, c'est une façon de présenter sa capacité extraordinaire à s'informer. Tout comme Yukimaru, Kurokoma aussi est capable de comprendre et de parler le langage des humains, vous savez.

– C'est extraordinaire ! Kurukoma est donc le descendant de la monture préférée du prince Shôtoku ? Et je suis monté sur son dos ? C'est un peu comme si j'étais un prince moi-même !

Ryûji, ravi, vida sa tasse de café d'une traite.

Sayuri examina une nouvelle fois Yukimaru, assis en face d'elle. Le chien ne disait pas un mot. Il dégustait tranquillement son café, placide, d'un air réfléchi. Quel âge pouvait-il avoir ? Puisque le prince Shôtoku avait vécu entre la fin du VIe siècle et le début du VIIe siècle, s'il était le sixième descendant de la lignée... ça faisait combien d'années... elle n'en savait rien, mais il avait un âge plus que vénérable, à coup sûr. Où avait-il vécu, qu'avait-il vu et entendu pendant tout ce temps ? Et Kurokoma ? Elle aimerait bien leur poser la question, s'ils devenaient amis...

Mais Yukimaru, malgré son apparente douceur, était impressionnant. Une certaine sévérité émanait de lui. C'était le descendant du chien préféré du prince Shôtoku, doué d'une noblesse de caractère que Sayuri ne pouvait qu'imaginer.

– Ah, j'oubliais le plus important. Félicitations pour votre certificat d'études ! C'est ce que nous fêtons aujourd'hui, ainsi que votre entrée prochaine dans la vie active. Le voyage réservait bien des surprises mais vous êtes venus sans trop vous inquiéter, vous m'avez fait confiance et j'en suis ravi. Voici un petit cadeau pour vous accompagner dans le premier pas vers vos rêves d'avenir, déclara Père Kazé en leur tendant deux petites boîtes en bois de cèdre millénaire.

– Merci, Père Kazé, répondirent-ils à l'unisson en recevant chacun la leur.

– Puis-je l'ouvrir ? demanda Sayuri, les yeux brillants.

– Bien sûr, je t'en prie. Attention à ne pas faire tomber le contenu.

Il sourit en lissant sa barbe toute noire.

Dans la boîte de Sayuri reposait un *magatama* rouge en jaspe, et dans celle de Ryûji, le même, en vert : une pierre polie en forme de virgule, percée d'un trou dans sa partie supérieure.

– C'est beau ! Je vais le porter en pendentif. J'adore cette couleur. Merci, Père Kazé. Qu'est-ce que je suis contente ! s'exclama Sayuri d'une voix enjouée.

Elle souriait. Ryûji, fasciné par son magatama, le couvait du regard, comme aimanté.

Il finit par relever la tête pour dire :

– Merci, Père Kazé. Je vais en prendre soin. En cas de besoin, je crois qu'il me donnera du courage si je le serre fort.

Son expression était grave.

– C'est une bonne idée. Ces magatamas ne viennent pas d'un site archéologique de la préhistoire. Ils font partie d'un collier offert par le prince Shôtoku à l'ancêtre de Yukimaru. Ils sont spéciaux. Yukimaru m'a donné ce collier fait de plusieurs magatamas, il souhaitait que je le garde, mais le fil était si ancien qu'il a cassé. Ce sont deux des pierres qui le constituaient. Elles vous serviront, à l'avenir, quand vous rencontrerez des difficultés. Un jour, Yukimaru vous en dira plus à ce propos. Vous avez tous les deux des dispositions particulières. Vous irez loin. Mais on ignore quels dangers, quelles épreuves nous réserve l'avenir. La vie est longue et vous vous heurterez sûrement à un ou deux écueils, si ce n'est plus. Alors, ces magatamas vous seront utiles. Ils incarnent la confiance qui nous relie, vous et nous tous, déclara Père Kazé en les regardant droit dans les yeux.

– Merci, Yukimaru, pour ce précieux cadeau, répondit Sayuri. Je ne m'en séparerai jamais. Mais je suis déterminée à surmonter seule toutes les difficultés, même les plus terribles. Je m'efforcerai de ne pas avoir recours à mon magatama, ajouta-t-elle avec vivacité, le regard pétillant.

Ryûji remercia Yukimaru à son tour.

Le chien hocha légèrement la tête sans rien dire, l'œil bienveillant.

– Si on mangeait ? Vous devez avoir faim, tous les deux, dit Père Kazé.

Pompina, la dame tanuki, fit son apparition, accompagnée d'un lièvre qui trottinait à sa suite ; tous deux portaient des assiettes de poisson grillé au sel.

– Oh, un lièvre en plus du tanuki ! s'écria Ryûji.

Quels autres animaux vivaient donc ici ? On se serait cru dans un conte de fées. Il brûlait de curiosité.

– Tu es surpris, Ryûji ? Il s'appelle Chôji – Longues-Oreilles – et il est doté d'une ouïe extrêmement fine. Il est capable d'entendre, depuis l'autre bout de la pièce, une goutte d'eau tomber sur la table. Il serait, paraît-il, le descendant du mythologique lièvre d'Inaba, mais il ne sait pas précisément de quelle génération.

– Ça alors ! Si Sayuri et moi faisons des cachotteries, il nous entendra sans faute, n'est-ce pas ? Il n'y a donc aucun secret, dans cette maison. Oh là là, qu'est-ce que ça a l'air bon !

Les yeux sur les nombreux plats disposés sur la table, Ryûji déglutit.

Des pousses de prêle aux œufs brouillés, du persil japonais bouilli, une salade de ciboule de Chine et d'escargots d'eau douce au miso, de la truite saumonée cuite au sel accompagnée de radis râpé, des œufs de crapaud-buffle au vinaigre... la table était couverte de mets de choix.

– Bientôt, on trouvera aussi des crosses de grande fougère, des bourgeons d'angélique du Japon et toutes les bonnes pousses printanières, mais pour l'instant, voilà les légumes du tout début du printemps. C'est ainsi que se nourrissaient les hommes préhistoriques. Comme boisson, j'ai du vin fait maison avec de la vigne sauvage. Mais pas pour vous qui êtes encore trop jeunes : vous trinquerez au jus de raisin de la même vigne. C'est Yukimaru qui va porter un toast.

Yukimaru saisit dans sa patte droite son verre rempli de vin. Il était orné de motifs géométriques du plus bel effet. Les reflets du liquide à la robe violet profond brillaient d'un beau rouge vif, comme une opale de feu, là où convergeaient les arêtes du verre taillé.

– Buvons à votre diplôme et à votre avenir, à un nouveau départ. Santé ! lança Yukimaru d'une voix sonore.

Il leva haut son verre et but une gorgée de vin. Le jus de raisin était délicieux. Son arôme léger révélait un équilibre parfait, totalement enivrant, entre saveurs sucrées et acides.

Le repas fut gai. Père Kazé leur raconta un tas d'anecdotes rigolotes sur divers animaux et plantes. Lorsque la conversation retomba, Ryûji décida de se lancer : il posa la question qui le titillait.

– Dites-moi, Père Kazé, vous savez beaucoup de choses ; dans quelle école les avez-vous apprises ? À l'université, au département de zoologie ? Ou plutôt à la faculté d'agriculture, pour devenir vétérinaire ou éleveur ?

– Je ne suis pas allé à l'université, répondit Père Kazé en riant. Je ne suis diplômé d'aucune école digne de ce nom.

– Vraiment ? Même pas de l'école communale ? fit Ryûji qui faillit en lâcher son verre de surprise.

– Si, bien sûr.

– Alors, où avez-vous appris toutes ces choses ?

Père Kazé remplit son verre avant de reprendre, tout sourire :

– Apprendre, c'est davantage réfléchir et comprendre par soi-même qu'étudier à l'école, tu sais. J'ai eu la chance que mon père aime lire, notre bibliothèque est bien fournie. Je te la montrerai un jour. Les livres sont mes professeurs ; la nature aussi. Il n'y a pas que les animaux et les végétaux, le sol et les minéraux nous réservent bien des surprises. En plus, Yukimaru et Kurokoma savent des tas de choses, sans oublier Taketsuno – c'est le nom du corbeau Yatagarasu. Yukimaru est très calé en histoire. Et puis certains grands spécialistes ne sont jamais allés à l'université. As-tu déjà entendu parler de Tomitarô Makino ? Après avoir quitté l'école communale en cours de route, il a étudié tout seul ; cet autodidacte est devenu un grand spécialiste des végétaux, on l'appelle même « le père de la botanique japonaise ». Plus loin de nous, il y a aussi le philosophe et historien Hokiichi Hanawa. Devenu aveugle à sept ans, il est monté à la capitale, Edo, pour y étudier et il a consacré quarante années de sa vie à publier une somme en cinq cent trente tomes intitulée la *Grande collection des classiques japonais*.

« Bref, l'important, c'est de décider ce qu'on veut faire et d'avoir la force de caractère et la puissance de travail nécessaires pour avancer vers son objectif en surmontant les obstacles. Devenir un grand spécialiste demande certaines dispositions innées, mais acquérir les mêmes connaissances que moi est à la portée de tout un chacun, conclut-il calmement avant de vider son verre de vin d'une traite. »

– J'ai compris. On construit soi-même son propre avenir, n'est-ce pas ? Je vais faire de mon mieux.

Les inquiétudes qui emplissaient sa poitrine s'évanouirent et Ryûji se sentit beaucoup plus léger. Sayuri, qui avait écouté en silence, affichait elle aussi plus d'optimisme. Tous deux avaient décidé de prendre grand soin des espoirs nouveaux qui germaient en eux.

« Père Kazé vit-il seul dans cette grande maison avec tous ces animaux ? Où sont son père et sa mère ? N'a-t-il ni frère ni sœur ? » se demandait Sayuri. Une foule de

questions se pressait dans son esprit, mais elle préféra ne pas les poser tout de suite. Yukimaru, qui savait tout cela, le lui apprendrait sûrement bientôt.

Sayuri appréciait encore plus Père Kazé. Son charme exerçait un véritable magnétisme sur elle, comme un puissant aimant. Sans comprendre pourquoi, elle savait que sa place était ici.

Le repas terminé, le café fut servi avec le dessert. Kurokoma, Chôji et Taketsuno les avaient rejoints. Il y avait aussi un jeune macaque du nom de Hîko. Quand Taketsuno le présenta, il s'exclama « Kikki, kiii ! » puis il s'inclina.

– Il est enchanté de faire votre connaissance, traduisit Taketsuno.

Sayuri et Ryûji se levèrent pour le saluer à leur tour avec un grand sourire et une petite courbette.

Hîko exécuta une pirouette et les salua en faisant le poirier.

– Ça alors, moi qui croyais que c'était une fille ! s'exclama Ryûji avant de vite mettre sa main devant sa bouche.

Hîko sonnait comme un prénom féminin, mais un bref regard entre les pattes du singe la tête en bas lui avait appris que c'était un mâle ; cette remarque lui avait échappé.

– Pardon, je suis désolé, se dépêcha-t-il d'ajouter. J'ai parlé trop vite. Excusez-moi, reprit-il, le rouge au front.

– Les gens se trompent souvent. Hîko, c'est un nom plein d'histoire. Il a pour lointain ancêtre Sarutahiko, le dieu-singe qui a guidé Ninigi no Mikoto lorsqu'il est descendu du ciel sur le mont Takaraho pour gouverner le monde et y planter du riz.

– Oui, je connais cet épisode. Je l'ai étudié en cours d'histoire du Japon, répondit Ryûji, troublé.

Il avait l'impression de se retrouver dans un monde de légendes. Il jeta un regard discret à Père Kazé. Celui-ci était souriant, mais il se dégageait de lui une majesté pleine de dignité.

Peut-être descendait-il lui aussi d'une lignée divine. À cette idée, Ryûji crut voir le corps de Père Kazé baigné d'une lueur mystérieuse.

Ce dernier, qui buvait son café, reprit la parole :

– Vous savez, Hîko est un petit chenapan qui aime faire des farces, mais il est aussi très futé. C'est notre mascotte. Son nom est Hîko, mais comme il crie souvent « Kikki, kikki ! », c'est ainsi qu'on le surnomme.

Comme en réponse, avec un « kikki, kiii » sonore, le petit macaque grimpa à toute vitesse à un pilier d'où il leur tira la langue. Tous éclatèrent de rire.

Lorsqu'il descendit de son perchoir, Kikki prit dans un vase des pois de senteur et alla les offrir à Ryûji et Sayuri.

Ryûji le remercia d'une poignée de main et Sayuri lui caressa la tête.

Kikki sauta sur ses genoux. Instinctivement, elle le serra dans ses bras.

Tout le monde applaudit.

Une décision inébranlable

Sayuri nageait dans le bonheur. Quand elle avait pris Kikki dans ses bras, elle avait senti la chaleur de son corps. Et lorsque le macaque avait enfoui son visage dans sa poitrine, elle s'était sentie devenir mère. Voilà, elle allait rester ici et devenir la maman de la maisonnée. « Mais je n'ai encore que douze ans, songea-t-elle, un rôle de mère, ce serait bizarre – eh bien, je deviendrai leur grande sœur à tous. » Aussitôt, à cette pensée, un petit rire lui monta aux lèvres. Être la grande sœur de Kikki, pourquoi pas, mais Yukimaru et Kurokoma, respectivement sixième et cinquième de leur lignée, avaient à coup sûr un âge avancé. Quant à Taketsuno, elle ignorait où il se situait en termes de lignée, mais puisque ses ancêtres remontaient aux temps mythologiques, impossible de lui donner un âge. Le rôle de grande sœur était donc tout aussi bizarre – leur gouvernante, alors ? Ou leur servante, ou leur dame de compagnie, cela lui était égal, ce serait toujours plus motivant que de devenir ouvrière. Elle avait le sentiment d'appartenir à la maisonnée.

– Sayuri, qu'est-ce qui te fait rire ? demanda Ryûji.

– Rien. Je m'amuse bien, alors je ne peux pas m'en empêcher. Le café est délicieux, tu ne trouves pas ?

Après avoir adroitement dévié la conversation, elle saisit un des petits gâteaux servis pour le dessert.

C'étaient des biscuits à la confiture de mûres et, nouveauté du jour, à la confiture d'airelles.

– Le feuillage de l'airelle rougit joliment en automne, remarqua-t-elle. Avec ses branches bien fournies, je fais souvent des compositions florales.

– Exactement. J'en ai beaucoup mangé dans mon enfance, quand j'allais cueillir des matsutaké dans la montagne. Mais je me demande ce que cela peut donner en confiture, commenta Père Kazé.

Il croqua un biscuit couvert de confiture violet foncé.

– Hum, c'est bon. Un peu acide, avec une saveur caractéristique. À chacun ses goûts, mais moi, j'aime bien. Pompino, c'est une idée de toi ?

Le tanuki resté dans l'ombre de Pompina pointa le bout de son museau. Ses longues et épaisses moustaches marron dressées à l'horizontale lui donnaient un air comique. Pompino, tout embarrassé, répondit « Oui, c'est moi » et se frappa le front d'une main.

Aux oreilles des enfants qui ne comprenaient pas le langage tanuki, sa réponse avait sonné comme une petite voix qui disait : « Uun, kke ! »

– Permettez-moi de faire les présentations : voici Pompino, notre cuisinier. C'est le mari de Pompina et un vrai cordon-bleu. Comme il est très timide, il n'aime pas trop se mettre en avant. Pompino, viens saluer tout le monde.

Un filet de voix se fit entendre dans le dos de Pompina.

– Comment ? Tu t'es montré, alors ça suffit comme ça ? D'accord, d'accord. La confiture d'airelles est délicieuse. Quel sera ton prochain défi ?

– De la mûre d'hiver, dis-tu ? reprit Père Kazé. Mais les pépins sont difficiles à enlever ? D'après lui, c'est délicieux. Tiens, la prochaine fois que j'irai en Amérique du Nord, je rapporterai un pied de myrtilles. On n'en trouve pas encore au Japon, mais en confiture, c'est un régal. Tu peux partir, va te reposer.

Une ombre fila derrière Pompina ; Pompino s'était éclipsé.

– Ha ha ha ! Quand il s'agit de se transformer à volonté pour cuisiner, il est très fort, mais cela ne le guérit pas de sa timidité, constata Père Kazé en riant gaiement.

Ils burent leur café dans la bonne humeur. Ryûji avait envie de vite apprendre à parler la langue des animaux. Ceux qui vivaient ici maîtrisaient très bien le langage des humains, mais la communication à sens unique, c'était intenable.

Ryûji peinait à trouver le sommeil. Son destin de commis dans l'entreprise de céréales en gros de son oncle d'Osaka s'était soudain rappelé à lui, et il n'arrêtait pas d'y penser. Son oncle semblait être quelqu'un de bien, mais l'un des responsables avait une réputation de méchant homme. Le directeur était quelqu'un de compréhensif, plein d'expérience, et un excellent commerçant. Mais le comptable en chef prenait un malin plaisir à tourmenter les commis sous prétexte de les éduquer, et plusieurs d'entre eux s'étaient enfuis, paraît-il. Même en admettant qu'il le supporte et travaille de toutes ses forces, Ryûji ne se voyait pas d'avenir. Être promu contremaître puis ouvrir un jour sa propre filiale, c'était la voie classique, mais passer sa vie à vendre des céréales n'avait rien de très excitant, ne pouvait-il s'empêcher de penser.

Ces réflexions le tenaient éveillé. Dans le lit voisin, Sayuri dormait à poings fermés. Elle s'était assoupie dès qu'ils s'étaient mis au lit. Rien ne la turlupinait. Les ouvrières dans le textile étaient pourtant traitées comme des esclaves, disait-on ; était-elle prête à entrer dans cet univers sans la moindre hésitation ? Quel optimisme ! Ryûji, à demi désabusé, regarda sa camarade : son visage serein n'affichait pas l'ombre d'un souci.

Soudain, une pensée le percuta, comme un coup en pleine face.

« Qu'est-ce que je suis stupide ! J'oubliais le plus important ! J'ai pris ma décision avant de venir : je serai le disciple de Père Kazé. Comment cela a-t-il pu me sortir de l'esprit ? »

Depuis qu'ils étaient descendus à la gare de Korino, tellement de faits étranges s'étaient succédé qu'il avait eu l'impression de rêver. Une fois au lit, ce songe comme brusquement dissipé, la réalité l'avait assailli sous les habits de l'inquiétude.

Les paroles du Père Kazé lui revinrent en mémoire, tel un oracle divin : fais ce qui t'intéresse, fixe-toi un objectif et concentre tous tes efforts sur sa réalisation.

« Voilà, mon objectif, c'est de devenir zoologiste. Je l'ai décidé, et c'est pour cela que je suis ici. Quelle andouille je fais ! »

Aussitôt, les nuages gris qui recouvraient son cœur se déchirèrent et il se sentit devenir plus optimiste. Puis il se frappa le front, involontairement. Tiens, il faisait comme Pompino un peu plus tôt. Avec un petit rire, il se renfonça sous la couette.

La pendule affichait deux heures et vingt-cinq minutes. Ryûji sombra dans un profond sommeil.

– Il est déjà sept heures, Ryûji, réveille-toi ! lança Sayuri en secouant son lit.

Ryûji ouvrit les yeux. Il avait dormi comme un loir ! Il s'étira avant de sauter sur ses pieds.

Il se débarbouilla à l'eau du ruisseau derrière la maison. Quand il plongea les mains dans l'eau, un gobie surgit de sous les petits cailloux. À l'écart du courant nageaient des bancs de médakas. Il y avait ici tout un tas de poissons d'eau douce, semblait-il. Ryûji était un bon pêcheur ; ce serait agréable de passer la journée à taquiner le poisson.

Yukimaru et Taketsuno étaient assis à la table du petit-déjeuner. Pendant le repas, Ryûji était nerveux. Comment annoncer sa décision à Père Kazé ? S'il se déclarait tout de go, celui-ci serait sans doute surpris. Que faire s'il refusait ? Il ne lui resterait qu'à le supplier, mais peut-être que l'opposition viendrait de Yukimaru et des autres animaux. Plongé dans ses réflexions, il en oubliait de manger.

– Que t'arrive-t-il, Ryûji ? Tu n'as pas bien dormi ? Tu ne te sens pas bien ? s'inquiéta Sayuri à voix basse.

– Non, ça va. J'ai encore l'impression d'être dans un rêve… répondit-il en se dépêchant d'avaler son bol de riz.

Après le petit-déjeuner, on leur servit du thé. Les magnifiques tasses en céladon étaient posées sur des soucoupes en bambou finement tressé. Le thé jaune pâle rappelait les jeunes pousses de printemps, en plus clair. Pour Ryûji qui buvait toujours du thé bon marché beaucoup moins délicat, c'était une couleur merveilleuse, jamais vue.

Il en prit une gorgée et, quelle surprise ! C'était délicieux. Cela aurait été du gâchis de l'avaler aussitôt, il le garda en bouche un instant.

– Comme il est bon, ce thé ! C'est une première pour moi. Je n'ai jamais bu que du thé bon marché. Heureusement que je ne l'ai pas avalé d'un coup comme d'habitude.

– En effet. C'est du thé maison. Nous avons des théiers derrière la maison, dont nous cueillons les feuilles tous ensemble. Le thé, c'est mieux quand c'est bon, n'est-ce pas ? demanda Père Kazé avec un sourire. Bien, pour moi, c'est l'heure de faire une petite pause !

Père Kazé sortit sa pipe, qu'il bourra de tabac.

Pendant qu'ils buvaient leur thé, Ryûji avait retrouvé son calme.

Il se leva, le dos bien droit, comme quand le directeur de l'école primaire lui avait remis son diplôme, s'approcha de Père Kazé d'un pas ferme et s'inclina devant lui à un angle de quinze degrés.

– Que t'arrive-t-il, Ryûji ? Quelle attitude formelle, d'un coup ! s'exclama Père Kazé, surpris, en éloignant sa pipe de ses lèvres.

– Je voudrais vous demander quelque chose. Je veux devenir zoologiste quand je serai grand. Vous avez dit que même sans aller à l'école, si on avait envie d'étudier, on pouvait le faire n'importe où. Mais en étant commis chez un grossiste à Osaka, je n'en aurai pas le temps. Prenez-moi comme apprenti. J'étudierai de toutes mes forces ici, en travaillant pour vous. J'apprendrai le langage des animaux. Votre bibliothèque est remplie de livres : pour améliorer ma culture générale, j'étudierai l'histoire, les mathématiques et les autres matières, encore plus que ce que l'on apprend à l'école. Je vous en supplie, Père Kazé.

Ryûji avait débité sa tirade d'une traite, l'air grave.

Père Kazé, sans rien dire, recracha une volute de fumée légèrement violacée. La fumée forma un nuage qui s'éleva, aspiré vers le ciel. Un silence plana.

C'était peut-être fichu. Ryûji sentait son espoir, d'abord vif comme la flamme, s'évanouir peu à peu. Mais Taketsuno le corbeau à trois pattes lui adressa un imperceptible hochement de tête qui lui redonna courage. Il irait jusqu'au bout, quoi qu'il arrive. À l'instant où il aboutissait à cette décision inébranlable, Sayuri se leva et prit la parole :

– Père Kazé, je pense la même chose. Permettez-moi de rester ici. Je ne veux pas devenir ouvrière. J'aime les animaux et les plantes, mais je n'ai pas l'intention de devenir zoologiste comme Ryûji. Je ferai tout ce qui est possible pour me rendre utile. Le ménage, les menus travaux, aller puiser l'eau, peu importe. Yukimaru, Taketsuno, je peux être utile à la maisonnée, n'est-ce pas ? Je cuisine bien, je pourrai aider Pompino. Ma décision est déjà prise. Même si vous me chassez, je reviendrai, car je ne peux vivre ailleurs qu'ici. Yukimaru, Taketsuno, je vous en prie, soutenez-moi !

Elle crut voir un sourire traverser leurs yeux.

Ryûji pensa « Zut alors ! » On marchait sur ses plates-bandes. Les intentions de Sayuri lui avaient complètement échappé. Si elle avait dormi à poings fermés la nuit passée, c'est parce qu'elle n'avait plus ni hésitations ni craintes. À lui seul, il aurait peut-être réussi à convaincre Père Kazé, mais à deux, ce serait plus compliqué. Il avait envie que Sayuri disparaisse.

Père Kazé répondit posément après avoir une nouvelle fois ôté la pipe de sa bouche. Un filet de fumée violette s'en élevait tout droit.

– Je comprends très bien ce que vous voulez dire. Vous savez, je m'inquiétais un peu de vous voir entrer dans la vie active, devenir commis et ouvrière. Ce sont de beaux métiers, loin de moi l'intention de les critiquer, mais comme vous avez tous les deux des dispositions, j'espérais pouvoir vous aider à en tirer parti. Ce serait vraiment dommage de les laisser en friche.

Père Kazé s'interrompit pour tirer sur sa pipe. Un arôme indicible se répandit.

Ryûji éprouva du soulagement. Il eut honte d'avoir souhaité la disparition de Sayuri, d'avoir voulu être le seul à rester.

– À vrai dire, Taketsuno trouvait triste que vous ne puissiez pas continuer vos études et il m'a suggéré de vous faire travailler ici, il a plein de travaux à vous confier. Yukimaru, à qui j'en ai parlé, a trouvé que c'était une bonne idée, mais qu'il fallait respecter vos aspirations. Si vous avez envie de vivre parmi nous, il est d'accord. Vous venez tous deux d'exprimer votre souhait de travailler ici. Vous m'en voyez ravi. Bientôt, je vous demanderai votre aide pour une tâche importante à laquelle je réfléchis. Disons une expédition, plutôt qu'un travail. Nous y reviendrons quand vous aurez fini d'apprendre tout ce qu'il faut savoir…

Sans finir sa phrase, Père Kazé adressa un grand sourire aux deux enfants.

– Youpi ! C'est super ! cria Sayuri, les bras levés en signe de victoire, puis elle contourna la table pour aller se jeter à son cou.

Vacillant sous l'enthousiasme de la fillette, il fit un pas en arrière avant de s'écrier en riant :

– Oh là là ! On voit bien que tu es née l'année du cochon sauvage. J'ai l'impression d'avoir été renversé par un sanglier !

Elle le lâcha pour prendre Ryûji par la main.

– Quel bonheur, hein, Ryûji ? Je n'ai jamais été aussi heureuse de ma vie. Cela me récompense de tout ce que j'ai enduré jusqu'à présent. Je n'en ai jamais parlé à personne, mais il m'est arrivé plein de choses terribles. J'ai même déjà songé à mourir... Mais maintenant, tout va bien. Puisqu'un aussi beau rêve devient réalité... dit-elle en le regardant, les yeux pleins de larmes.

Yukimaru s'était discrètement rapproché d'eux.

– Sayuri, tu as été très courageuse. Être en vie, c'est magnifique. Cette beauté, les années à venir te l'apprendront. On va bien s'amuser tous ensemble.

Sayuri se tourna vers Yukimaru. Ses yeux étaient doux. Ils révélaient sa largeur d'esprit, une capacité à tout accepter.

La fillette se reprit ; elle essuya ses larmes et annonça, son regard planté dans celui de Père Kazé :

– Les nuages noirs qui s'étaient accumulés dans ma poitrine ont disparu, laissant place à une légèreté printanière. Jamais je n'ai éprouvé un tel bonheur. Ce sera mon point de départ pour défricher ma nouvelle existence. Yukimaru, Taketsuno, merci pour votre soutien. Père Kazé, je manque encore d'expérience, mais je m'en remets à vous ; aidez-moi à parfaire mon éducation, s'il vous plaît.

Sayuri s'inclina avec gravité, sa courbette destinée à tous ceux qui étaient présents dans la pièce.

Apprentissage du langage des animaux

Ryûji et Sayuri reçurent chacun une chambre à l'étage de la maison traditionnelle. Une pièce d'une dizaine de mètres carrés, au sol recouvert de tatamis. Avoir sa propre chambre leur apparaissait comme un rêve, un luxe impensable dans les petits logements où ils avaient vécu.

Les pièces étaient orientées au sud, avec à l'intérieur des fenêtres un cadre tendu de papier japonais qui atténuait les rayons du soleil. Dans une petite alcôve était disposé un vase. Côté nord, un placard contenait la literie. La porte d'entrée coulissante était ornée de dessins des sept plantes d'automne. Sayuri, amatrice de fleurs, rapporta une branche de forsythia bien fleurie qu'elle disposa dans le vase de l'alcôve ornementale. Bientôt, lorsque les tulipes, anémones, muscaris et autres fleurs de printemps s'épanouiraient, elles viendraient sûrement égayer sa chambre.

Le matin, les enfants étudiaient. Pour commencer, ils apprirent la langue des animaux. Les langages diffèrent en fonction des espèces et, outre les mots à proprement parler, les mimiques et gestes sont nombreux. Surtout, le plus important est de ne pas seulement apprendre par cœur, mais d'échanger avec des animaux pour mettre ses connaissances en pratique.

Il existe également des mots communs à toutes les espèces. Mais pour les comprendre, il faut posséder l'instinct propre aux animaux. Ce n'est pas quelque chose qui s'apprend. Les animaux naissent avec cette capacité, c'est inné, mais pas les humains. C'est grâce à une connaissance intime du règne animal, acquise une fois que l'on se considère soi-même comme l'un d'entre eux et qu'ils vous ont accepté dans leur cercle, que l'on développe intuitivement ce don. Mais pour transmettre une information complexe ou des sentiments profonds, il est nécessaire de s'en remettre au langage de chaque espèce.

Comme tous deux aimaient les animaux plus que quiconque, ils devinrent rapidement proches de leurs nouveaux amis. Et ils acquirent à une vitesse incroyable cette fameuse intuition animale. Ils s'entendaient très bien avec Kikki et maîtrisèrent en un clin d'œil le langage des singes – rien de plus naturel entre primates. C'est ainsi que leur instinct animal s'affûta de jour en jour.

Puisqu'ils avaient seulement leur certificat d'études, il leur fallait assimiler les connaissances enseignées au collège et à l'école pour filles ; leurs cours portaient donc sur tout un tas de matières. Ryûji appréciait la géométrie. Découvrir que triangles, carrés et cercles dissimulaient chacun une foule de secrets l'avait surpris. Et le théorème de Pythagore était amusant : dans un triangle rectangle, le carré de la longueur de l'hypoténuse est égal à la somme des carrés des longueurs des deux autres côtés. Quelle que soit la forme d'un triangle rectangle, ce lien entre ses trois côtés reste vrai, c'est incroyable ! Les chiffres 3, 4 et 5, qui illustrent parfaitement cette règle, lui plaisaient beaucoup. Lui qui s'intéressait également à la poésie haïku choisit Myogo[2] pour nom de plume.

Mais le plus amusant de tout, c'était les lignes imaginaires. Lorsque rien n'y fait – on a beau tourner une figure dans tous les sens, impossible de résoudre le problème –, trouver soudain la solution grâce à une ligne imaginaire, c'est fantastique. Et cela sert dans la vie de tous les jours, aussi. Quand on est dans une impasse, qu'on s'interroge et qu'on a des regrets, une ligne imaginaire, c'est nécessaire.

La matinée de travail terminée, l'après-midi était libre. Un jour, Ryûji se rendit dans le potager derrière la maison. Quelqu'un binait le sol, vêtu de noir des pieds à la tête – une combinaison de travail, sans doute. Sous le soleil printanier, sa silhouette sombre était nimbée d'argent.

– Bonjour, monsieur ! lança Ryûji avec entrain.

---

2. Myogo s'écrit avec les idéogrammes des chiffres 3, 4 et 5.

Quelle ne fut sa surprise devant le visage que son interlocuteur tourna vers lui après avoir ôté la serviette en coton qui lui couvrait le crâne ! Deux oreilles pointaient sur sa tête noire. Il avait des yeux minuscules, trop petits pour son grand corps. Et surtout, ce qui se remarquait le plus, c'était le motif en forme de croissant de lune qui ressortait, tout blanc, sur sa poitrine. Le monsieur était un ours noir d'Asie.

– Je m'appelle Ryûji. Je suis l'assistant de Père Kazé, dit Ryûji sans hésiter, maintenant qu'il maîtrisait bien la langue des animaux.

– Je sais. Tu es venu avec une fillette qui s'appelle Sayuri. Moi, c'est Ashigarakuma Zaemonnosuke. Tout le monde m'appelle Yûza, tu peux faire pareil. Mes ancêtres vivaient sur le mont Ashigara, où ils faisaient du sumo avec le héros de légende Kintarô et le prenaient sur leur dos pour l'amuser. Je suis leur lointain descendant, j'ignore le combientième de la lignée, ce genre de choses ne m'intéresse pas tellement ; ma femme en sait plus que moi. Comment ? Où elle est ? Dans notre tanière, bien sûr. Nous avons eu deux petits, qu'elle élève en ce moment.

Nous vivons chacun de notre côté. Nous sommes un couple mais, dans la société des ours, mari et femme n'habitent pas ensemble, c'est comme ça. Vivre sans s'imposer à l'autre, en toute liberté, c'est formidable.

« Ça alors ! Même l'ours vient du monde des mythes et légendes. Et je suis désormais leur camarade à tous. Avec un peu de chance, moi aussi j'ai un ancêtre issu des temps mythologiques ou du monde des légendes folkloriques. Certainement un soldat ou quelqu'un de peu d'importance… » songea Ryûji qui se prit à fredonner la comptine :

Kintarô sur le mont Ashigara / Sur le dos d'un ours / S'entraîne à monter à cheval / Hue dia ! Hue dia !

– Vous semez des graines, monsieur Yûza ? Des graines de quoi ?

– Les graines, c'est pour plus tard. Pour l'instant, je prépare le sol. Parce que sans un bon terreau bien meuble et riche, on n'obtient pas de beaux légumes. Ensuite, je planterai des aubergines, des concombres, des tomates, des patates douces, des piments… tout un tas de choses.

– Laissez-moi vous aider, s'il vous plaît ! J'ai toujours rêvé de faire pousser des légumes. Mais chez moi, on n'avait pas de potager, alors je cultivais des aubergines et des tomates dans une caisse à charbon…

– Avec plaisir ! Aide-moi autant que tu le veux. Kikki et Chôji manquent de force, ils abandonnent très vite. Au fond, il y a un verger. Je ne m'en occupe pas tellement, mais il donne assez de fruits pour nous tous. Tu peux aller y faire un tour. Pour l'instant, j'ai du travail.

– Pardon de vous avoir dérangé. Dès demain, je viendrai vous aider.

Ryûji continua en direction du verger en se disant qu'il inviterait Sayuri à l'accompagner le lendemain.

Yûza disait vrai, il y avait là toutes sortes d'arbres fruitiers. Des pêchers, des poiriers, de la vigne, des châtaigniers, des pruniers, des arbres à kaki – et même de plusieurs variétés : des kakis Fuyû, Gosho, Jirô et aussi des kakis astringents, qu'on mange séchés. Les pêchers étaient couverts de bourgeons rose tendre. Ils s'épanouiraient d'un coup, après les fleurs de cerisier ; ensuite, un peu plus tard, ce serait le tour des fleurs de poirier toutes blanches. On se serait cru dans le village de la source aux fleurs de pêcher[3] ! Ryûji sentit une sérénité indicible le gagner.

Comme il l'apprit ensuite, le verger relevait des compétences de Kikki, qui invitait de temps en temps ses camarades de la montagne à l'aider à en récolter les fruits. Avec autant d'arbres, il y avait largement de quoi suffire à la maisonnée de Père Kazé, si nombreuse soit-elle.

Durant ses heures de liberté, Ryûji aidait au potager ou à couper du bois, mais il passait le plus clair de son temps plongé dans les livres de la bibliothèque. Le soir aussi, il lisait jusque tard à la lumière de la lampe à pétrole, à déchiffrer les ouvrages ligne par ligne. Il pouvait lire tout son soûl. En avoir le temps était une grande joie.

---

3. La source aux fleurs de pêcher fait référence à un poème chinois qui raconte la découverte d'un village coupé du monde, une sorte de paradis installé dans une vallée où fleurissent des pêchers.

Horaji la loutre vantarde

La vie chez les Fûka, pleine de nouveautés, était stimulante. Tout le monde était gentil et les repas se déroulaient dans la joie et la bonne humeur.

Le poisson servi chaque jour était pêché par Horaji la loutre, encore un autre membre de la maisonnée. Les repas s'agrémentaient du produit de sa pêche – des gros poissons comme la carpe, l'anguille ou le poisson-chat aux plus petits spécimens d'eau douce comme le gnathopogon, le méné ou le chevesne. Parfois, Horaji rapportait des saumons et des truites attrapés dans un torrent de montagne. Les poissons de mer, c'était Père Kazé qui en achetait quand il se rendait dans une ville lointaine sur le dos de Kurokoma. Bref, on mangeait tout un tas de délicieux poissons.

Ryûji, qui adorait la pêche, devint très vite ami avec Horaji. Lorsque le soleil se fit plus ardent, ils allèrent souvent pêcher ensemble l'après-midi. Quand, gonflée par de fortes pluies, la rivière présentait des eaux troubles, Ryûji devait renoncer, mais étrangement, même ces jours-là, Horaji garnissait la table de nombreux poissons. En prime, il rapportait davantage de grosses prises – anguille, poisson-chat, silure – que d'habitude. Ryûji lui demanda comment il se débrouillait pour les attraper.

La loutre décocha une pichenette à ses moustaches fièrement dressées et déclara en riant :

– Voilà mon secret. C'est grâce à elles.

– Comment ça, grâce à tes moustaches ? Tu t'en servirais pour ficeler les poissons… mais non, ça ne tient pas debout. Alors, tu les remues adroitement pour faire croire aux poissons-chats que c'est de la nourriture, et une fois qu'ils s'approchent, tu leur sautes dessus… Oh, je n'en sais rien.

Horaji pouffa :

– Qu'est-ce qui empêche d'attraper des poissons quand l'eau est trouble ?

– On ne voit rien, même en plongeant, et les poissons désertent les endroits habituels. D'ailleurs, où peuvent-ils bien aller ?

– Même sans visibilité, moi, j'arrive à détecter leurs moindres mouvements. C'est ça, la force de mes moustaches.

– Tes moustaches te permettent de voir à travers l'eau trouble ?

– Je ne vois pas les poissons. Mais quand ils bougent, ils font remuer l'eau. Ces ondes, mes moustaches les captent, et cela me permet de les suivre encore mieux que si je les voyais. Et puis, il y a l'odeur, aussi. Je sais faire la différence entre une carpe et une anguille à leur odeur.

– C'est incroyable, fit Ryûji avec un regard admiratif.

– C'est comme ça que les chats attrapent les souris dans le noir. Leurs moustaches sont très sensibles. Même privés de visibilité, grâce à l'air déplacé quand elles bougent, les chats se servent des signaux captés par leurs moustaches pour leur sauter dessus.

– Moi aussi, quand je serai grand, je me laisserai pousser la moustache. Je suis sûr que Père Kazé est capable de détecter les mouvements des animaux même dans le noir.

– Ah ah ! La moustache des humains n'a pas ces propriétés, mais vous avez une peau très sensible. Une brise printanière suffit à vous faire frissonner, n'est-ce pas ? C'est parce que votre peau capte les mouvements de l'air, même faibles. Vos doigts sont encore plus sensibles. Souffle doucement dessus, pour voir. Tu sens ton souffle, même très léger, n'est-ce pas ?

Ryûji s'essaya à souffler sur le bout de ses doigts.

– C'est vrai ! Ça marche ! Alors, dans de l'eau trouble, mes doigts arriveraient à repérer les déplacements des poissons ?

– Bonne question. Ce ne serait sans doute pas facile, mais avec de l'entraînement, tu y arriverais peut-être. Ça prendrait sûrement quelques années.

– D'accord. Mais pourquoi arrives-tu à attraper surtout des gros poissons quand l'eau est boueuse ?

– Eh bien, quand le niveau monte et que le courant est fort, l'eau brasse le lit de la rivière et grignote les berges. Les insectes qui vivaient là quittent leur cachette. Il y a donc plus de proies que d'habitude et les anguilles et les poissons-chats sortent de sous leur caillou ou d'entre les pierres empilées pour aller les attraper et les manger.

– Je vois. Bravo à toi, Horaji la loutre. Tu en sais long sur les rivières et leurs poissons. Et tu es très habile, je suis impressionné.

En matière de pêche, Ryûji était sûr de lui, aucun humain ne pouvait lui en remontrer, mais une loutre, dont la rivière était l'élément naturel, avait forcément quelques longueurs d'avance.

– Hum, tout ça n'a rien d'extraordinaire pour moi, mais il m'est arrivé une chose intéressante. Une fois, j'ai pris d'un seul coup trois gros poissons : une anguille, un poisson-chat et un silure. Ce jour-là, même moi, je n'en revenais pas. L'anguille était tout affairée à gober une crevette. Un poisson-chat qui l'avait repérée lui a croqué la queue. Aussitôt, un silure s'est attaqué à la queue du poisson-chat. Et moi, j'ai pris le tout entre mes bras, et voilà ! C'était quelque chose.

– Incroyable ! Mais, c’est vraiment arrivé ?

– Un vantard sachant vanter vante-t-il du vent ? lança Horaji avec un clin d’œil.

Une phrase qui peut aussi vouloir dire : « Un vent tard sachant venter vente-t-il du vent ? »

Ryûji ne put s’empêcher d’éclater de rire. Ensemble, ils s’esclaffèrent.

Horaji se vantait souvent de choses incroyables et embobinait tout le monde. C’étaient des petits mensonges sans grande importance, mais qui lui valaient son surnom de loutre vantarde.

Voici une autre histoire qu’il raconta à Ryûji :

– Tu as déjà remonté le cours de la rivière des kappas ? Il y a une magnifique cascade.

– Sur un kilomètre environ, c’est tout ; j’aimerais bien voir cette cascade.

– Elle est grandiose. C’est à une lieue et demie (environ six kilomètres) en amont d’ici. Elle mesure dix toises (une vingtaine de mètres). On l’appelle la cascade de dix toises ou la cascade Furito. Ryûji, tu connais la légende de Takitarô ?

– Non, je n’en ai jamais entendu parler.

– Tu ne sais donc rien ! Que passes-tu ton temps à apprendre, chaque jour ? Dans le département de Yamagata, le massif montagneux de l’Asahi abrite le lac Ôtoriike, où vit un énorme poisson qui mesure entre deux et quatre mètres de long. C’est lui, Takitarô. C’est soit une très vieille truite, soit une nouvelle espèce de poisson d'eau douce, bref, un des plus gros spécimens jamais vus. Dans le bassin de la cascade Furito vit aussi un poisson géant. Une carpe de quatre pieds de long (1,20 mètre). J'étais décidé à l'attraper. Ça ferait du sashimi et de la soupe de carpe pour tous les membres de la maisonnée, de quoi se régaler pour de bon. Mais en secret des Yûza, parce que eux, ce sont de gros mangeurs. Même un si gros poisson ne suffirait pas à nourrir l'un d'eux. Bref, l'idée est tentante, rien que d'y penser, non ? Ah oui, et cette carpe, je l'avais surnommée Takizirô, en référence à Takitarô.

– Ça alors ! J'aurais bien aimé le voir, ce poisson. Mais s'il fait quatre pieds de long, ça veut dire qu'il est plus grand que toi. Il doit être fort, comment as-tu fait pour l'attraper ?

– Ah ah, excellente question ! C'est certes un vertébré, mais ce n'est jamais qu'un poisson, qui n'a rien à voir avec nous autres mammifères. En deux mots, il leur manque de la *matière grise*. Mais comme tout le monde a sa petite fierté, il suffit d'appuyer sur les bons boutons pour que la plupart des êtres se laissent embobiner. On parle souvent de la carpe qui remonte la cascade, c'est un exemple de ténacité. Et les carpes sont en effet capables de nager à contre-courant dans une cascade. Mais en général, il s'agit de chutes d'une hauteur de deux ou trois toises (entre quatre et six mètres de hauteur), au maximum quatre bonnes toises (neuf mètres) pour les champions. Notre cascade Furito, avec ses dix toises, c'est mission impossible. Furito, vois-tu, signifie « impossible à remonter » : parce qu'elle est hors de la portée des carpes.

« Voilà ce que j'ai dit à Takirirô : "Vous les carpes, vous vous vantez d'être capables de remonter les cascades à contre-courant, mais celle-ci, je suis sûr que c'est impossible, même pour toi." Sans répliquer, Takirirô est resté muet. Je voyais ses barbillons tressauter de dépit. Quand, mine de rien, j'ai ajouté : "Moi, je peux le faire", il a rétorqué, comme s'il crachait les mots : "Impossible ! Il ne s'agit pas de grimper à un arbre comme le ferait un écureuil. Tu n'as jamais senti la pression de l'eau qui tombe de si haut. Ça n'a rien à voir avec l'eau dans laquelle on nage. Comment imagines-tu pouvoir remonter une cascade ?"

« Je me suis retourné et j'ai agité ma queue à la façon d'une hélice. "Tu vois ce que je veux dire ? La force de propulsion d'une carpe qui remonte le courant réside dans sa nageoire caudale, autrement dit, dans sa queue. Qu'elle remue horizontalement, n'est-ce pas ? Eh bien, ça n'a rien à voir avec la force de propulsion de ma propre queue, capable de tourner comme une hélice. Si les carpes ont la puissance d'une bicyclette, moi, j'ai celle d'un avion à hélice. Un avion face à un vélo, dans une cascade qui, même pour moi, est un sacré morceau ? Tu n'y arriveras jamais, toi, avec ta bicyclette."

Takirirô, frémissant de tout son corps, a aboyé : "Comment ça, une bicyclette ? Tu te paies ma tête ? Si tu es un avion à hélice, alors moi, je suis une fusée. Avec une force de propulsion et une vitesse largement supérieures. Tu parles, tu auras beau gigoter de la queue, cela ne te propulsera pas bien loin. Comme si tu étais capable de remonter cette cascade ! Tu ferais mieux de te calmer. Une fusée ! Parce que tu vas évacuer de l'eau par tes fesses, peut-être ? Exactement. C'est tout à fait ça. Cette technique est l'un des plus grands secrets transmis dans ma famille : grâce à elle, on peut remonter n'importe quelle cascade ou presque, pour aller où l'on veut en amont de la rivière. Je ne l'ai jamais dévoilée, personne n'en sait donc rien, mais quand on émet un pet, la puissance du gaz est impressionnante. L'air comprimé dans les intestins jaillit d'un coup par l'anus, un phénomène que les putois savent mettre à profit : c'est comme ça qu'ils émettent leur « boule puante ». Toi, épargne-nous ça, veux-tu, ah, c'est vrai que tu n'es pas un putois. Mais vos espèces sont cousines, ma foi. Sans doute que tu pourrais faire pareil. Mon mode de propulsion à réaction fonctionne sur le même principe. Vois comme je peux ouvrir grand ma bouche. Exactement comme un entonnoir. C'est avec cette bouche que je vais avaler l'eau de la cascade, dont la pression est énorme. Une carpe normale en aurait le gosier arraché. Mais moi, j'ai deux cents ans. Ma peau est extrêmement épaisse. Et mon œsophage aussi sort de l'ordinaire. L'eau va couler de mon estomac vers mes intestins, où elle va tourbillonner et être compressée. Le sphincter anal est un muscle spécial qui a la capacité de résister à la pression, avant de tout lâcher d'un coup quand celle-ci devient trop forte. Par réaction, on obtient une poussée. Je n'ai utilisé cette technique que deux fois jusqu'à présent ; c'est tellement fatigant qu'après, je suis incapable de nager pendant un moment. Je me sens comme vidé. Mais j'ai ma fierté. Si, en matière de cascades, je perdais face à une loutre, je serais la risée du monde des carpes. Je vois que tu es sûr de toi. Laisse-moi t'offrir cette maxime : *Outrecuidance n'est pas confiance.* Cette cascade a une puissance extraordinaire. J'espère pour toi qu'elle ne te déchirera pas le gosier. Bref, notre histoire ne se réglera pas par des paroles. Affrontons-nous. Que le meilleur gagne ! Très bien, honte à qui refuserait de relever le défi. À nous la course à la cascade ! Et alors, que vas-tu parier ? demanda Takirirô en lançant un regard à Horaji, ses barbillons vibrants. Je mets en jeu ce que j'ai de plus cher après ma vie : mes moustaches et ma queue. Si je perds, je les couperai. En d'autres termes, plus jamais je ne nagerai dans une rivière. Plus jamais je ne pourrai attraper de poissons pour les manger. Il ne me restera plus qu'à me nourrir tristement de souris, de grenouilles et de sauterelles. Et toi, Takirirô, que paries-tu ? Voilà qui est plaisant ! J'aimerais voir, un jour, une loutre dépourvue de queue attraper des sauterelles. Mais loin de moi l'idée de parier si peu ; une queue et des moustaches, tu parles… Sais-tu à qui tu t'adresses ? Je suis Takirirô, le seigneur incontesté de la rivière Kappa depuis des années. Je me dois d'être en accord avec mon rang : je t'offre ma tête. Libre à toi de m'épargner ou de me tuer, de me faire bouillir ou griller. C'est donc dit. Qui commence ? À moi l'honneur ; tente de ne pas tomber en pâmoison devant une telle adresse…" »

– Un instant ! s'écria Ryûji. Pardon de t'interrompre alors que ça devient intéressant, mais Horaji, tu es sûr de gagner ? Tu vas te propulser en faisant tourner ta queue à la façon d'une hélice, dis-tu, mais je me demande s'il est vraiment possible de remonter ainsi une cascade dont l'eau tombe tout droit. Il n'est pas trop tard pour renoncer, cesse de t'entêter et retire-toi, veux-tu ? Une loutre interdite de rivière et qui se nourrirait de sauterelles, c'est impossible !

Ryûji semblait imaginer que la course allait se dérouler sous ses yeux.

– Ha ha ha, cette histoire est terminée. Ma queue et mes moustaches sont bien là, intactes : c'est la preuve que j'ai gagné. À vrai dire, j'ai utilisé une botte secrète. La paroi rocheuse derrière la cascade, sur la gauche, présente des aspérités qui forment une sorte d'escalier. C'est par là que je suis passé. Si je faisais tournoyer ma queue, c'était pour me dissimuler derrière les éclaboussures. Ça donnait vraiment l'impression que je remontais le courant. Je m'étais entraîné deux ou trois fois, ça marchait du tonnerre.

M'imagines-tu parier sans avoir tout calculé ? Prends-en de la graine. En prime, j'ai préparé un sacré piège pour attraper mon adversaire. Pour tout dire, c'est avec l'idée un peu retorse de le transformer en brochette que je suis allé le provoquer.

– En brochette ?

– Pour l'instant, c'est un secret. Voilà ce que j'ai dit à Takirirô : « Aujourd'hui, je ne suis pas très en forme, affrontons-nous dans trois jours. Rendez-vous à quinze heures, quand le soleil apparaît au creux de la fourche de l'arbre à soie, là-bas. D'accord ? – C'est entendu. Hmm, commence donc à t'entraîner à attraper des sauterelles et des grenouilles », a-t-il lancé, l'air sûr de lui. Jamais je n'oublierai sa tête. J'ai profité de ces trois jours pour mettre en place le secret de ma réussite.

« Nous voilà rendus au jour dit. C'est moi qui commence. Tout se passe bien jusqu'en haut de la chute. J'avais gravi l'escalier dans la roche en faisant tourner ma queue, je me serais presque félicité moi-même tellement tout allait comme sur des roulettes. Mais voilà que juste avant le but m'attendait un écueil imprévu : la pression de l'eau était telle que je n'arrivais pas à passer. J'avais pourtant réussi quand je m'étais entraîné – le niveau de l'eau était plus bas ; or, ce jour-là, il avait augmenté d'un coup. Sans doute avait-il plu en amont, la veille. Je n'y avais pas du tout prêté attention et c'était une erreur tactique.

J'ai tenté de pousser de toutes mes forces sur mes pattes arrière pour remonter à la surface, impossible de sortir la tête, ça faisait un véritable couvercle de pierre. Je sentais mon crâne prêt à exploser sous la pression. J'ai rassemblé mes forces pour attiser mon énergie vitale, accumulant un tel feu que j'aurais pu m'embraser, puis j'ai concentré tout mon ressort afin de décoller comme une fusée, c'est bien le terme, pour surgir à la surface... Comment ça, tu ne comprends pas ? À quoi consacres-tu ton temps, chaque jour ? Tu ne sais pas que la loutre est un mustélidé, comme la belette et le putois ? Ignorant ! À vrai dire... je l'ai compris ensuite, mais les dieux, dans leur grande bonté, ont eu pitié des efforts désespérés que nous fournissons lorsque la vie menace de nous quitter, et c'est pour cela qu'ils nous ont donné ce pouvoir. Je veux parler du coup de la boule puante. Ça y est, tu as compris ? Mon image était un peu trop littéraire, peut-être ?

« Ensuite, cela a été le tour de Takirirô. Le spectacle était fascinant, tout à fait sublime. Il s'est positionné au pied de la cascade, a puissamment secoué sa queue pour se dresser à la verticale et recueillir dans sa gueule grande ouverte l'eau de la chute. Au bout d'un moment, son corps s'est mis à enfler et, à l'instant où je me disais qu'il risquait d'exploser, il a été secoué de tremblements. Le sang paraissait prêt à gicler de ses yeux tout rouges. À tel point que j'ai failli m'enfuir, effrayé. J'ai poussé un petit cri, les yeux écarquillés : de son derrière fusait une gerbe d'eau, à un débit bien plus puissant que l'eau de la cascade. Il avait relâché son sphincter anal d'un coup. Le spectacle m'a estomaqué. Littéralement, estomaquer, ça signifie frapper à l'estomac ; j'en avais vraiment le souffle coupé. Tu imagines ma surprise. Takirirô, luttant contre la pression écrasante de l'eau, s'était mis à remonter la cascade à contre-courant ! Il était pour ainsi dire devenu une de ces carpes qui flottent dans le vent pour la fête des garçons. C'était incroyable. Bravo, Takirirô ! Cette chute d'eau, on ne l'appellera plus l'infranchissable mais la cascade de Takirirô. En mon for intérieur, je ne pouvais m'empêcher de le complimenter.

« Mais juste avant l'arrivée, il s'est produit une chose terrible. L'eau a soudain viré au rouge. À cette vue, j'ai applaudi et sautillé de joie en hurlant, pari gagné ! Mon piège avait parfaitement fonctionné. Vite, j'ai rallié le haut de la cascade pour remonter ma prise : Takirirô, empalé de la tête à la queue sur une brochette géante de deux mètres de long, était mort sur le coup. La gueule grande ouverte, il était monté d'un seul élan, propulsé par sa fusée à réaction. Il avait été transpercé par la broche discrètement installée par mes soins dans la nuit. Imagine la surprise de la maisonnée à mon retour, le dos chargé d'une carpe géante fichée sur une brochette tout aussi titanesque. “On dit que les ours portent des saumons sur leur dos, mais personne n'a entendu parler d'une loutre chargée d'une carpe”, a remarqué Kikki en lançant un coup d'œil à Yûza qui s'est caché derrière un pilier, tout honteux. Au dîner, bien sûr, il y a eu du sashimi de carpe. Jamais on n'avait mangé d'aussi bonnes tranches de poisson cru, tout le monde avait les yeux qui brillaient. C'est sûr, puisqu'il avait été aussitôt saigné. Si l'eau de la cascade avait soudain viré au rouge, c'était bien entendu à cause du sang de Takirirô. Il s'était presque entièrement vidé sur place. Mais le plus effrayant, c'est qu'on raconte que dans le bassin de la cascade Furito vit une carpe femelle rouge de plus de trois pieds de long (environ un mètre) et qu'elle crie vengeance. Et c'est vrai ! Je l'ai vue de mes propres yeux. Je me suis aussitôt enfui, tremblant de peur. Bref, revenons-en à mon retour victorieux, une carpe sur le dos. Jamais je n'oublierai cet instant, désormais gravé dans mon cœur. »

Ryûji, qui avait d'abord écouté avec intérêt, s'était peu à peu senti perdu. Il lui semblait que le récit était truffé d'exagérations, mais puisque Horaji parlait avec un grand sérieux et beaucoup de fierté, il n'arrivait pas à tout balayer d'un coup, comme un gros mensonge. À la fin, après l'histoire de la carpe rouge géante, il finit tout de même par demander :

– C'est vrai, tout ça ?

La loutre, l'air menaçant, répliqua :

– Si tu ne me crois pas, toi aussi, je te transforme en brochette ! avant de bouder.

Ryûji lui titilla une joue de l'index en clignant de l'œil et Horaji lui rendit son clin d'œil en lançant dans un éclat de rire :

– Un vantard sachant vanter vante-t-il du vent ?

Tous deux partirent d'un grand rire. Horaji, plié en deux, manquait de s'étouffer et criait :

– Je n'en peux plus !

Il racontait aussi à Ryûji un tas d'histoires à dormir debout. À la fin, il lui soufflait à l'oreille :

– Ne le dis à personne.

De tous ces récits, c'est celui de Takirirô qui leur valut le plus gros fou rire.

Professeur Taishi

L'automne avançait ; l'après-midi, pendant ses heures de liberté, Ryûji restait de plus en plus longtemps enfermé dans la bibliothèque, non sans aller fréquemment aider Yûza au potager. Ils étaient devenus de bons amis. Sayuri aussi venait souvent chercher les légumes pour les repas. Tous deux aimaient beaucoup Yûza.

Un jour, ils faisaient une pause en bavardant tous les trois autour d'une tasse de thé lorsque Sayuri posa une question qui la préoccupait depuis un moment.

– Où sont les parents de Père Kazé ? C'est son père qui a rassemblé tous les livres et les objets d'art, n'est-ce pas ? Et sa mère ?

– Eh bien… murmura Yûza.

Il garda le silence un instant. Lorsqu'il se taisait, il paraissait plongé dans de profondes réflexions.

– Bon, je pense que je peux vous en parler, reprit-il, et il leur raconta le passé de Père Kazé :

« Sa mère était une femme très belle et très douce, mais hélas, elle est morte en couches peu après la naissance de Père Kazé. Notre chagrin était tel que nous avons tous eu du mal à nous en remettre.

« Yukimaru l'a remplacée dans son rôle de mère et s'est consacré au bébé. Nous l'avons tous aidé, chacun à notre façon. C'est pour cela que Père Kazé est aussi bon en langage des animaux. Après la mort de sa femme, son père a changé. Comment dire, il était éteint. Lui autrefois si gai et vif ne riait plus et était taciturne. Alors qu'avant, il partait souvent à l'étranger, il restait désormais chez lui à lire. Quand il ne lisait pas, il s'appliquait à dessiner un mandala.

« Le jour où il a terminé son mandala était un 13 octobre, je m'en souviens très bien. Ce jour-là, il est parti avec le mandala dans un coffret en bois de paulownia et, à la ceinture, un poignard forgé par Mitsutada de Bizen-Osafune, une arme célèbre – un trésor autrefois détenu par Oda Nobunaga et qui aurait, dit-on, le pouvoir d'éloigner les esprits maléfiques. On ne l'a jamais revu. On l'a attendu longtemps, mais il n'est pas revenu. Peut-être vit-il tout seul, quelque part, c'est en tout cas ce qu'on essaie de croire... »

À ce point de son récit, Yûza avait les larmes aux yeux.

– Vous n'êtes pas partis à sa recherche ? demanda Sayuri.

– Bien sûr que si. Jusqu'aux tréfonds de la terre. On s'est renseignés auprès des campagnols et des taupes, des geais des chênes bavards et de tout un tas d'animaux, sans succès. C'est étrange.

À ce souvenir, Yûza se rembrunit.

– Mais on ne pouvait pas rester à se lamenter. Notre devoir était d'éduquer Taishi. Taishi, c'est comme ça qu'on surnommait le Professeur quand il était enfant. Aujourd'hui, il se fait appeler Fûka Kôya, mais ce n'est pas son vrai nom. Son vrai nom, seuls Yukimaru et lui le savent. On l'a surnommé Taishi car Yukimaru se demandait s'il n'était pas la réincarnation du prince Shôtoku Taishi. Parce que vous comprenez, il a une mémoire incroyable : il lui suffit de lire n'importe quel livre une seule fois pour le mémoriser en entier, comme si les pages s'imprimaient dans son cerveau. C'est pareil avec les tableaux. Le moindre détail est enregistré dans sa galerie mentale. C'était un enfant prodige. Ça arrive, parfois. Certains enfants sont comme un don des dieux. Vous connaissez Mozart, le grand musicien ? Enfant, il lui suffisait d'entendre un morceau une seule fois pour arriver à le jouer. Au Japon, il y a eu Kumagusu Minakata, un scientifique de la préfecture de Wakayama. Comme il a « kuma » (ours) dans son nom, je me sens proche de lui. On dit de lui qu'il était une encyclopédie vivante. Dans sa jeunesse, il est allé chez un lettré qui possédait une encyclopédie de l'époque d'Edo[4], le *Précis illustré des trois talents* ; il l'a compulsée et mémorisée comme s'il prenait des photos : on raconte que de retour chez lui, il a retranscrit les cent cinq fascicules à la main, illustrations comprises. Il s'intéressait particulièrement à la biologie ; c'est un grand nom de l'histoire naturelle. Taishi est aussi intelligent, non, même plus intelligent que Kumagusu. Parce que même lui ne parlait pas la langue des animaux. Enfin, moi, j'ai ma petite idée sur la question : à mon avis, il comprenait peut-être le langage des ours. Quoi qu'il en soit, Taishi est quelqu'un d'exceptionnel. Il a tout appris tout seul, en autodidacte, mais il sait tout. En particulier, il a le génie des langues. Je crois bien qu'il en maîtrise une dizaine. C'est pour cela qu'il peut sillonner le monde en toute liberté. Enfant, on l'appelait Taishi, mais maintenant, on l'appelle « Professeur Taishi » ou juste « Professeur », en signe de respect. Vous avez de la chance, vous savez. Travaillez d'arrache-pied. Si le Professeur vous a invités, c'est parce qu'il a un projet particulier. J'ai l'impression qu'il est en train de réfléchir à quelque chose d'énorme. Sans doute aura-t-il besoin de vous pour cela. De quoi s'agit-il ? Je n'en sais rien. C'est un pressentiment, voilà tout. Allez, on s'est assez reposés, remettons-nous au travail. C'est le moment de planter des oignons. Les plants sont prêts.

4. L'époque d'Edo s'étend de 1603 à 1868 ; le *Précis illustré des trois talents* date de 1712.

Yûza se leva lentement et partit creuser des sillons dans le potager.

Père Kazé, toujours souriant, affichait néanmoins parfois un air triste qui inquiétait les deux enfants, mais grâce aux explications de M. Yûza, ils avaient compris que c'était l'ombre de la solitude. Ryûji songea que sa venue ici découlait sans doute d'un lien profond, lui qui était orphelin.

– Père Kazé… Non, à partir de maintenant, on ferait mieux de l'appeler Professeur Taishi… D'après M. Yûza, il a de grands projets, mais de quoi peut-il bien s'agir ? Qu'on puisse y participer, toi et moi, c'est formidable ! s'emballa Sayuri. Ça me motive. Je vais étudier de toutes mes forces, et aussi préparer de délicieux repas pour tout le monde tous les jours. D'accord, Ryûji ? Ça va être super !

– Il est trop tôt pour s'enthousiasmer. M. Yûza a parlé d'un simple pressentiment, et puis, on ne sait pas encore si Père Kazé va nous accepter comme disciples…

– C'est vrai. Mais cela me donne plein d'espoir. Allez, Pompina m'attend, il faut que j'y aille. À plus tard.

Sayuri débordait de joie, cela se voyait à son pas vif.

– Et voilà, tout de suite, elle se monte la tête, murmura Ryûji pour lui-même.

Le retour de Belkahaya

Une année s'était écoulée. On organisa un pique-nique sous un cerisier de montagne en pleine floraison.

Tous les membres de la maisonnée du Professeur Taishi étaient présents. La femme de M. Yûza, qui aurait dû être encore en train d'hiberner, n'avait pas voulu rater la fête ; elle arriva en frottant ses yeux lourds de sommeil. Horaji avait apporté une montagne de délicieux poissons d'eau douce – anguilles, carpes et diverses sortes de truites – et semblait penser avoir fait sa part, qu'il ne lui restait plus qu'à attendre le repas ; calé sur son siège, il ne bougeait plus d'un pouce.

Ce jour-là, sur les instructions du Professeur Taishi qui avait demandé à tout le monde de venir, même Goppé la belette était présente. Ses ancêtres, au service des ninjas d'Iga[5], avaient été d'excellents espions. Goppé tenait d'eux, il ne se montrait que rarement. Il nichait dans un creux entre des pierres dont il sortait quand on l'appelait, mais le reste du temps, il vivait à sa guise. Néanmoins, obéissant fidèlement aux instructions du Professeur Taishi et de Yukimaru, il accomplissait sans faute son travail, ce qui lui valait la confiance de tout le monde.

L'heure du café arriva. L'assistance, repue, paraissait satisfaite. Les feuilles rouges du cerisier de montagne étaient particulièrement belles.

Le Professeur Taishi, les joues un peu empourprées par le vin, se leva, sa tasse de café à la main.

– Votre attention, s'il vous plaît. J'ai deux choses importantes à vous dire.

Chacun dressa l'oreille, se demandant de quoi il allait être question. Le Professeur but une gorgée de café avant de reprendre posément la parole :

– Tout d'abord, accueillons officiellement Ryûji et Sayuri au sein de notre maisonnée. Ils ont beaucoup étudié et fait assez de progrès en langue des animaux pour parler avec vous tous. Fêtons leur arrivée en trinquant au café !

Une salve d'applaudissements retentit, concert de bruits variés : Kurokoma frappait des sabots dans un claquement sec tandis que les coussinets des pattes arrière de Yukimaru

5. Il existait deux grandes écoles de ninjas : celle d'Iga et celle de Kôga.

produisaient un son mat. Taketsuno le corbeau à trois pattes, qui ne pouvait pas applaudir, faisait claquer ses mandibules. Tous ces bruits se mêlaient en une étrange cacophonie, pas désagréable.

Ryûji et Sayuri n'avaient jamais éprouvé un tel bonheur. Surexcités, ils sautèrent sur leurs pieds et déclarèrent à l'unisson :

– Merci à vous tous. Rien ne pourrait me faire davantage plaisir. Quel bonheur ! C’est le début d’une nouvelle vie pleine d’espoir. Je ferai de mon mieux. Merci !

Tous deux s'inclinèrent profondément avant de se redresser et de se tourner l'un vers l'autre d'un même élan. Aussitôt, ils éclatèrent de rire. Sans se concerter, ils avaient fait les mêmes gestes et prononcé les mêmes paroles, exactement comme s'ils s'étaient entraînés pour le spectacle de l'école. Cela déclencha leur fou rire.

Kikki s'esclaffa à grands cris aigus. Un instant, toute l'assemblée rit de bon cœur.

Le Professeur Taishi reprit vite son sérieux et, les yeux sur les visages réjouis des membres de sa maisonnée, il patienta un instant avant d'annoncer :

– Passons au sujet suivant. J'ai quelque chose d'important à vous dire.

En l'entendant, tous se turent et attendirent, l'air grave, qu'il poursuive. De quoi pouvait-il bien s'agir ? Ryûji avait le cœur qui battait à tout rompre.

– Hier, le tchitrec Belkahaya est revenu de Sumatra. Vous le savez tous, je crois. S'il ne pique-nique pas sous les fleurs de cerisier avec nous aujourd'hui, c'est parce qu'il est rentré à tire-d'aile, avec seulement une brève pause sur l'île de Luçon puis sur celle d'Amami-Ôshima, et qu'il est épuisé. Il se repose. Il a rapporté la lettre d'une chouette boréale à tête noire qui vit en Amérique du Sud, dans les Andes, annonça le Professeur.

Il porta la tasse de café à ses lèvres.

Le tchitrec du Japon, ou oiseau des trois lumières, est appelé ainsi car son chant fait « tsuki, hi, hoshi[6] ». C'est un oiseau migrateur qui, au mois de mai, quitte Sumatra et la péninsule indochinoise pour rallier le Japon. Tous les ans, certains s'installent dans la forêt de cèdres du Professeur pour y construire leur nid et élever leurs petits. Puis, au début du mois d'octobre, ils repartent vers le sud.

Belkahaya était né dans cette forêt de cèdres. Son nom signifiait « lumière », en malais. À l'âge de trois ans, cloué au sol par une blessure à l'aile, il avait été soigné par le Professeur. Depuis, il faisait partie de la famille. Jusqu'à son départ en automne pour les régions méridionales, il vivait dans la maisonnette aménagée pour lui dans le bois et se rendait utile auprès de ses compagnons.

Après avoir savouré une gorgée de café, le Professeur reprit :

– La chouette boréale à tête noire est un animal très rare. On ne connaît d'elle qu'un croquis et de simples notes remontant au XVIIIe siècle, et presque aucun signalement réel. Son plumage est d'un blanc pur, sauf le dessus de son crâne tout noir, comme si elle portait un béret. De là, telle une coulée d'encre, une ligne de plumes noires orne sa nuque et son dos, jusqu'à la pointe de la queue. Alors que la chouette

6. *Tsuki* signifie « lune », *hi* « jour » et *hoshi* « étoile ».

est un animal nocturne, celle-ci vit aussi bien le jour que la nuit ; dans l'obscurité, ses yeux brillent d'une lueur dorée.

« Un jour que je voyageais aux confins de l'Amazonie, tout au bout de la cordillère des Andes, je suis tombé sur un petit groupe d'enfants amérindiens affairés à je ne sais quoi. Je me suis approché pour voir ce qu'ils faisaient : ils avaient capturé un gros oiseau qu'ils avaient saucissonné avec une corde.

« À sa vue, un cri de surprise m'a échappé : c'était précisément une mystérieuse chouette boréale à tête noire ! Elle était comme décrite dans les vieux grimoires, avec une seule différence : son bec de plus de dix centimètres de long et d'un noir profond, pareil à de l'acier, était crochu, avec une extrémité acérée, promesse de graves blessures si elle vous attaquait. "Voilà un oiseau rare", ai-je dit aux enfants et l'un d'eux m'a répondu : "On dirait une chouette, mais je n'en ai jamais vu de pareille ; on va aller la vendre au zoo de la ville. Hélas, avec sa patte cassée, elle ne tient pas debout, c'est pour ça qu'elle n'arrive pas à s'envoler. – Pour combien me la vendrais-tu ? ai-je demandé. – Je vous la fais à moitié prix à cause de sa blessure, ça sera six cents sols." Une somme énorme ! C'était du vol, mais vu qu'ils étaient cinq ou six, ça leur ferait un butin convenable à chacun, alors j'ai décidé de ne pas marchander.

« J'ai enduit de pommade la patte de la chouette et l'ai immobilisée avec une attelle fermement bandée, ce qui lui a permis de se tenir debout.

« Elle était vraiment grande – plus de soixante-dix centimètres – et d'une beauté si parfaite qu'on hésitait à la toucher. Elle donnait l'impression de venir d'un lieu sacré. "Tu n'as plus rien à craindre, ta patte guérira sans faute, ai-je dit. Il te faut cependant prendre du repos jusqu'à ce que les os se ressoudent correctement. Je te rendrai ta liberté quand tu seras guérie. Je n'ai aucunement l'intention de te vendre à une animalerie, ne t'en fais pas. Mais j'ai une question : tu n'es pas une chouette de la forêt ; n'appartiendrais-tu pas plutôt à une noble personne qui t'utilisait pour des rituels sacrés ? Peut-être est-ce simplement le fruit de mon imagination, mais voudrais-tu bien m'en dire plus ?" Ses yeux jusqu'alors braqués sur moi se sont soudain écarquillés. Zuguro – "Tête noire", comme nous l'appellerons désormais – a baissé la tête et répondu d'une petite voix : "Plus tard."

« Il a très vite guéri. Je pensais qu'il lui faudrait une semaine, dix jours peut-être, mais dès le cinquième jour, totalement remis, il tenait bien droit sur ses deux pattes, trottait ici et là et se perchait sur une branche d'arbre fermement agrippée entre ses serres. "Bravo, Zuguro ! Tu es guéri. Ta patte est comme neuve. Voilà, tu es libre, comme je te l'avais promis. Va où bon te semble, lui ai-je annoncé avec le sourire. – Merci. Je suis ravi. C'est maintenant à mon tour de tenir ma promesse. Si je n'ai pas répondu à votre question, votre perspicacité m'a néanmoins surpris. Je porte un lourd secret que je ne peux divulguer à la légère. Mais je vois bien que vous êtes digne de confiance. Vous m'avez sauvé la vie ; en échange, je vais vous révéler ce secret bien gardé. Je servais dans un temple. C'est une longue histoire, si vous voulez bien l'écouter."

« Sur ces mots, la chouette a entamé son récit. C'était une histoire inimaginable, incroyable et surprenante, dont on se demande même si elle est réelle. »

Les descendants du royaume de Nazca (histoire tirée du récit de Zuguro)

Zuguro officiait dans la cathédrale des morts du royaume de Nazca. Alors que l'empire inca est largement connu, le royaume de Nazca l'est beaucoup moins. Le vaste empire inca qui avait pour capitale Cuzco, une ville de la cordillère des Andes, s'étendait de l'actuel Équateur au nord jusqu'au milieu du Chili au sud. Il s'est effondré au milieu du XVIe siècle, face aux conquérants espagnols.

Le royaume de Nazca existait bien avant l'empire inca, à partir du IIe siècle avant Jésus-Christ et pendant un millénaire environ ; il était situé à l'ouest du Pérou actuel. Ses descendants régneraient aujourd'hui encore sur un petit pays dans l'Ouest de l'Amazonie, là où la forêt rejoint la cordillère des Andes.

Le rôle de Zuguro était de prélever le cœur sur le cadavre des hommes de la lignée royale. D'où son long bec crochu et acéré. Quant au cœur des femmes de la famille, c'était un jaguar noir qui l'extrayait après leur mort.

Ces organes étaient ensuite embaumés par la grande prêtresse de la cathédrale des morts, Mama-cuna, une femme sans âge, ni jeune ni vieille. Elle avait sous son autorité un chœur de jeunes filles, les Aclla-cuna (les vierges du soleil).

Mama-cuna déposait le cœur du roi dans une urne d'or et celui du prince héritier dans une urne d'argent ; les princes suivants avaient droit à une urne de bronze, et les autres membres de la famille royale à une urne de plomb. C'est là que reposaient à tout jamais les âmes de la lignée.

Un jour, le corps du prince héritier fut apporté. Mama-cuna mit dans une urne de bronze le cœur extrait par Zuguro. La chouette s'en aperçut, mais elle détourna la tête, faisant mine de rien. Elle sentit le regard perçant de Mama-cuna comme fiché dans sa joue gauche. La prêtresse paraissait se demander si ses agissements avaient été percés à jour.

À vrai dire, Zuguro savait tout des manigances de Mama-cuna et du jaguar noir. Un jour, il les avait entendus chuchoter, cachés derrière un pilier. En général, les chouettes chassent leurs proies la nuit. Au clair de la lune ou des étoiles, elles voient bien, mais dans l'obscurité totale, c'est grâce aux sons qu'elles se repèrent. Elles savent identifier même les bruits les plus légers, qui passent sous le radar des autres animaux, et détecter les mouvements de leurs proies.

Donc, Mama-cuna pouvait bien baisser la voix autant que possible, Zuguro entendait tout.

Le complot était terrible : il s'agissait d'assassiner tout d'abord le prince héritier puis, quand son frère cadet aurait pris sa place, de tuer le roi dès que possible. Ainsi, la fille de Mama-cuna, mariée au jeune prince, deviendrait reine et gouvernerait lorsque celui-ci accéderait au trône.

Zuguro sentit ses plumes se hérisser et son corps trembler d'effroi : Mama-cuna venait en effet de mettre en œuvre la première partie de son plan en empoisonnant le prince héritier et, pour lui dénier son rang, elle avait enfermé son cœur dans une urne de bronze et non d'argent.

Zuguro se jura de les tuer, elle et le jaguar noir. On racontait que la prêtresse était un peu magicienne ; il lui faudrait donc être très prudent, sans quoi la sorcière percerait à jour ses intentions.

Il passa à l'action un jour où, pour une raison obscure, Mama-cuna était d'excellente humeur. Sûrement mijotait-elle un mauvais coup.

Zuguro attendit le bon moment pour se présenter devant elle et lui demander humblement de l'accepter comme disciple.

Face à cette requête inattendue, elle le scruta en silence. Elle semblait chercher à démêler les intentions de la chouette, au plus profond d'elle-même.

Le jaguar noir approcha discrètement.

La prêtresse lui lança un regard.

Au même instant, Zuguro se jeta de toutes ses forces sur elle, lui lacérant la poitrine de ses serres puissantes.

Le jaguar bondit sur-le-champ, refermant ses mâchoires sur la patte gauche de la chouette, qui lui laboura aussitôt le dos de son bec aussi effilé qu'une lame.

Dans une gerbe de sang, Mama-cuna prit la fuite comme une flèche, suivie par le jaguar noir au dos lacéré.

Malgré sa patte apparemment cassée, Zuguro surmonta la douleur et prit son envol afin de les pourchasser. Il avait grièvement blessé Mama-cuna à la poitrine, c'était certain, mais il lui fallait achever le travail, sinon la sorcière reviendrait à coup sûr pour se venger et s'emparer du trône.

Il sillonna le ciel jour et nuit à leur recherche, en vain. Il avait perdu leur trace.

Alors qu'il s'était posé au sol pour reposer ses ailes exténuées, il s'était assoupi et des enfants l'avaient capturé.

L'énigme des géoglyphes (histoire tirée du récit de Zuguro)

Sa patte guérie, Zuguro annonça :

– Je dois vite repartir pour le royaume de Nazca, car qui sait de quoi est capable Mama-cuna ! Il me faut sans tarder prévenir le roi de ses manigances.

Après s'être incliné pour exprimer sa gratitude, il déploya ses ailes pour s'envoler. Le danger ne rôdait-il pas à l'instant même ? L'inquiétude paraissait le ronger.

Pourtant, il se retourna soudain, replia ses ailes et dit, comme s'il avait changé d'avis :

– Je n'ai rien à vous offrir pour vous remercier. Mais si vous voulez vraiment savoir où se trouve le royaume de Nazca, voici un indice ; résolvez cette énigme et je pourrai vous guider jusqu'au jardin du savoir où les fleurs s'épanouissent comme des joyaux. Connaissez-vous les géoglyphes de Nazca ?

– Je connais le royaume de Nazca, répondit le Professeur, mais pas les géoglyphes.

– Je m'en doutais. Aucun humain n'en a entendu parler. À une cinquantaine de kilomètres à l'intérieur des terres, sur la côte ouest, s'étend le vaste plateau de Nazca. C'est une zone désertique sillonnée de lignes sur le sol qui forment divers dessins : un colibri, un singe, une orque, un renard, des triangles… Chaque dessin est immense – celui du héron, par exemple, mesure trois cents mètres –, ils forment des œuvres géantes. Pour les humains sur terre, ce ne sont sûrement que des sillons creusés dans le sol. Mais nous autres, dans les airs, nous savons à quoi ils ressemblent.

– Eh bien, voilà qui est extraordinaire. Mais pourquoi dessiner de telles images sur le sol ?

– Je l'ignore. Réfléchir à ce qu'on ne sait pas, ça donne mal au crâne et c'est tout. Un jour, un humain finira bien par découvrir qu'il s'agit de dessins. Et comme vous aimez penser à des choses inutiles, vous chercherez sûrement de toutes vos forces à comprendre comment ils ont été tracés, et pourquoi. Diverses hypothèses seront émises, il y aura débat, certains voudront avoir raison à tout prix et finiront par en venir aux mains. Pourtant, savoir le pourquoi du comment n'avancera personne. Les humains sont vraiment de drôles de bêtes – oh, pardon, je ne dis pas ça pour vous, Professeur. À ce propos, parmi les lignes de Nazca, certaines sont étonnantes. Par exemple, il y a un demi-cercle de cinquante mètres de diamètre. Et à une trentaine de mètres de là figure un gourdin hérissé de nombreux piquants. Que représentent ces dessins ? Sans doute feront-ils l'objet de quelques controverses. Vous me demandez si, vu du ciel, on comprendrait mieux ? Même pas. Vu d'en haut comme d'en bas, le mystère est éternel, à mon avis. Ho ho ho !

– Alors, comment sais-tu de quoi il s'agit ?

– Les humains, eux, voient un dessin inachevé. C'est pour cela qu'ils ne peuvent qu'imaginer le reste, mais moi, je le vois en entier. Et je ne suis pas le seul. C'est le cas de tous les oiseaux.

– Qu'entends-tu par là ? Vous auriez des lunettes spéciales ?

– Vous brûlez ! Des yeux spéciaux, plutôt. En d'autres termes, la vision des humains s'appuie sur la lumière, tandis que la nôtre fonctionne aussi grâce aux rayons ultraviolets. On pourrait appeler ça la vision des couleurs ultraviolettes, peut-être. Sur la face droite du demi-cercle est dessinée une couronne qui vous est invisible, Professeur, malgré votre vue perçante. Mais avec les couleurs ultraviolettes, on la distingue nettement. Il y a également des lignes entre ce demi-cercle et le gourdin un peu plus loin. Ainsi qu'une autre figure, du côté opposé.

– Ah bon ? Je n'y comprends rien.

– Je vais vous dessiner le tout, les parties visibles à la lumière du jour et celles qui se dévoilent à la lumière noire.

Le Professeur lui tendit aussitôt du papier et un crayon. La chouette saisit le crayon dans son bec ; elle traça tout d'abord un demi-cercle relié à un gourdin.

– Et comme ça, vous ne remarquez rien ? demanda-t-elle.

Elle regardait le Professeur d'un air bravache. Celui-ci crut sentir un frémissement au plus profond de sa mémoire.

Zuguro fit courir le crayon sur la feuille, complétant le dessin. De l'autre côté du demi-cercle, à l'opposé du gourdin, apparut une sorte de tête de tortue et, sous la base du demi-cercle, de courtes pattes dotées de grosses griffes.

Lorsqu'il vit l'image, le Professeur poussa un cri de surprise et murmura :

– Un *Doedicurus* !

Le *Doedicurus* est un animal qui vivait en Amérique du Sud il y a environ dix mille ans. Il reste des fossiles de ce cousin du tatou au corps recouvert d'une carapace dure. Avec plus de quatre mètres de long, c'est en quelque sorte un tatou géant. *Doedicurus* est son nom savant. Dans la famille des tatous, on trouve aussi un animal nommé glyptodon, dont le *Doedicurus* est une espèce. En grec ancien, *doedi* signifie « pilon » et *curus* « queue » : il doit son appellation scientifique à sa queue très particulière. Bref, assez parlé de son nom : que le *Doedicurus* soit en vie à l'époque du royaume de Nazca aurait été un véritable miracle.

« Et s'il était encore vivant de nos jours ? C'est sans doute le cas. » Le Professeur en avait l'intuition, sans trop savoir pourquoi.

La cordillère des Andes a été le berceau de la civilisation andine. En 1911, la découverte par Hiram Bingham du site inca du Machu Picchu créa une onde de choc mondiale. Elle suggérait la possibilité qu'il existait encore, nichées au fin fond des Andes, des ruines incas ignorées de tous ; il n'y aurait rien eu d'étonnant à ce que les descendants de Nazca aient réussi à faire survivre leur royaume en secret.

Sur la façade orientale de la cordillère des Andes s'étend une immense forêt tropicale. Si le royaume de Nazca avait survécu sous son couvert, caché aux yeux de tous, ce serait la découverte du siècle.

Mais ce qui intéressait le Professeur, qui était avant tout un naturaliste, c'était le *Doedicurus*. Son existence serait une découverte encore plus importante que celle d'un éventuel royaume de Nazca. Elle apporterait d'un coup des réponses aux mystères de l'évolution qui nous échappent encore. Et c'était Zuguro qui détenait la clé de l'énigme. Zuguro la chouette boréale à tête noire, l'oiseau sacré qui officiait dans la cathédrale des morts du royaume de Nazca...

Le Professeur se secoua, électrisé, avant d'interroger la chouette d'une voix tremblante :

– Il existe encore des *Doedicurus* ?

Zuguro garda un instant les yeux clos, la tête baissée. Il semblait plongé dans ses réflexions. Quand il se redressa lentement, ce fut pour murmurer :

– Je suis impressionné que grâce à ce dessin, vous ayez compris qu'il s'agit d'un *Doedicurus*, de la famille des tatous géants. On dirait bien, Professeur, que la survie d'un fossile sans valeur vous importe davantage que l'existence du royaume de Nazca. C'est tout à votre honneur. Les humains sont généralement prisonniers de leur cupidité. Les Espagnols qui ont causé l'effondrement de l'empire inca ont fondu les magnifiques œuvres d'art en or du palais pour en faire des lingots à remporter chez eux. Ils sont partis à la chasse du moindre objet d'art, jusqu'aux urnes en or de la cathédrale des morts contenant le cœur de nos rois successifs qu'ils ont vidées de leur contenu sacré et fait fondre, réduites à de vulgaires amas de métal. Ils sont encore plus cupides et cruels que les monstres de l'enfer. Si des humains de leur genre venaient à apprendre que le royaume de Nazca a survécu, ils se précipiteraient dans les Andes à la recherche d'une montagne de richesses. La seule idée de cet enfer renouvelé me fait trembler de colère. Mais vous, Professeur, vous êtes différent. Vous n'êtes pas qu'un scientifique. J'oserais dire que vous êtes un romantique, toujours à la poursuite de votre rêve. Allons, je dois me hâter. Le roi est peut-être en danger à cause de Mama-cuna et de sa cupidité sans bornes. S'il lui arrivait malheur, je n'aurais plus de raison de retourner dans mon pays. Le temps presse. Merci pour tout, Professeur. Un jour, je vous le revaudrai. Au revoir, portez-vous bien.

Zuguro battit puissamment des ailes et disparut pour de bon dans le vaste ciel.

L'énigme de l'extinction des animaux géants

– Le récit de Zuguro était renversant. Pour commencer, le royaume de Nazca, qui avait vu le jour il y a deux mille ans et perduré pendant un millénaire avant de disparaître, existerait encore et ses descendants seraient vivants ! J'ai eu beau lui demander où il était situé, Zuguro s'est borné à me répondre qu'il ne pouvait rien révéler et que même s'il parlait, personne n'arriverait à y pénétrer. Il est également resté muet concernant l'existence du *Doedicurus*. Mais il est en vie, j'en suis convaincu. J'avais des tonnes de questions à poser à la chouette. Même si je pouvais rencontrer le *Doedicurus*, je ne parle pas le tatou ancien. Quelqu'un saurait-il faire l'interprète ? Peut-être Zuguro lui-même ?

Sur ces mots, le professeur alluma sa pipe et tira dessus d'un air gourmand. Des volutes de fumée bleutée s'en élevèrent. Plongée dans une atmosphère aux accents fantastiques, l'assistance, tout ouïe, attendait la suite d'un air grave.

– Durant le Pléistocène, le nouveau continent, à savoir l'Amérique du Nord, du centre et du Sud, était peuplé de mammifères géants. En Amérique du Nord, on trouvait le mammouth de Colomb, le plus grand de l'espèce : il mesurait quatre mètres au garrot, pesait huit tonnes et avait des défenses de quatre mètres de long. Le cheval et le chameau sont nés en Amérique du Nord, vous savez. Le dromadaire appelé camelops, avec ses longues pattes, faisait quatre mètres et avait une grosse tête. Il y avait aussi des tigres à dents de sabre dont les canines mesuraient une vingtaine de centimètres de long.

« En Amérique du Sud vivaient des animaux géants de la famille des glyptodons, proches du tatou. Ils avaient une carapace dure, comme lui, mais pas articulée. Le glyptodon, avec ses trois mètres de long et sa carapace de deux ou trois centimètres d'épaisseur, semblait vêtu d'une armure métallique. Dans cette famille, le plus grand était le *Doedicurus*. Il faisait quatre mètres de long ! Son signe distinctif était sa queue en forme de massue dotée de plusieurs épais piquants à l'extrémité. Parmi les mammifères, aucune autre espèce n'est ainsi équipée. Lorsque le *Doedicurus* remuait sa queue, un peu comme le gourdin d'un ogre, pas une seule bête carnivore ne pouvait l'approcher, pas même le tigre aux dents de sabre, le plus grand prédateur de l'époque.

Le plus incroyable, c'est qu'il existait alors plusieurs espèces de paresseux géants. Le plus grand d'entre eux, le *Megatherium*, mesurait entre cinq et six mètres de long et était doté de griffes acérées. Un peu comme un ours brun géant.

« La liste de ces animaux géants est sans fin ; le problème est que ces grands animaux qui peuplaient le nouveau continent se sont complètement éteints à la fin du Pléistocène, c'est-à-dire il y a entre treize mille et onze mille ans. Le mystère est total. Après la dernière longue période de glaciation, quand le climat s'est réchauffé et que la vie a repris, ils ont tous disparu d'un coup, de façon surprenante. De nombreuses hypothèses ont été débattues. La plus répandue impute leur extinction à l'humain. L'homme aurait pris pied sur le nouveau continent, en passant par le détroit de Béring, il y a treize mille à onze mille années de cela, c'est-à-dire justement à la période où les grands mammifères ont disparu.

« Les humains arrivés sur le nouveau continent sont les ancêtres des Amérindiens d'aujourd'hui, en d'autres termes un peuple de type mongoloïde avec qui les Japonais partagent des traits communs. Des chasseurs-cueilleurs qui chassaient le mammouth en progressant vers l'est depuis la Sibérie, et qui sont passés d'un continent à l'autre à l'époque où ceux-ci étaient reliés, en franchissant le futur détroit de Béring pour arriver en Alaska. Ils auraient poursuivi leur chemin vers le sud tout en chassant de gros animaux, jusqu'en

Patagonie à l'extrémité méridionale de l'Amérique latine, où ils seraient arrivés en mille ans, dans un temps relativement court. Le nouveau continent était peuplé de nombreux mammifères géants aux mœurs pacifiques. L'homme les aurait chassés sans relâche, voyant sa population augmenter grâce à l'abondance de proies, jusqu'à se rendre coupable d'un génocide.

« Chasser pour se nourrir au quotidien est une nécessité. Mais à force de chasser plus que nécessaire, les humains seraient devenus cruels et ils auraient pris du plaisir à tuer les animaux ; ils auraient éliminé ces géants pour s'amuser, par jeu. Avec pour résultat qu'à cause de la surchasse, les grands animaux auraient tous disparu. C'est une hypothèse, mais moi, je ne suis pas de cet avis. Tout d'abord, les humains qui ont traversé la mer de Béring en provenance d'Asie n'étaient sûrement pas si nombreux. Ensuite, même s'il y avait des proies en abondance, estimer qu'ils ont progressé vers le sud tout en voyant leur population augmenter est trop facile. Parce qu'ils se servaient d'armes en pierre. Ils avaient certes découvert la pointe de Clovis, un projectile qui rend les lances beaucoup plus efficaces et qui aurait facilité l'abattage des gros animaux, mais ce n'est jamais qu'une arme en pierre, aux performances largement inférieures à celles des épées en métal et des pointes de flèches.

« Les Pygmées qui vivent dans les forêts africaines abattent aujourd'hui encore des éléphants d'Afrique. Ils utilisent des lances et des lames métalliques, ainsi que des pièges creusés dans le sol, mais pour chasser un éléphant, il faut être plusieurs, c'est un travail énorme. En plus, le danger est permanent. Il aurait déjà été compliqué de rayer de la carte le mammouth de Colomb à coups d'armes en pierre, mais imaginer que les Amérindiens anciens ont provoqué l'extinction de mammifères géants comme le terrible tigre à dents de sabre ou l'*Hippidion*, pour moi, cela ne tient vraiment pas debout.

« Il est néanmoins exact qu'un grand nombre de mammifères se sont éteints. L'étude des fossiles permet de déterminer qu'en Amérique du Nord, ce sont 33 genres de mammifères géants sur 45 qui ont disparu, et 46 sur 58 en Amérique du Sud. Rendez-vous compte, plus de 70 % des espèces effacées des deux continents américains, c'est effarant ! Il s'est certainement produit autre chose, un incident terrible sans rien à voir avec l'hypothèse d'une extinction due à l'homme. Si le *Doedicurus* existe encore, il sera le témoin qui nous permettra de résoudre cette énigme. Tout de même, le *Doedicurus* a certes une armure intégrale, mais il est très lent ; alors, qu'il soit peut-être le seul survivant de cette époque, voilà une drôle d'histoire. Rien que cela pourrait fournir une clé pour résoudre ce mystère.

« Après avoir quitté Zuguro, la question du *Doedicurus* n'a cessé de me turlupiner. Je brûlais d'envie de le rencontrer. Heureusement, ce serait possible grâce à Zuguro. J'ai décidé d'inviter Ryûji et Sayuri : quand l'heure aurait sonné, nous partirions tous ensemble à la recherche du tatou géant dans ces contrées lointaines. Et voilà, ce moment est enfin arrivé. Il y a quelque temps, j'ai écrit à Zuguro pour lui demander de nous servir de guide. Il comprendrait notre objectif, je n'avais pas besoin de lui donner beaucoup d'explications. Mais envoyer une lettre en Amérique du Sud n'a rien d'évident. Pour acheminer un courrier du nord vers le sud et inversement, on peut le confier à un oiseau migrateur car ils font tous des allers-retours. Il existe même un oiseau étonnant qui fait le trajet entre les deux pôles, le pôle Nord et le pôle Sud : la sterne arctique. Mais aucun oiseau migrateur ne parcourt la Terre parallèlement à l'équateur, d'un point A à un point B. Par exemple, certains font le voyage entre le Japon et la Sibérie, ou entre le Japon et la Thaïlande ou Sumatra, mais pas entre le Japon et Hawaï. C'est pour cela que depuis l'archipel nippon, confier à un oiseau une lettre pour l'Amérique du Sud, c'est assez compliqué.

« Il existait néanmoins un moyen : Belkahaya le tchitrec va et vient entre Sumatra et le Japon. Parce qu'il passe l'hiver japonais là-bas. D'après lui, il existe entre Sumatra et l'Amérique latine une liaison postale appelée la chaîne des îles. Le courrier transite de l'île de Sumatra à celle de Java dans l'archipel des grandes îles de la Sonde, puis à l'île de Timor dans les petites îles de la Sonde, et ensuite par la Nouvelle-Guinée, les Fidji dans l'océan Pacifique, Tahiti et enfin l'île de Pâques, célèbre pour ses statues moaï, avant d'arriver en Amérique du Sud. Entre Tahiti et l'île de Pâques, il y a quatre mille kilomètres, et encore trois mille huit cents kilomètres depuis l'île de Pâques jusqu'au Pérou ; peu d'oiseaux arrivent à voler sans repos sur une si longue distance.

« Cette fois-ci, c'est un albatros hurleur de l'hémisphère Sud qui s'en est chargé, semble-t-il. Ces oiseaux marins sont capables de voler longtemps en planant au-dessus de l'eau. Vu les circonstances, j'ai envoyé la lettre en urgence pour qu'elle soit distribuée au plus vite, mais l'aller-retour a tout de même pris deux mois.

« En cours de route, il arrive que le messager se fasse attaquer par un faucon, qu'il soit pris dans une tempête ou qu'il ne trouve pas le destinataire ; le taux de distribution est en gros d'environ 60 %. En plus, le courrier ne doit pas mesurer plus de deux centimètres sur trois, ce qui oblige à écrire seulement l'essentiel.

« Hier, Belkahaya est rentré sain et sauf avec la lettre, comme vous le savez. Mon courrier a bien été délivré à Zuguro. Et voici sa réponse : *Je vous guiderai. Nazca est en danger. Moi aussi. Venez vite.*

« Hélas, elle n'apporte aucune précision quant à l'existence du *Doedicurus*. Sans Zuguro, découvrir tant le mystérieux royaume de Nazca que le *Doedicurus* relève de la gageure. Si nous ne retrouvons pas la chouette, notre voyage risque fort de tourner court. Le temps presse. Dès demain, nous entamerons les préparatifs. Nous prendrons notre bateau, l'*Umayado*. Les opérations seront dirigées par Yukimaru. Yûza gardera la maison en notre absence. Tous les autres feront partie du voyage. Horaji et Goppé aussi, d'accord ? Nous ignorons quels obstacles nous attendent. Sans doute aurons-nous besoin des compétences de chacun à un moment ou un autre. Et je vais vous présenter un nouveau membre.

« D'après la localisation de la chouette boréale à tête noire, notre objectif se trouve dans la forêt tropicale, un environnement que Belkahaya et moi sommes les seuls à connaître. Il nous faut une autre personne expérimentée. J'ai donc demandé à un bonobo qui vit chez un de mes amis de se joindre à nous. Les bonobos sont une espèce de chimpanzé qui habite les zones reculées des forêts du Congo, en Afrique. Le genre des chimpanzés comprend deux espèces : l'une est le chimpanzé qu'on a l'habitude de voir dans les zoos, l'autre est le bonobo. C'est un hominidé rare qu'on ne trouve pas encore dans les zoos japonais. Doux de caractère, il vit en groupe, sans disputes, c'est un pacifiste convaincu. Il est très intelligent. Celui que je vais vous présenter est un jeune de cinq ans ; arrivé au Japon quand il avait un an, il maîtrise assez bien notre langue. Son nom est Npanpanya, mais comme il dit souvent "tout va bien", il est surnommé Touvabien. Laissez-moi vous présenter Touvabien. »

Un bonobo apparut.

Il s'avança, debout sur ses deux jambes, exécuta une petite courbette et dit avec un sourire :

– Je m'appelle Touvabien. Merci de m'accueillir parmi vous. Tout va bien se passer.

Alors qu'ils faisaient presque la même taille, l'animal était sûrement plus fort que lui, songea Ryûji. À en juger par son attitude avenante et sa bonhomie apparente, ils deviendraient sans doute de bons amis.

– Pompino ! Ressers du café à chacun, s'il te plaît. Nous allons trinquer à notre départ. Yukimaru va porter un toast.

Le Professeur Taishi, son long discours terminé, tira avec satisfaction sur sa pipe.

Tout le monde était surexcité. C'était le début d'une grande aventure.

Le café servi, Yukimaru s'était levé et s'apprêtait à dire quelques mots lorsque le Professeur l'arrêta : « Un instant ! » pour reprendre la parole, un sourire aux lèvres :

– J'ai oublié une chose importante. Baptisons notre expédition.

Le premier objectif de cette aventure est de rencontrer le *Doedicurus*. Mais comme ce nom est un peu compliqué, je propose de le raccourcir en « doecuru » et d'appeler notre groupe "L'Expédition Doecuru".

Aussitôt, Yukimaru leva sa tasse et lança d'une voix sonore :

– Trinquons au départ de l'Expédition Doecuru. À notre réussite et à notre santé à tous !

Il avala une gorgée de café. L'assistance cria bien fort « Santé ! » toutes tasses levées.

Les vibrations de ce cri lancé à l'unisson firent trembler les fleurs du cerisier de montagne, déclenchant une pluie de pétales. Certains tombèrent dans le café. Ryûji vida sa tasse d'une goulée, pétales compris.

Sans doute n'oublierait-il jamais le spectacle et les émotions de cette journée. Un espoir aux accents de rêve lui emplissait la poitrine et l'excitation lui empourprait les joues. Le café était délicieux. « Un véritable nectar divin », pensa-t-il. Il était ivre de bonheur.

Ils regagnaient leurs chambres lorsque Sayuri s'exclama :

– Nous voilà partis pour une sacrée aventure ! L'histoire de l'extinction des grands mammifères était passionnante, mais le royaume de Nazca et l'empire inca m'intéressent beaucoup aussi. Les couleurs ultraviolettes dont parlait la chouette boréale sont surprenantes. Est-ce que tous les habitants de Nazca peuvent les voir ? Et puis, pour découvrir les grands géoglyphes, il faut s'élever dans le ciel. Comment le roi de Nazca a-t-il fait ? Pour commencer, à quoi servent-ils, ces géoglyphes ? Il y a un tas de choses à découvrir, mais on dirait que cela n'intéresse pas tellement le Professeur. J'ai des tonnes de questions.

– Tout ça, on le comprendra quand on rencontrera doecuru, répondit brièvement Ryûji.

Puis il se tut. Sayuri continua à bavarder, mais il se contentait de hocher la tête en silence. Il n'avait pas envie de parler. Il voulait savourer son rêve : résoudre la grande énigme de l'extinction des animaux géants.

CHAPITRE 2

Le départ

Un jour où le départ approchait à grands pas, le Professeur Taishi, monté sur Kurokoma et accompagné de Yukimaru, partit de bon matin faire des courses en ville. Il restait encore de nombreux préparatifs, notamment l'achat des vivres et des objets de première nécessité pour la traversée.

Ryûji se débarbouilla à l'eau de la rivière et s'étira. À l'idée qu'ils allaient bientôt partir pour une expédition en Amérique latine, il se sentait gonflé de joie et d'espoir, la poitrine prête à exploser.

Sayuri le rejoignit. Habituellement, elle était debout la première ; que lui était-il arrivé ?

– Bonjour, Sayuri. Tu n'as pas bonne mine, ça va ?

– Bonjour. Pardon, je ne me suis pas réveillée. Je n'ai pas assez dormi. Hier soir, impossible de fermer l'œil, je ne me suis assoupie qu'au petit matin. Mais ça va aller, je suis en pleine forme.

– Tu te fais du souci pour quelque chose ?

– Pas du tout, au contraire ! À force d'imaginer à quoi peuvent bien ressembler les géoglyphes de Nazca et les ruines de l'empire inca, j'étais tellement survoltée que je n'ai pas réussi à m'endormir. Tout de même, jamais je n'aurais rêvé d'une telle aventure. Quelle chance j'ai, je suis tellement heureuse…

– C'est vrai. Mais à la réflexion, on part en quelque sorte pour résoudre l'énigme laissée par la chouette boréale à tête noire, sans savoir si le *Doedicurus* qui nous intéresse a survécu jusqu'à nos jours. C'est une aventure un peu risquée, mais l'idée est exaltante.

– Le Professeur porte bien son surnom de Père Kazé (Père-le-Vent). Il va là où le porte le vent, toujours à la poursuite de ses rêves. Et nous sommes ses disciples… Ah, au fait ! Je ne me suis pas encore débarbouillée. Allez, je vais me débarrasser de mon air mal réveillé.

Sayuri s'éloigna au trot vers la rivière.

À son retour, elle annonça avec entrain :

– Quelle surprise ! Quand j'ai pris de l'eau entre mes mains, j'ai trouvé une sorte de bébé gobie au creux de mes paumes. De quelle espèce s'agit-il ?

– Te connaissant, cela ne t'a pas empêchée de te débarbouiller et le poisson est entré dans ta bouche, non ? Tu as tenté de le recracher mais trop tard, et tu l'as avalé tout rond ?

– J'ai beau être étourdie, tout de même, il ne faut pas exagérer ! C'est quoi, ce minuscule poisson ?

– C'est un bébé *Rhinogobius*. Il faut en attraper plein, c'est délicieux dans une omelette bien baveuse.

– Bonjour, Ryûji et Sayuri, lança Kikki le jeune macaque d'une voix aiguë, toute mignonne.

Il accourut à leurs côtés.

– Notre navire, l'*Umayado*, est prêt, dirait-on. Si on allait voir à quoi il ressemble ?

À son invitation, ils partirent sur-le-champ à la découverte du bateau.

À quatre heures et demie de marche rapide par d'étroits sentiers de montagne, dans une petite baie abritée par des chênes, des camélias et des pittosporums entre autres arbres typiques de la forêt subtropicale humide, mouillait un bateau. C'était un voilier en bois à deux mâts, long d'une vingtaine de mètres.

– C'est le navire de l'Expédition Doecuru ? On va vraiment traverser l'océan Pacifique sur un si petit voilier, jusqu'au Pérou ?

Ryûji était estomaqué : il avait imaginé tout autre chose.

Sayuri fouillait sa mémoire, elle avait déjà vu ce bateau quelque part. C'était un navire japonais ancien, sans erreur.

Pas un de ceux qui faisaient du commerce en mer du Japon, mais…

– Il ressemble à la jonque des émissaires qui partaient autrefois en Chine, non ? murmura-t-elle tout bas.

– Exactement ! Bravo, Sayuri ! Yukimaru l'a conçu sur le modèle de celui des missions japonaises en Chine du IXe siècle. Bien entendu, il a été mis au goût du jour. Par exemple, les jonques des missionnaires étaient des bateaux à voiles à fond plat facilement renversés par une grosse vague ; il paraît que le nôtre est doté d'une quille longue qui abaisse le centre de gravité, comme les navires modernes, et de plein d'autres particularités. Yukimaru est une sorte de magicien : il y a un tas de mécanismes cachés, insondables pour le commun des mortels.

Sayuri demanda tout en opinant du chef :

– Mes souvenirs sont flous mais il me semble que sur le dessin que j'ai vu, l'étrave était ornementée et peinte en rouge. Ce n'est pas le cas de l'*Umayado* : sa proue est simple et peinte en bleu, comme la coque. Les mâts et les voiles aussi sont bleu ciel. C'est la couleur préférée de Yukimaru ?

– Pas du tout ! C'est un camouflage. Il paraît qu'ainsi, vu de loin, il se fond dans le bleu de la mer et devient presque invisible. C'est l'effet caméléon.

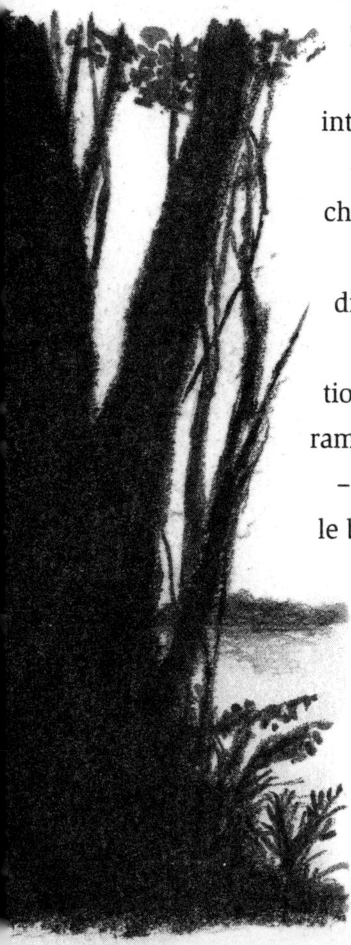

Ryûji, qui avait écouté la conversation, intervint :

– Kikki, tu m'épates ! Tu sais plein de choses.

– Hum, je ne fais que répéter ce que disait Taketsuno.

– Ha ha ha ! Mais j'ai encore une question ; quand le vent ne souffle pas, qui va ramer ? Yûza est fort, mais il reste à la maison.

– Il y a un moteur organique spécial. Plus le bateau est léger, mieux il fonctionne, c'est pour cela que c'est un voilier en bois.

– Un moteur organique ? répéta Ryûji, dubitatif.

– Tu verras. Crois-moi, ça dépasse l'imagination.

Enfin, le jour du départ arriva. Pris par les derniers préparatifs, tous eurent fort à faire dès le matin.

En matière de vivres, chacun ayant des goûts différents, il leur revenait de préparer ce qu'ils aimaient. Par exemple, Goppé la belette emporta du riz au poisson cru fermenté, son plat préféré. Si elle n'en mangeait pas une fois par semaine, elle perdait ses forces. Le problème était l'odeur très forte de ce mets : rien ne sent aussi mauvais. Pour Goppé, ce n'était pas une simple question de goût, mais une nécessité : la belette (comme le putois) est capable d'émettre une « boule puante », un gaz toxique qui fait fuir l'ennemi – et le poisson fermenté en décuple la puanteur.

Le Professeur Taishi et Yukimaru aimaient le poisson fermenté, mais les autres membres de la maisonnée supportaient mal son odeur. Goppé dut promettre d'être attentif à ne gêner personne : il dégusterait son plat à un bout du pont, les jours de grand vent.

Heureusement, on pourrait pêcher du poisson frais, qui fournirait une source suffisante de protéines animales.

Le problème, c'était les légumes, mais il y avait des stocks de légumes séchés, par exemple du radis *daikon* et de la fougère. Les légumes verts seraient gardés au frais à fond de cale dans une pièce sombre équipée d'un système de refroidissement alimenté à l'eau de mer. Ensuite, en cours de route, ils mouilleraient parfois dans des îles habitées pour se ravitailler.

Le plus important était l'eau potable. Elle fut stockée dans cinq fûts et dix bidons métalliques. Ce qui surprit Ryûji, c'est qu'en plus, on chargea autant de fûts et de bidons vides.

« Pour quoi faire ? » s'interrogeait-il sans trouver. S'il posait la question à Kikki, la réponse commencerait sans doute, comme toujours, par : « D'après le très intelligent Yukimaru… »

Une fois tout le nécessaire embarqué, le bateau put enfin lever l'ancre. Les membres de l'Expédition Doecuru, à bord, se rassemblèrent sur le pont. Il y avait le Professeur Taishi, Yukimaru, Kurokoma, Taketsuno, Horaji, Kikki, Goppé, Chôji, Touvabien, Pompina et Pompino, et enfin Ryûji et Sayuri. Belkahaya arriva en dernier, à tire-d'aile, et la troupe fut au complet. Elle comptait quatorze membres.

La mer était calme. Trois goélands volaient au ras des flots. Taketsuno alla se percher en haut du mât, d'où il poussa un croassement puissant.

Peu après, cinq bosses soulevèrent la surface lisse de l'eau en direction du bateau.

Elles se brisèrent d'un coup, dévoilant des montagnes noires.

Ryûji fut saisi : des baleines ! Ces cinq bosses, c'étaient des baleines.

La première d'entre elles releva la tête.

– C'est Mac ! s'écria Kikki.

Mac s'élança soudain dans les airs d'un bond, avant de retomber la queue la première dans l'eau qui se souleva en gerbes blanches aux reflets argentés.

Les baleines progressaient en formation triangulaire, deux de chaque côté de Mac en tête.

Dans son sillage, elles sautèrent à l'unisson. Le spectacle était magnifique. Ryûji, impressionné, restait planté sur le pont.

Mac et ses quatre compagnons s'arrêtèrent devant le bateau et sortirent la tête de l'eau. L'avant de leur crâne était plat, comme coupé à l'horizontale d'un coup de couteau.

C'étaient des cachalots, réalisa Ryûji.

Mac souleva son corps hors de l'eau pour annoncer :

– Nous répondons à votre appel. Taketsuno nous a expliqué de quoi il retourne. C'est une lourde mission, mais nous ferons de notre mieux.

Le Professeur Taishi, installé en hauteur, à la proue du navire, répondit :

– Merci, Mac. Le voyage sera long. Relayez-vous et nourrissez-vous bien afin de ne pas vous épuiser. Nous comptons sur vous.

Lorsqu'il leva la main droite, d'épais cordages glissèrent le long de la coque pour atterrir à la surface de l'eau.

Les cachalots en attrapèrent un chacun dans leur gueule et se positionnèrent en triangle à l'avant du voilier.

« Ah, je vois », songea Ryûji qui comprenait enfin ce qu'il se passait. C'était cela, le « moteur organique spécial » dont avait parlé Kikki : des cachalots chargés de tirer l'*Umayado*. Ils connaissaient la mer mieux que personne. À bord, les membres de l'expédition n'auraient rien à faire ; ils pouvaient totalement se reposer sur eux.

Le capitaine Yukimaru, installé à la proue, cria d'une voix puissante :

– En avant !

L'*Umayado* glissa sans effort à la surface de l'eau avant de prendre de la vitesse.

Ainsi commença une confortable traversée.

Avis de gros temps

Ils s'étaient habitués à la vie à bord. Les températures, plus élevées, laissaient penser qu'on était entré dans les régions tropicales. Une île émergeait au loin.

– Où sommes-nous ? Yukimaru, quelle est cette île ? demanda Ryûji.

– C'est un îlot de Micronésie, se contenta de répondre le chien, les yeux fixés sur le ciel.

De superbes cumulonimbus s'amoncelaient au-dessus de la ligne d'horizon. Le ciel se remplissait de nuages gris à vue d'œil. Yukimaru cria :

– Étendez la toile et sortez les bidons ! Un grain s'annonce.

Pompino, suivi de Horaji la loutre paresseuse et de Goppé la belette insaisissable, sortit de la cale une grande toile et des récipients – les fûts et les bidons métalliques vides. Dans ces moments-là, les capacités physiques de Ryûji, Sayuri et

Touvabien étaient précieuses. Tandis que Kikki et Horaji peinaient à soulever un bidon, Ryûji en portait quatre d'un coup, attachés par une ficelle.

À peine avaient-ils fini de disposer la toile et les récipients sur le pont que de grosses gouttes se mirent à tomber. Tellement grosses qu'elles faisaient mal en s'écrasant sur la peau. L'instant d'après, il pleuvait des trombes d'eau.

La pluie coulait à flots depuis la toile, glissant dans les bidons qui se remplissaient en un clin d'œil. Il fallait aussitôt les remplacer par d'autres, vides. Ryûji et Sayuri travaillaient sans relâche, trempés jusqu'aux os.

Quand les dix bidons et les cinq fûts métalliques furent remplis d'eau de pluie, Yukimaru remercia tout le monde et le travail fut terminé.

L'averse prit fin. Le ciel retrouva sa couleur d'un bleu éclatant et le soleil se remit à briller sans pitié. Soulagé d'avoir mené sa mission à bien, Ryûji demanda à Yukimaru, autour d'une tasse de thé :

– Puisque vous en avez donné l'ordre, c'est sans doute important et j'ai obéi sans réfléchir, mais à quoi va servir toute cette eau de pluie ?

– Je n'ai pas eu le temps de fournir d'explication, remarqua le chien en riant. Car parfois, on ne fait que frôler les averses, il faut faire vite. C'est de l'eau potable. Avec la chaleur, on boit davantage, n'est-ce pas ? Si on continue ainsi, l'eau viendra forcément à manquer. Il est indispensable de faire des réserves, sans quoi ça sera terrible. Merci, tu t'es rendu très utile. N'oublie pas de faire des étirements pour éviter les courbatures.

Ces explications convainquirent Ryûji.

Deux jours plus tard, la houle forcit. L'*Umayado* tanguait fortement, à tel point qu'il était impossible de se tenir debout sans s'agripper à quelque chose.

Le Professeur Taishi qui examinait le ciel à l'est murmura :

– Une tempête terrible s'annonce.

Puis il appela Yukimaru et tous deux eurent une grande discussion.

Le vent soufflait de plus en plus fort, faisant tanguer et rouler le navire sur lequel la pluie venait s'abattre sans pitié. Bien que pris dans la tempête, submergé par des rouleaux et ballotté par les vagues, l'*Umayado* restait curieusement à flot. À continuer ainsi, battu avec une violence croissante par les éléments déchaînés, il finirait néanmoins par sombrer corps et âme, c'était évident. En reculant maintenant pour fuir à la perpendiculaire de la trajectoire de la tempête, sans doute pourrait-il encore y échapper. Ou tout au moins serait-il possible de se mettre à l'abri plus au calme. Pourquoi le navire ne s'éloignait-il pas ? Ryûji n'y comprenait rien.

Au moment où, n'y tenant plus, il s'apprêtait à poser la question à Yukimaru, celui-ci lança des ordres étonnants :

– Hissez les voiles. Kurokoma, prêt à abaisser le levier ?

– Prêt. À tes ordres, Yukimaru, répondit le cheval dans un hennissement.

Quoi ? se demanda Ryûji. On allait hisser les voiles ? À coup sûr, elles prendraient de plein fouet le vent déchaîné et les cinq cachalots iraient valdinguer dans les airs.

– Hissez les voiles ! hurla Yukimaru.

Kurokoma assena un puissant coup de sabot sur le levier du cabestan.

Avec un claquement sonore, les voiles se déployèrent le long des deux mâts.

Les cordages tirés par Mac et ses amis étaient reliés aux voiles, tout en haut du mât, par le biais du cabestan. Une fois celui-ci débloqué, la force de traction exercée par les cachalots sur les cordes avait fait monter les voiles en haut des mâts.

À l'instant où elles finissaient de se déployer, Yukimaru tonna, d'une voix qui ne cédait en rien à la tempête :

– Plongez !

Mac et ses quatre compagnons, lâchant prestement les cordages, disparurent en un clin d'œil.

Ils s'étaient enfoncés sous la surface de l'eau.

Les cachalots sont des plongeurs aguerris, capables de descendre à mille cinq cents mètres de profondeur et d'y rester pendant près de deux heures. À deux cents ou trois cents mètres sous la surface, la mer démontée ne l'est plus tellement. On peut ainsi échapper au gros de la tempête.

L'*Umayado* filait à une vitesse vertigineuse. Les voiles, gonflées par le vent puissant, ne risquaient-elles pas de craquer ?

Le navire ne fonçait pas tout droit sur les flots déchaînés, il avançait comme en les rasant, en décrivant une large courbe. Parti des bords d'un immense tourbillon, il semblait progresser vers son centre. Arrivé là, au cœur de la spirale, il ne pourrait plus y échapper et sombrerait, aspiré dans les eaux profondes.

Il fallait réagir, sans quoi c'était comme se précipiter tout droit en enfer. À quoi pensait donc Yukimaru ? Professeur Taishi, faites quelque chose, par pitié !

Ryûji priait de toutes ses forces malgré le mal de mer. Submergé par la nausée, il avait déjà vomi à plusieurs reprises. Tant et si bien que, le ventre vide, il n'avait plus rien à rendre si ce n'était son estomac lui-même. Il avait un mal de crâne terrible. Recroquevillé par terre, à demi inconscient, il se demandait ce qu'ils allaient devenir.

Il n'était pas le seul à être terrassé par le mal de mer. Le couple de tanukis et Goppé gisaient eux aussi comme des chiffes molles. Kikki et Touvabien étaient ratatinés dans un coin de la cabine. Sayuri, enfouie sous une montagne de couettes qui remuait de temps à autre, semblait également passer un mauvais quart d'heure.

Horaji et Belkahaya étaient épargnés. La houle n'affectait pas la loutre, habituée à un environnement aquatique. Le Professeur Taishi, Yukimaru, Kurokoma et Taketsuno, réunis sur la passerelle, suivaient attentivement les mouvements du navire.

L'*Umayado*, tout en décrivant de larges cercles sur le tourbillon, se rapprochait peu à peu du centre. Ryûji, hors de lui, se demandait ce qui allait se passer.

Les cercles se réduisirent tandis que la vitesse augmentait encore. Leur dernier espoir était les quatre sages serrés dans la timonerie. Ils savaient parfaitement le danger que cela représentait de se faire aspirer par le tourbillon. Il fallait s'en remettre à eux, sans s'inquiéter pour rien. Arrivé à cette conclusion, Ryûji se sentit plus léger.

Soudain, l'*Umayado*, qui avait jusqu'alors avancé plus vite que les éléments, retrouva sa vitesse de croisière. Le ciel était d'un noir de charbon. Ils étaient au cœur de la tempête, sans erreur possible, alors que se passait-il ? Ryûji n'en avait aucune idée, mais face à la nausée tenace, ce répit était le bienvenu.

Il s'assit en soupirant. Sayuri restait enfouie sous les couettes. Kikki se releva et grimpa les marches menant au pont.

Malgré un léger mal de tête persistant, Ryûji se sentait mieux ; il lui emboîta le pas.

La main sur la poignée de la trappe menant au pont, il hésita un instant. À ses côtés, Kikki l'observait, inquiet. S'il ouvrait le panneau, à quoi s'exposeraient-ils ? Un déferlement de paquets d'eau de mer ou une pluie battante ? Ryûji tendait l'oreille. Il n'entendait pas la pluie frapper le panneau. Pas plus que des vagues ne semblaient venir s'y écraser. Avec une grande prudence, il souleva légèrement la trappe.

Une pluie fine tombait. Le vent soufflait mollement. Bien qu'on soit en milieu de journée, il faisait sombre comme au crépuscule. La houle était forte, les vagues parfois surmontées d'une crête d'écume blanche, mais ce n'était pas une mer démontée. Alors que la tempête était censée faire rage, que se passait-il ? Son léger mal de tête oublié, Ryûji crut être victime de la farce d'un renard.

La porte de la passerelle s'ouvrit sur Kurokoma. Comme pour dégourdir ses membres raidis, le cheval effectua quelques petits sauts légers.

– Kurokoma, où sommes-nous ? Nous étions au cœur de la tempête, alors que se passe-t-il ?

– Tu es surpris, n'est-ce pas ? Nous sommes dans l'œil du typhon. Tu vois, c'est un endroit qui fait une trentaine de kilomètres de rayon. Au-delà, la tempête sévit, avec des vents dans les cent quatre-vingts kilomètres-heure.

– C'est vrai ? Mais on ne va pas pouvoir rester toujours ici.

– En effet, ce n'est que provisoire. Car le typhon progresse vers le nord à une vitesse de quarante-cinq kilomètres-heure, et rester dans son œil nous entraînerait dans cette direction. Cela reviendrait à rebrousser chemin.

– Comment allons-nous sortir d'ici ? Si on s'échappe, on replonge dans la tempête, n'est-ce pas ?

– Tu verras. Nous avons une botte secrète. Ne t'en fais pas, répondit Kurokoma en frappant du sabot avant de gambader sur le pont.

Sayuri approcha, pâle comme un linge et la démarche mal assurée.

– Bois, ça te fera du bien, lui conseilla Ryûji.

Elle avala d'une traite l'eau qu'il lui tendait.

– Qu'est-ce que j'ai eu peur ! J'ai cru mourir. J'avais l'impression que mon estomac allait me sortir par la bouche. Mais c'est bizarre ; on est pourtant bien dans la tempête, non ?

Ryûji lui rapporta les explications de Kurokoma. Cette astuce, qu'est-ce que ça pouvait bien être ?

Submersible

Le Professeur Taishi, Yukimaru et Taketsuno émergèrent de la timonerie. Tous paraissaient nerveux ; Ryûji renonça à leur adresser la parole et les observa.

Taketsuno, perché sur le mât, offrait ses ailes au vent en poussant des cris étranges.

Peu après, les vagues enflèrent : quelque chose approchait. C'était Mac. Il émit un puissant jet d'eau.

Dans son sillage, les quatre cachalots émergèrent de la houle.

– Je suis content de vous retrouver sains et saufs. Je compte sur vous pour la suite, leur lança le Professeur Taishi.

L'expédition au complet était rassemblée sur le pont.

Le Professeur grimpa sur une plateforme et prit la parole d'une voix forte :

– Vous avez souffert du mal de mer, mais tout le monde est là, tant mieux. Nous avons fait un pari risqué, que nous avons remporté. Le plus dur est pourtant à venir. Il n'y a qu'une façon de quitter l'œil du typhon. C'est une manœuvre que je n'ai encore jamais tentée. L'*Umayado* va se transformer en submersible. Nous allons plonger et avancer sous les eaux pour sortir du périmètre de la tempête. En cas d'échec, c'est le naufrage assuré.

Sur ces mots, il dévisagea chacun. Comme pour s'assurer qu'ils étaient prêts à cette éventualité.

Se transformer en submersible ? Mais comment ? Ryûji avait beau se creuser la tête, il n'y comprenait rien. Le Professeur reprit en caressant sa barbe :

– En un mot, il s'agit de plonger sous l'eau. Les cachalots sont des professionnels de la plongée : ils vont tirer le bateau. Il faudra bien faire attention à ce que l'eau ne s'infiltre pas à l'intérieur. Notre navire a été conçu de façon à être parfaitement imperméable, au cas où, mais vous le savez : une goutte d'eau peut faire déborder le vase. Dans les profondeurs, la pression est forte. S'il y a une ouverture, même minuscule, l'eau s'y infiltrera, ouvrira une brèche par où se déverser en cataracte et il sera trop tard pour réagir. Répartissons-nous la tâche pour boucher le moindre interstice. Allez, c'est parti ! s'écria-t-il d'une voix vibrante.

Les plus agiles étaient Goppé et Horaji. La belette se faufilait dans les recoins les plus étroits pour vérifier avec soin qu'il n'y avait aucune faille. La loutre, en tant que spécialiste de l'eau, détectait les fragilités, les endroits à renforcer.

Les vérifications achevées, Yukimaru s'adressa à Mac :

– Inspection terminée. En avant !

Les cachalots s'emparèrent sans tarder des cordages. Yukimaru souleva vite la trappe et quitta le pont.

Mac plongea dans l'eau avec un angle de quarante-cinq degrés. Ses quatre compagnons l'imitèrent à l'unisson.

L'*Umayado* disparut en un instant de la surface de la mer dans laquelle il s'enfonça.

À trois cents mètres de profondeur, Mac se remit à nager horizontalement. Le navire filait sans bruit, perçant les abysses.

Sous l'eau, de l'autre côté des hublots, il faisait sombre. Un univers d'un noir d'encre, totalement coupé de la lumière du soleil. C'était sinistre. Existait-il des formes de vie dans des eaux si sombres ? Ryûji se sentait très seul.

À son grand soulagement, Touvabien apporta une puissante lampe torche. Ryûji se fit la réflexion qu'il était un habitant du monde de la lumière.

– Comme il fait sombre sous l'eau ! Me retrouver dans un monde aussi obscur m'a rendu très triste. Il fait gris jusque dans mon cœur.

– C'est vrai. Mais tout va bien, rassure-toi. Tiens, regarde ! dit Touvabien en braquant la lampe torche sur un hublot.

Une méduse transparente se dessina dans le faisceau de lumière. Elle sortit de leur champ de vision en ondulant, comme si elle fuyait l'éclairage. Un poisson dont il ignorait le nom traversa le cadre du hublot à toute vitesse.

– Oh, ça alors ! s'écria Ryûji, le nez collé à la vitre.

Un énorme requin passa juste devant ses yeux, rapide comme l'éclair.

– C'est un requin-lézard. Il a une bouille rigolote, tu ne trouves pas ? demanda le Professeur qui avait surgi à ses côtés.

– Je n'ai pas eu le temps de bien le voir, mais il avait une grosse tête effrayante. Ça doit être impressionnant quand il ouvre la gueule, remarqua Ryûji en se retournant.

– C'est sûr, il ne fait d'ailleurs qu'une bouchée de gros poissons. En règle générale, il vit à une profondeur d'au moins cinq cents mètres, mais il lui arrive de faire un tour un peu plus haut. On connaît encore très mal le monde sous-marin. C'est un vaste univers inexploré.

– J'aimerais bien en voir plus. Professeur Taishi, et si on plongeait un peu plus bas ?

– Moi aussi, j'aimerais bien. Mais notre bateau est en bois. À cette profondeur, c'est déjà délicat. Si on s'enfonçait davantage sous l'eau, il ne résisterait pas à la pression. Tu pourras te consacrer à la recherche sous-marine quand tu seras grand, conclut-il d'un ton égal, en tirant sur sa pipe.

Ils virent de nombreuses espèces des profondeurs flotter de l'autre côté du hublot. C'était comme regarder un film sur les habitants du pays des merveilles.

– Bien, c'est assez. Éteignons la lampe torche.

– Touvabien, laisse encore un peu allumé, s'il te plaît ! Je me demande quels autres animaux vont apparaître. On va sans doute en découvrir de nouveaux.

– Non, il faut économiser les piles. Je ne sais pas combien de temps on va rester sous l'eau, mais quand les piles seront épuisées, on n'y pourra plus rien, répliqua le bonobo.

Il appuya fermement sur le bouton pour éteindre la lampe.

Ils étaient de retour dans le noir absolu.

Une lueur apparut et Kikki approcha, une lanterne à la main.

– Touvabien est sévère. Voici de quoi t'éclairer, dit-il en collant la lanterne au hublot.

– Merci, Kikki. La lumière me rassure. C'est gentil, mais…

La lueur perçait vaguement derrière la vitre, trop peu néanmoins pour éclairer les fonds marins ensevelis sous une épaisse obscurité.

Ryûji, assis dans le noir, finit par s'endormir.

Combien de temps s'était-il écoulé ? L'agitation alentour le réveilla.

– Prêt à la remontée.

C'était la voix posée de Yukimaru.

Les cachalots lâchèrent en même temps les cordages tenus dans leurs gueules et plongèrent sous le navire. Le tirer rapidement vers la surface l'aurait déstabilisé : le chargement aurait glissé d'un côté et, déséquilibré, le bateau n'aurait pu se remettre d'aplomb une fois à la surface. La tempête s'était sans doute calmée, mais par moments, de fortes vagues pouvaient déferler par surprise. Si, par malchance, une telle vague balayait l'*Umayado*, il chavirerait. Pour éviter cela, les cachalots allaient le pousser tout en le maintenant en équilibre. Yukimaru avait beaucoup réfléchi à la question.

Le voilier remonta en douceur. Davantage de lumière pénétrait par les hublots, illuminant peu à peu l'intérieur. C'était comme passer de la nuit à l'aube. La seule différence était que le soleil ne se levait pas.

L'*Umayado* refit totalement surface, sa remontée achevée sans heurts. La houle était encore forte, mais la tempête s'était éloignée vers le nord.

Tous montèrent sur le pont pour partager leur joie. Submergée par l'émotion, Sayuri s'accrocha au Professeur Taishi, versant de grosses larmes de soulagement.

Dans le sillage de Mac, les quatre cachalots en formation triangulaire avançaient en douceur. Comme pour se féliciter de la bonne réussite de l'opération, ils firent jaillir leur jet d'eau à l'unisson.

Au signal lancé par Yukimaru, les membres de l'expédition réunis sur le pont crièrent « Hourra », les bras levés.

– Où nous trouvons-nous ? demanda Ryûji au Professeur qui examinait l'horizon au télescope pour déterminer leur position.

– En Mélanésie. À l'est des îles Salomon. Je m'interrogeais, à cause du typhon, mais on dirait bien que, par chance, nous n'avons pas dévié de notre route.

– Alors, nous avons atteint l'hémisphère Sud ? Et dépassé l'équateur depuis longtemps ?

– Oui. On l'a franchi au cours de notre plongée sous-marine. À partir d'ici, nous allons mettre les voiles plein sud, frôler l'île de Pâques et nous diriger tout droit vers le Pérou. Ne t'inquiète pas.

Ryûji se sentit soulagé. Il aurait bien aimé accoster sur l'île de Pâques, célèbre pour ses statues moaï géantes, mais ils n'en auraient sûrement pas le temps.

L'*Umayado* s'arrêta et Mac disparut.

Les autres cachalots firent une pause, lâchant les cordages qu'ils tenaient dans leur gueule.

Ils se trouvaient encore tout près de l'équateur ; le soleil dardait ses rayons brûlants juste au-dessus de leurs têtes. Le ciel d'un bleu intense était dénué du moindre nuage mais au loin, tout au nord, de petits cumulonimbus bourgeonnaient à l'horizon. Peut-être une averse tombait-elle, là-bas.

Mac revint, accompagné d'un cachalot inconnu. Il s'adressa au Professeur Taishi qui opinait du chef à chacune de ses paroles.

Le nouveau venu s'appelait Southern, leur apprit Mac. Soulevant son corps hors de l'eau à la verticale, il salua le Professeur Taishi d'une voix aiguë, pareille à un sifflet.

– Je pense que Mac vous a indiqué notre destination, merci d'avance de nous y emmener, répondit celui-ci avant d'expliquer aux autres, massés sur le pont : d'ici au Pérou, c'est Southern qui va nous guider. En effet, nous allons désormais naviguer à travers l'hémisphère Sud. Mac et ses quatre compagnons viennent de l'hémisphère Nord, ils ne connaissent pas bien les mers australes. On trouve des cachalots à travers le monde entier, de l'océan Arctique à l'océan Austral. Il y a six grands groupes dans l'hémisphère Nord et deux dans l'hémisphère Sud – un dans l'océan Atlantique et l'autre dans l'océan Pacifique. Comme dans le monde des humains et sa multitude de peuples, il existe des populations de cachalots distinctes. Leur langage aussi est un peu différent. Mais les recherches dans ce domaine n'étant pas encore très avancées, on ne sait que peu de choses.

« Il arrive parfois aux individus de chaque groupe de franchir l'équateur, mais jamais ils ne se mélangent. Ce qui ne veut pas dire qu'ils s'opposent, ils cohabitent au contraire de façon très paisible. Les humains, avec leurs peuples et leurs États en confrontation permanente, feraient bien d'en prendre de la graine.

« Mac a souvent traversé l'équateur pour aller dans l'hémisphère Sud, c'est ainsi qu'il est devenu ami avec Southern. Southern a une cinquantaine d'années, je dirais. Il maîtrise parfaitement la géographie de l'hémisphère austral. Sous sa direction, nous arriverons sans encombre au Pérou. Il connaît bien le climat aussi, et sera sans doute capable de détecter et d'éviter toute tempête. Allez, tout le monde sur le pont pour saluer Southern. »

Face aux membres de l'expédition alignés sur le bateau, Southern siffla fort pour dire :

– Enchanté ! Faites-moi confiance !

Ryûji et Horaji, debout à la proue, regardaient l'eau. En l'absence du moindre souffle de vent, une mer d'huile, véritablement lisse comme un miroir, s'étendait jusqu'à l'horizon.

– Tu crois qu'on avance ? demanda Ryûji à Horaji.

– Regarde en bas. On voit bien que la coque fend l'eau, répondit la loutre.

Ryûji baissa les yeux : le navire cheminait en soulevant des gerbes d'écume blanche.

Il se demanda comment nageaient les cachalots, car ils se déplaçaient sans provoquer le moindre remous, comme en glissant.

Grâce à Southern et son équipe, le voyage se poursuivit sans heurts. Il prenait régulièrement contact avec ses camarades au loin pour s'enquérir de la météo et choisir le chemin le plus sûr.

Southern utilisait un sonar spécial, propre aux grands cachalots, réglé sur le canal sonore profond situé à mille mètres de profondeur dans les abysses. Sous l'eau, les sons se diffusent et perdent de leur intensité en se répercutant à la surface et sur les fonds marins, sauf dans ce canal sonore où ils restent concentrés et continuent de progresser dans la même direction : ainsi, ils portent assez loin. À une fréquence basse, ils peuvent parcourir plusieurs centaines ou milliers de kilomètres. Les cachalots échangent à une fréquence de huit hertz. Les oreilles humaines, pourtant efficaces, ne captent pas les sons en deçà de dix hertz – les communications entre cachalots leur échappent donc.

Le canal sonore profond, pour eux qui peuvent aisément plonger à mille mètres de profondeur, est un outil de communication longue distance idéal.

Guidé avec précision par Southern, l'*Umayado* parvint sain et sauf en vue des côtes péruviennes, sans essuyer la moindre tempête.

Le plateau de Nazca

L'*Umayado* accosta la côte péruvienne à la hauteur du village de Copella. Il y avait à proximité un bureau de l'aéropostale aviaire où arrivaient les messages de la poste des îles qui reliait Sumatra à l'Amérique latine.

Taketsuno et Belkahaya furent envoyés en reconnaissance. Il faisait chaud. On transpirait sans rien faire. Tous deux prirent leur envol avec vigueur, pas le moins du monde affectés par la chaleur.

Deux jours plus tard, ils étaient de retour.

D'après leur rapport, la poste des oiseaux se trouvait dans la forêt, à une cinquantaine de kilomètres de Copella. Elle était dirigée par un ara assisté de perruches ondulées qui s'affairaient à répartir les lettres en fonction de leur destination. Les perruches desservaient les régions les plus proches, tandis que les aras s'occupaient des longues distances.

Quand Taketsuno lui avait demandé l'adresse de Zuguro la chouette boréale à tête noire, le perroquet avait penché la tête d'un air dubitatif.

– Une chouette boréale à tête noire, dites-vous ? C'est un oiseau des forêts des hauts plateaux andins... Ah oui, cela me revient. J'ai déjà envoyé pour lui une lettre express dans un lointain pays du Nord, le Japon je crois bien, en transit par Sumatra. Comme c'était la première fois que j'entendais parler de ce pays, cela m'a marqué. Si vous voulez plus de détails, il faudra demander au responsable de la cordillère des Andes, Totto. Il assure une distribution hebdomadaire ; vous avez de la chance, car il sera de retour ce soir. Patientez un peu, je vous prie.

Taketsuno était soulagé d'avoir trouvé une piste. En fin d'après-midi, au retour de Totto l'ara, il lui avait parlé de Zuguro sans perdre un instant.

– Ah oui, mais c'était il y a longtemps déjà. Il me semble qu'il s'agissait d'une lettre express à destination d'un très lointain pays du Nord. Je m'en souviens car c'est rare. Moi, mon travail, c'est de distribuer le courrier, je ne sais pas grand-chose sur les expéditeurs, mais Zuguro, ça me parle. Il avait une adresse de l'autre côté de la cordillère des Andes, une poste restante dans la forêt de Qurulu. C'est un petit village où je n'ai pas souvent l'occasion d'aller. Le receveur des postes, là-bas, est un ara hyacinthe femelle au plumage tout à fait magnifique. Et elle a une sacrée carrure. Moi aussi, pour un perroquet, je suis plutôt grand, mais pas autant qu'elle. Qu'est-ce qu'elle a bien pu manger pour grandir comme ça ? Si tu allais la voir, je pense qu'elle pourrait te donner l'adresse de ton Zuguro. C'est vraiment un coin perdu, tu sais. Toi, tu es un oiseau, tu pourras t'y rendre par les airs, mais tes compagnons sont à pied, n'est-ce pas ? Ça ne va pas être facile. Parce que le village se déplace. La poste aussi change parfois d'adresse. Ils n'en font qu'à leur tête. Les aras hyacinthe, à mon avis, ils n'ont pas le cerveau fait comme le nôtre. Une fois, elle m'a remis une lettre qui faisait la moitié de ma taille. Je m'en suis sorti tant bien que mal, mais une perruche n'y serait jamais arrivée et puis c'est contre les règles, non mais franchement ! Et avec un timbre de deux chicas seulement ! Deux chicas, ça fait deux piments, c'est tout. Quand je lui ai fait remarquer que l'enveloppe n'était pas suffisamment affranchie, elle m'a rétorqué que je n'avais qu'à payer moi-même le surplus…

– Je vois, merci beaucoup.

Taketsuno lui avait coupé la parole, ce qui était malpoli, mais la conversation promettait de s'éterniser.

– Vraiment, quel bavard, ce Totto ! rouspéta-t-il. Si on le laissait parler, il ne s'arrêterait jamais. J'aurais bien aimé lui poser des questions plus précises, mais comme j'avais compris en gros de quoi il retournait, je suis parti.

Il se tourna vers Belkahaya qui hocha la tête. Le Professeur Taishi prit la parole :

– Merci, Taketsuno. Nous avons désormais une piste pour retrouver Zuguro. Alors, nous allons maintenant enquêter sur les géoglyphes de Nazca. Il faut savoir si Zuguro disait vrai, vérifier de nos propres yeux l'existence de ce dessin géant d'un tatou. Je suis convaincu qu'il n'y a pas d'erreur, mais…

L'air grave, il regarda ses compagnons l'un après l'autre, comme pour les inviter à se décider.

S'il avait tort, leurs efforts n'auraient eu aucun sens. De toute façon, même en admettant que le géoglyphe dont avait parlé Zuguro représente bien un tatou, rien n'assurait que l'animal était encore en vie. Une pointe d'inquiétude subsistait dans l'esprit de Ryûji, mais Père Kazé ne pouvait pas se tromper. Le garçon balaya ses appréhensions, sa résolution fortifiée.

– En route pour Nazca ! lança vigoureusement le Professeur Taishi.

Il fut décidé de prendre Totto pour guide.

Le plateau de Nazca était une plaine désertique, ce qu'on appelle la pampa. Les terres arides, mélange de sable et de cailloux, rejoignaient le désert au sol stérile où ne poussaient ni arbre ni herbe. Un terrain qui était donc, paraît-il, sillonné de nombreuses lignes. Tracées par les habitants de l'ancien royaume de Nazca, elles seraient restées intactes car la zone était seulement traversée de temps à autre par des marchands à dos de lama, d'après Zuguro.

Un vent chaud soufflait. Le simple fait de se tenir debout faisait transpirer.

Ryûji parcourut du regard l'étendue désertique, la poitrine gonflée par l'espoir. Mais il ne voyait rien qui ressemblerait à un dessin.

– Sayuri, tu vois quelque chose ? Je ne devine aucune image…

– Moi aussi, je cherche désespérément… mais sans rien trouver. Demandons au Professeur.

Le Professeur Taishi, monté sur Kurokoma, examinait le sol dénudé, son regard perçant. Impressionnés par sa concentration, ils hésitaient à lui adresser la parole.

Il descendit de cheval pour parcourir lentement le terrain, à grandes enjambées. Les deux enfants le suivaient en silence.

Il s'arrêta au milieu d'un sillon d'environ un mètre de large et trente centimètres de profondeur, qu'il suivit des yeux avec beaucoup d'attention.

– Ryûji, Sayuri, venez voir. Ce sillon fait sans doute partie des lignes, de ces fameux géoglyphes. D'après Zuguro, il s'agit de dessins immenses qu'il faut voir du ciel pour les embrasser du regard. Suivons ce sillon à pied ; cela nous fournira peut-être des indications.

Il se mit lentement en marche et les enfants lui emboîtèrent le pas.

Au bout d'une vingtaine de mètres, le sillon décrivait une courbe et s'étendait parallèlement à la portion précédente jusqu'à une nouvelle courbe, après quoi il continuait de nouveau en parallèle. Ce motif se répétait cinq fois. En d'autres termes, c'était comme suivre le contour des cinq doigts d'une main pour les dessiner d'un seul coup de crayon. Le doigt du milieu était beaucoup plus long que les autres, plus du double.

Le Professeur Taishi longeait le cinquième sillon, celui qui correspondrait au petit doigt, quand il s'arrêta pour remarquer :

– On dirait le dessin de la patte d'un animal, et le sillon est loin d'être terminé. On va sans doute avoir du mal à imaginer le dessin en suivant les traces. Clairement, il faudrait le voir d'en haut…

À peine avait-il terminé que Taketsuno surgit dans le ciel comme par magie.

– C'est incroyable ! Il y a plein de dessins un peu partout, balbutia le corbeau, surexcité.

– Tu tombes à pic ! J'allais t'appeler. J'ai suivi ce sillon et on dirait la patte d'un animal ; tu confirmes que c'est un élément d'un dessin. Toi qui peux embrasser la zone du regard, tu dois le voir dans son ensemble.

– Oui, depuis le ciel, on voit plein d'images au sol, c'est étonnant. Ce que vous avez pris pour la patte d'un animal, c'est en réalité la queue d'un oiseau. C'est un géoglyphe, sans erreur, et il représente un oiseau vu du dessus. Je ne sais pas dire de quel oiseau il s'agit, mais avec son bec très long, ça doit être une sorte de colibri qui se régale du nectar des fleurs. Bref, suivre les sillons à pied revient à errer dans un labyrinthe sans arriver à se faire aucune idée des dessins. Ce géoglyphe-oiseau mesure bien une centaine de mètres du bec jusqu'à la queue, cela prendrait beaucoup de temps rien que pour en faire le tour.

– Merci, Taketsuno. Mais seuls Belkahaya et toi êtes capables de vous élever dans les airs. Étudier les géoglyphes serait sûrement passionnant ; hélas, pour l'instant, nous n'en avons pas le temps. Il faut trouver le dessin du *Doedicurus* dont parlait Zuguro. Taketsuno, désolé, mais veux-tu bien le chercher, s'il te plaît ? Fais vite !

Avec un hochement de tête, Taketsuno prit son envol.

Les membres de l'expédition les avaient rejoints, Yukimaru en tête. Tout le monde était silencieux. Même Kikki, d'habitude si gai et incapable de rester en place, gardait la tête basse, l'air pénétré. Chacun pensait la même chose. L'avenir de l'expédition était suspendu au rapport de Taketsuno. S'il ne trouvait pas ce dessin… Mieux valait ne pas y penser.

Ils sillonneraient la région à sa recherche s'il le fallait. Car Zuguro ne pouvait pas avoir menti, c'était impensable.

Taketsuno tardait à revenir. Peut-être ne trouverait-il rien, songeaient les uns et les autres avec tristesse. C'est alors qu'il arriva, volant à tire-d'aile.

– Ça y est ! Je l'ai trouvé ! cria-t-il, la voix rauque.

– Super ! s'exclamèrent-ils en chœur.

La joie se lisait sur les visages.

– À... à boire, s'il vous plaît, implora le corbeau, le souffle court.

Yukimaru lui tendit une gourde. Il se jeta dessus, la saisissant entre ses mandibules pour boire avant de reprendre la parole :

– J'ai trouvé un géoglyphe similaire à celui dessiné par Zuguro. À demi caché derrière un gros rocher brun, il était difficile à repérer. J'ai fait un petit détour qui m'a retardé, désolé.

– Comment ça, un détour ! protesta Kikki d'une voix perçante. Tu es allé manger de bonnes choses ou quoi ? Alors qu'on t'attendait tous avec impatience, tu exagères !

Horaji s'empara de la patte de Kikki prêt à sauter sur Taketsuno, pour l'en empêcher.

Belkahaya arriva un peu plus tard ; après avoir fait un looping dans le ciel, il s'écria :

– Moi aussi je l'ai vu. Le même dessin que celui de Zuguro !

Après une nouvelle pirouette, il lança un trille de victoire.

Sa longue queue ondulant dans les airs, il dansait pour exprimer sa joie.

– Très bien. Et où est-il ? demanda le Professeur Taishi.

– Au pied de la colline, là-bas, répondit Taketsuno.

– Mais on ne le voit pas d'ici.

– Pas de souci ! J'ai tout prévu. Patientez un instant et vous verrez pourquoi j'ai fait un détour rétorqua-t-il, confiant.

Un peu plus tard, un point noir apparut dans le ciel bleu à l'ouest. En regardant attentivement, c'étaient six points noirs qui grossissaient à vue d'œil.

Six condors.

À leur approche, on put constater qu'ils étaient immenses, du jamais vu, avec une envergure d'ailes d'au moins sept mètres. Sous eux, un panier juste assez grand pour une personne.

– Qu'est-ce que c'est ? demanda le Professeur Taishi.

– Le moyen de transport aérien spécialement concocté pour les rois de Nazca. Un *quilloto,* dans leur langue.

– Et ces condors géants ? s'enquit le Professeur, bouillant d'intérêt.

Taketsuno, comme toujours lorsqu'il était content de lui, tendit sa troisième patte bien droit.

– Des paléo-condors. Ils vivent dans les hauteurs de la cordillère des Andes et ne se montrent jamais aux humains, ce qui fait que personne ne connaît leur existence. Si j'ai fait un détour, c'est pour demander à un grand corbeau des Andes, avec un croissant de lune blanc sur la gorge, de faire appel à eux. Ils sont arrivés à temps, c'est parfait.

Les paléo-condors se posèrent au sol sans un bruit.

Le premier d'entre eux déploya un peu ses ailes et, avec un petit roucoulement, adressa une courbette au Professeur. Les cinq autres l'imitèrent. Dignes descendants des oiseaux qui servaient autrefois le royaume de Nazca, ils étaient d'une politesse exquise.

– Je vous remercie pour votre aide, dit aimablement le Professeur Taishi, puis il s'installa dans le panier qui tenait lieu de nacelle.

Sur un signal de leur chef, les paléo-condors battirent des ailes pour décoller.

La nacelle s'éleva dans les airs. Arrivée à une altitude de trois cents mètres, elle se mit à se déplacer lentement à l'horizontale.

D'en haut, les géoglyphes étaient nettement visibles. Il y avait de nombreux dessins : une baleine, une libellule, un renard… un singe, aussi. Les dessins d'animaux et de plantes étaient nombreux, disséminés au hasard. Rien n'expliquait pourquoi l'araignée ou le triangle avaient été choisis, mais sans doute cela avait-il un sens. Les rois de Nazca avaient certainement contemplé les géoglyphes ainsi, installés dans une nacelle portée par des paléo-condors.

C'était passionnant, mais ce n'était pas le moment de se laisser aller à la contemplation d'autres dessins. Celui qui importait, c'était celui du doecuru.

– Il est là-bas, vous le voyez ? lança Taketsuno.

– Oui, ça y est. Il est grand. Le demi-cercle fait plus de cinquante mètres de diamètre. Exactement comme l'a dessiné Zuguro. En haut à gauche, il en manque un morceau et on distingue une sorte de courbe douce. Oui, c'est pareil. Et là, un bâton. Au bout du gourdin, de gros piquants qui dépassent. Il y en a bien une dizaine. En tout point similaire au dessin de Zuguro. C'est formidable ! s'exclama le Professeur Taishi, épaté. Mais peut-on vraiment en conclure qu'il s'agit bien d'un dessin du doecuru ?

– Il est parfaitement ressemblant. Sauf que les lignes manquantes, dessinées avec des couleurs ultraviolettes, sont visibles par les oiseaux mais pas par les humains.

– Donc, les rois de Nazca non plus ne les voyaient pas. Pourquoi tracer des lignes qui leur seraient invisibles ?

– Voilà qui est intéressant. Je pense qu'ils pouvaient les distinguer, affirma Taketsuno.

– Comment peux-tu le savoir ? Le peuple de Nazca n'avait pas d'écriture, il ne reste aucun texte qui en fournirait la preuve.

Le corbeau toussota avant de tendre bien droit la patte qui émergeait de sa poitrine.

– À vrai dire, il en existe une. L'écriture maya, de la civilisation du même nom. Ce sont des sortes de dessins. On trouve quantité de ces lettres – ou plutôt, de ces symboles. Ils sont écrits avec des couleurs ultraviolettes, c'est pour cela qu'ils restent invisibles aux humains. Je pense que la lignée royale de Nazca était capable de les voir, et que c'est la raison pour laquelle cette écriture était utilisée. Une écriture déchiffrable par les seuls rois et leurs descendants.

« Sûrement un de leurs ancêtres avait-il connu une mutation génétique du système visuel autorisant la vision des couleurs ultraviolettes, mutation qui a été transmise aux générations suivantes tout au long de la lignée royale. Cette écriture renferme le secret des rois de Nazca. »

– C'est une hypothèse intéressante. Sans doute as-tu raison. Revenons-en au dessin du doecuru : les parties en couleurs ultraviolettes correspondent-elles à celles tracées par Zuguro ? Dessine-les-moi, s'il te plaît.

Le Professeur sortit du papier et un crayon. Taketsuno saisit adroitement le crayon pour reproduire le géoglyphe entier, lignes visibles et invisibles comprises.

– Oui, c'est le même dessin que Zuguro. Le nom scientifique du *Doedicurus* a été donné à un fossile. J'ignore si celui-ci est de la même espèce, mais en tout cas, il est certain qu'il appartient à la famille des glyptodons, un genre de tatou.

Il fallait vite rassurer les autres : le Professeur demanda à Taketsuno de faire atterrir la nacelle.

Il leur raconta ce qu'il avait vu d'en haut. Puis il resta un instant plongé dans ses réflexions. L'assistance, silencieuse, attendait qu'il reprenne la parole.

C'était la première fois que Ryûji voyait cette expression au Professeur. Lui toujours gai et vif présentait, lorsqu'il était concentré, un profil d'une noblesse indicible.

– Bon, j'y vois plus clair. Le doecuru vivait encore à l'époque où ce dessin a été réalisé. C'était possiblement un animal révéré par les rois de Nazca en tant que messager des dieux doté de pouvoirs surnaturels. Il aurait été le témoin de l'histoire du royaume antique de Nazca, en même temps qu'un animal sacré nécessaire pour déchiffrer les écrits anciens. Admettons cette hypothèse ; il reste néanmoins deux questions. La première est pourquoi lui seul aurait survécu, alors que les autres grands mammifères comme le paresseux géant ont disparu il y a environ onze mille ans ? La deuxième porte sur le fait que Zuguro servait les descendants du royaume de Nazca. Ce royaume qui s'est effondré il y a un millier d'années existerait encore de nos jours, inconnu de tous ? C'est difficile à croire, mais si c'est vrai, il y a de fortes chances pour que le doecuru, qui en était l'animal sacré, ait survécu. Quand j'ai demandé à Zuguro s'il vivait encore, il n'a pas nié. Comme pour m'inciter à le vérifier par moi-même. Puisqu'il ne m'avait pas détrompé, je me suis lancé dans cette expédition en pariant sur son existence… Pour répondre à ces questions, la première chose à faire est de retrouver Zuguro.

J'aimerais bien entreprendre des recherches plus poussées sur les géoglyphes de Nazca, mais ce n'est pas le moment. Pressons-nous, car Zuguro est en danger. Partons d'ici. Il est temps d'aller à sa rencontre, lança le Professeur, sa vivacité et son allant naturels de retour.

Sayuri l'interrogea :

– Les géoglyphes de Nazca, personne au monde ne les connaît ?

– Les habitants sont sûrement au courant qu'il y a des dessins au sol mais sans savoir de quoi il s'agit ; nul ne s'y est encore intéressé, à plus forte raison parmi les gens de l'extérieur.

– Alors, c'est une découverte majeure, n'est-ce pas ? Si on l'annonce à notre retour, tout le monde sera très surpris.

Le Professeur secoua la tête, son expression sévère :

– Il ne faut pas révéler ce secret à la légère, juste pour s'attirer des honneurs. Si nous le faisions, les journalistes et les curieux afflueraient ici et les géoglyphes seraient vite abîmés. Il faut faire preuve de prudence et ne dévoiler sa découverte qu'une fois qu'on est en mesure d'enquêter sur le site et de le protéger. Et puis, pour l'instant, nous n'avons pas le temps de nous en occuper. Nous devons vite nous porter au secours des descendants de Nazca et de Zuguro, tout en restant concentrés sur notre objectif : retrouver un *Doedicurus* vivant ; c'est cela la priorité.

Sayuri garda le silence un instant.

– D'accord, répondit-elle avant d'ajouter avec détermination : Mais quand l'heure sera venue de rentrer au Japon, notre mission accomplie, autorisez-moi à rester ici, s'il vous plaît. Je veux me consacrer à l'étude des géoglyphes. J'ai pris ma décision. J'ai beaucoup hésité sur mon avenir. Mon indécision me faisait honte car Ryûji, lui, a décidé très tôt de devenir zoologiste… je l'enviais un peu. Mais devant les géoglyphes et en écoutant vos explications, mes incertitudes se sont peu à peu envolées et ma voie m'est apparue. Permettez-moi de rester ici, je vous en prie. J'apprendrai la langue du pays en travaillant, j'entrerai à l'université pour étudier les bases de l'archéologie et je deviendrai archéologue. Je surmonterai toutes les difficultés, j'en suis certaine. Par rapport à ce que j'ai vécu dans mon enfance, ce n'est rien.

Elle avait débité sa tirade d'une traite, son expression débordant d'espoir, ses yeux plantés dans ceux du Professeur Taishi.

– C'est une belle décision. Repensons-y quand sera venue l'heure du retour. Je la garde au chaud dans mon cœur. En attendant, nous avons une mission à accomplir, répondit-il avec un doux sourire – celui de Père Kazé.

Un vantard sachant vanter

Le Professeur Taishi annonça aux membres de l'expédition rassemblés :

– Zuguro disait vrai, il existe un dessin du *Doedicurus* parmi les géoglyphes de Nazca, comme nous avons pu le constater. En d'autres termes, le doecuru était vivant à l'époque. La question est de savoir s'il l'est toujours. Pour en avoir le cœur net, il faut rencontrer Zuguro. Nous devrions trouver son adresse à la poste aviaire du village de Qurulu. Notre prochaine destination est donc Qurulu, où Totto va nous emmener.

L'ara, engagé comme guide, était déjà là. Taketsuno l'avait fait venir.

Le Professeur lui demanda :

– Dans quelle partie de la cordillère des Andes se trouve le village ?

Totto réfléchit, la tête penchée.

– Eh bien, c'est difficile à expliquer. Je récupère le courrier à la poste centrale de Cuzco pour le distribuer aux différents villages du secteur, facilement identifiables d'en haut. Mais Qurulu, c'est une autre paire de manches. Personne ne connaît, alors j'ai eu un mal de chien à trouver. C'est dans un coin perdu : de l'autre côté de la cordillère des Andes, autour de mille cinq-cents mètres d'altitude, au cœur de la forêt tropicale. Bien sûr, le village, niché dans la jungle, est invisible depuis le ciel, mais j'ai repéré par hasard l'ara hyacinthe qui survolait les arbres. J'ai eu de la chance de tomber ainsi sur la directrice de la poste !

– Quelle distance faut-il compter depuis Cuzco, et dans quelle direction ? C'est dans la forêt tropicale, donc du côté brésilien ?

– Le village est situé au nord-nord-est de Cuzco, à cinq cents ou six cents kilomètres, je dirais. Je ne sais pas si c'est du côté brésilien. De toute façon, les frontières, c'est un truc d'humains qui ne nous concerne pas, nous les oiseaux.

– Ha ha, tu as raison ! répondit le Professeur en riant aux éclats. D'accord, je vois en gros où cela se trouve. Dans cette région, c'est la forêt tropicale qui domine ; la zone est inhabitée, et elle n'est pas cartographiée. Pour Totto, c'est facile d'y aller par les airs, mais à pied, il va falloir franchir des vallées et des montagnes et emprunter des chemins escarpés, ça va être difficile. J'ignore combien de temps durera

le voyage, il faudra emporter suffisamment de provisions. Nous ferons les préparatifs à Cuzco. C'est une grande ville, on y trouvera sans doute tout ce qu'il faut.

Sur le flanc de la cordillère des Andes, à l'est de Nazca, se trouve l'ancienne capitale de l'empire inca, Cuzco. C'est une grande ville située à trois mille cinq cents mètres d'altitude. Elle abrite de nombreuses ruines que Sayuri contemplait, les yeux brillants, mais ce n'était pas le moment de s'y intéresser. En prévision du long voyage qui les attendait, il fallait se procurer des vivres, ainsi que des tentes et tout le nécessaire pour camper. Bien entendu, ils pourraient aussi s'approvisionner et dormir dans les auberges des villages disséminés dans la montagne. Les bagages seraient transportés par des lamas, sous la responsabilité de chacun des membres de la caravane.

Les préparatifs demandèrent plus de temps que prévu, mais enfin le jour du départ arriva.

Sous la houlette de Totto l'ara, l'expédition partit pour Qurulu à dos de lama. Cet animal propre à l'Amérique du Sud est une espèce de camélidé qui vit sur les hauts plateaux, entre 2 300 et 4 000 mètres d'altitude. À la différence du chameau, il ne possède pas de bosse, mais il a un long cou et de fines jambes élégantes. Il mesure en moyenne 1,15 mètre pour 140 kilos et est domestiqué depuis longtemps : il sert de moyen de transport pour les hommes et les marchandises. Aujourd'hui encore, c'est un animal très usité dans les endroits difficiles d'accès.

Les membres de l'expédition ne comprenaient rien au langage lama qu'ils découvraient pour la première fois, à part Yukimaru qui était fort en langues et réussit rapidement à engager la conversation.

Tous chevauchaient des lamas marron, sauf Yukimaru qui, pour être visible de loin, en montait un tout blanc.

Taketsuno, chargé des communications, était juché sur le dos de Kurokoma en compagnie du Professeur Taishi.

Ils progressaient à travers les montagnes, à une altitude d'environ trois mille mètres. Les hauts plateaux étaient peuplés de familles de vigognes sauvages qui paissaient ici et là. La vigogne est un camélidé herbivore qui ressemble au lama en un peu plus petit. Elle est aussi plus gracile et agile.

Le sentier était accroché à flanc de montagne, creusé dans la roche. Sous leurs pieds, très loin, serpentait une rivière argentée. Dans le ciel pur sans un nuage, d'un bleu foncé virant au noir, le soleil brillait fort.

Il y avait sans doute peu de passage car, par endroits, des pierres de taille variée bouchaient le chemin. Les lamas, expérimentés, grimpaient sur les rochers, bondissaient par-dessus. Il n'aurait pas fallu qu'ils ratent leur coup et fassent un mauvais pas : c'était la chute assurée dans le ravin, la tête la première. À chaque obstacle, Ryûji avait des sueurs froides.

Après une zone désertique et rocailleuse, ils retrouvèrent la prairie. Les Incas avaient arpenté ces sentiers, de lourdes charges sur le dos... Et le roi, quel genre d'homme était-il ? Et puis, était-ce vrai que des descendants du royaume de Nazca avaient survécu et régnaient sur un pays secret ? Ryûji réfléchissait à toutes ces questions lorsque soudain, dans son dos, un cri retentit.

Il se retourna : Horaji était à terre. Il descendit précipitamment de sa monture pour l'aider à se relever.

– Qu'est-ce qui s'est passé ? Le lama t'a fait tomber ?

La loutre, toute molle, répondit d'une petite voix sucrée :

– C'est Kikki qui m'a soudain poussé. Je ne lui ai rien fait, il est vraiment méchant.

Deux paniers reposaient sur le dos du lama, un de chaque côté, pour Kikki et Horaji. Le macaque, toujours aussi gai, goûtait ce voyage à dos de lama qu'il passait à chanter.

– Kikki, qu'est-ce qui t'a pris ? Pourquoi l'as-tu poussé ? demanda Ryûji, son ton sévère.

– Je n'ai rien fait. Je ne suis pas violent. Il m'a dit que je lui cassais les oreilles, alors j'ai chanté un peu plus fort et il s'est jeté sur moi pour me bâillonner. Quand j'ai repoussé sa main, il a sauté par-dessus bord. Il fait du cinéma, c'est tout. Tu ferais mieux de l'ignorer, rétorqua le macaque d'un air dégagé.

Ryûji décida d'éclaircir la situation plus tard ; il prit tout d'abord la loutre avec lui sur son lama.

– Qu'est-ce que tu as fabriqué ? Horaji, tu ne peux pas toujours rejeter la faute sur les autres. Ce n'est pas le moment de se disputer. On se dirige vers notre objectif. Il faut se serrer les coudes. Dis-moi la vérité, ça te fera du bien. Allez, avoue. Tu n'aurais pas raconté des mensonges énervants à Kikki ?

Horaji, qui l'avait écouté avec attention, releva la tête, comme décidé.

– Donne-moi à boire, s'il te plaît. J'aurais dû mieux m'expliquer, mais ma gourde est vide et j'ai la gorge sèche comme du parchemin.

Sur ces mots, la gourde de Ryûji entre les mains, il but à grands traits, la vidant jusqu'à la dernière goutte.

– Voilà, je me sens mieux. Je vais te dire la vérité : cela fait plusieurs jours que je ne me suis pas baigné ; à cause du soleil brûlant, j'ai la peau toute sèche et j'ai terriblement soif. J'étais de plus en plus irrité quand, par-dessus le marché, Kikki s'est mis à chanter à pleins poumons. J'ai pensé que ça me changerait les idées de lui raconter des craques, alors voilà ce que j'ai inventé :

« – Kikki, là, tu chantes gaiement, mais il y a quelque chose qui me titille. À Nazca, alors que tu étais tout content qu'on découvre un dessin de singe, tu es soudain devenu blanc comme un linge et on ne t'a plus entendu.

« – Tu mens, je le sais ! Mon visage rouge ne peut pas devenir tout blanc.

« – Quel ignare tu fais, vraiment ! Devenir blanc comme un linge, c'est une expression humaine qui signifie que le visage change de couleur quand on subit un choc ou qu'on a peur. Les humains non plus, ils ne deviennent pas blancs comme de la craie. Sinon, ils ressembleraient à des fantômes.

« – Je n'en sais rien. Tes explications me semblent un peu louches, je demanderai confirmation à Yukimaru plus tard. Parce que c'était le meilleur élève du prince Shôtoku Taishi. »

Comme pour signifier que ses histoires ne l'intéressaient pas, Kikki avait levé les yeux au ciel.

Son attitude avait agacé Horaji, qui espérait lui faire avaler des couleuvres. Parce qu'en réalité, il avait décidé de lui jouer un tour.

Quand ils avaient vu les géoglyphes de Nazca, alors que tous étaient surexcités, passionnés par les dessins, seul Horaji avait passé un mauvais moment. Sous les rayons brûlants du soleil, sa fourrure toute sèche et cassante parce qu'il n'avait pas pu se baigner depuis longtemps, il avait l'impression de se consumer ; les géoglyphes, c'était le cadet de ses soucis. Il avait tant bien que mal réussi à juguler sa mauvaise humeur lorsque Kikki s'était vanté de la découverte d'un dessin de singe, ce qui l'avait mis hors de lui. Il s'était juré de lui rabattre le caquet à la prochaine occasion. C'est alors qu'il avait été décidé qu'ils partageraient le même lama : il n'était pas question de laisser passer cette chance servie sur un plateau.

« – Enfin, Kikki, tu pourrais quand même écouter ce que j'ai à te dire. Quel malotru ! Si, après t'être réjoui de l'existence d'un géoglyphe à l'effigie d'un singe, tu es devenu blanc comme un linge, c'est parce que tu as eu honte de ta queue trop courte, n'est-ce pas ? La preuve, c'est que tu as mis ta main sur tes fesses. Je t'ai vu faire, tu sais. Mais rassure-toi : autrefois, les macaques japonais aussi avaient une longue queue. C'était pratique. Tu sais pourquoi elle a raccourci ? »

Kikki, intéressé malgré lui, s'était tourné vers la loutre :

« – Tu te fais des idées. Je n'ai honte de rien du tout. Si je me suis frotté les fesses, c'est simplement parce que ça me démangeait. Avant, on avait une longue queue ? Je suis sûr que tu mens. C'est encore une de tes histoires abracadabrantesques. »

Horaji avait toussoté avant de reprendre la parole :

« – Les jeunes d'aujourd'hui sont d'une telle ignorance... On se demande bien ce que vos parents vous apprennent. Va savoir comment étaient les tiens – oh, pardon ! C'est vrai que tu es devenu orphelin très tôt. C'est Yûza qui t'a trouvé en train de pleurer quand tu étais tout bébé et qui t'a remis à Yukimaru, pauvre petit. Tu as été élevé par Pompina, mais vu qu'elle n'est pas très cultivée, elle ne t'a jamais lu de contes, n'est-ce pas ? Je vais donc m'en charger. Tu connais l'histoire du singe, du kappa et du cheval ? Non, bien sûr. Les kappas adorent les chevaux. Ces diablotins des eaux les attirent dans les rivières, où ils leur volent leur *shirikodama*, une balle mystique située dans les fesses, en leur fourrant la main dans le derrière. Cette balle, on ne sait pas bien ce que c'est ; d'après Yukimaru, ça désigne sans doute le foie. Parce que le foie de cheval, ça soigne toutes les maladies. Mais les kappas, eux, craignent par-dessus tout les singes qui adorent boire l'eau stockée au sommet de leur crâne. Un vrai nectar d'immortalité. Les kappas, quand ils n'ont plus d'eau au sommet du crâne, perdent leurs pouvoirs surnaturels, se dessèchent et meurent, c'est terrible. Alors, ils cherchaient à donner une leçon aux singes quand ils ont eu une idée fameuse. Sais-tu de quoi il s'agit ? »

À son corps défendant, Kikki avait été tout ouïe.

* * *

Un jour, un kappa proposa à un macaque de se mesurer à la pêche. Le singe, excellent pêcheur, accepta avec enthousiasme. Le kappa est un bon plongeur qui sait attraper les poissons, mais quant à les pêcher, c'est autre chose. On en voit pourtant souvent, une canne à pêche à la main : c'est qu'ils sont prêts à vous jouer un mauvais tour. Il faut se méfier.

– D'accord, mais que parions-nous ? demanda le singe.

– Si je gagne, tu ne convoiteras plus jamais l'eau du sommet de mon crâne. Mais si c'est toi le vainqueur, une fois par mois, je te laisserai en laper un peu. Juste quelques gouttes car sinon je me dessécherais, mais cela suffira à te donner des forces.

Pourquoi le kappa avait-il soudain proposé cette confrontation ? Ses motivations étaient claires : empêcher le singe de boire l'eau du sommet de son crâne. Mais peut-être cela cachait-il d'autres intentions. Le macaque, bien que méfiant, releva le défi, incapable de résister à la tentation du nectar.

C'était au début du mois d'août, le soleil d'été brillait haut dans le ciel. Le kappa recouvrit de brins d'herbe le sommet de son crâne. En effet, sous les rayons du soleil, l'eau risquait de s'évaporer – c'était à éviter.

À cause d'une averse la veille, la rivière était un peu boueuse. Les poissons mordaient bien dans ces conditions et les plus gros sortaient de leur cachette à la recherche de nourriture : on pouvait espérer de belles prises.

Le vainqueur serait non pas celui qui prendrait le plus grand nombre de poissons, mais celui qui pêcherait le plus gros.

Le kappa choisit un épais fil de pêche au bout duquel il accrocha un gros hameçon et un énorme ver de terre, puis il lança sa ligne dans un trou d'eau à l'ombre d'un saule.

Le singe ricana à ce spectacle et, s'installant à la hauteur d'une cuvette proche d'un bosquet de bambous, il y laissa pendre sa longue queue. Sous le bosquet de bambous s'ouvrait une anfractuosité peuplée de racines enchevêtrées, pareilles à un solide toit.

Là se dissimulaient de gros poissons – carpes, poissons-chats et autres silures. C'étaient eux qu'il visait.

Les macaques ont une façon singulière de pêcher : ils agitent le bout de leur queue en décrivant de petits cercles. Cela ressemble en tout point à une loche en mouvement. Or, les poissons-chats adorent les loches. Difficiles à attraper lorsqu'elles sont cachées sous la vase, leurs sorties sont l'occasion rêvée de n'en faire qu'une bouchée.

De petits poissons approchaient nos pêcheurs, mais pour eux, un énorme ver de terre ou une loche étaient de trop gros appâts. Le kappa et le singe, confiants, étaient chacun persuadé de remporter la victoire.

Le kappa attrapa un beau carassin de vingt-cinq centimètres. On en voyait rarement de cette taille.

Le singe pêcha à son tour un silure d'une taille approchante. Pour le remonter, il secoua sa queue afin de le faire tomber sur la rive herbeuse. C'est un tour de main à prendre, qui demande beaucoup d'entraînement.

Tous deux se regardèrent en souriant. Égalité.

Le macaque, sa queue soudain tirée avec une force extraordinaire, faillit tomber dans la rivière. Il s'agrippa de justesse à un bambou.

Le bambou fléchit. Le singe avait maintenant les fesses dans l'eau.

Il frappa le sol du talon afin de reprendre pied sur la berge grâce au ressort du bambou tendu comme un arc.

On entendit alors un drôle de bruit : sa queue s'était déchirée ! Il n'en restait plus qu'une dizaine de centimètres. Le singe, emporté par le rebond du bambou, fut projeté la tête la première dans le bosquet.

Un bon coup sur le crâne le laissa à terre, inconscient.

Un poisson-chat géant d'un mètre cinquante était venu lui mordre la queue. En réalité, c'était un mauvais tour du kappa qui avait demandé son aide à ce maître de la rivière.

Voilà comment s'est raccourcie la queue des macaques et pourquoi ils ont les fesses rouges à force de se frotter le derrière à la recherche de leur appendice disparu.

* * *

– On dit bien depuis toujours qu'il manque trois poils au singe pour égaler l'humain, n'est-ce pas ? Un singe, ce n'est pas si futé que ça, voilà tout. Ha ha ha !

Horaji se moquait tout son soûl de Kikki. C'est alors qu'un grand coup dans son dos l'avait projeté à bas du lama.

Voilà, en gros, comment la loutre était tombée, poussée par le macaque.

– Il est méchant, Kikki. Et violent. C'est pour ça que tout le monde se moque de lui, affirma Horaji.

Il regardait Ryûji comme pour quêter son assentiment.

– Non, c'est toi qui as tort, Horaji. La colère de Kikki est compréhensible. Tu lui dois des excuses. En prime, ton histoire manque un peu d'originalité. Tu t'es clairement inspiré du célèbre conte *Pourquoi la queue des singes est courte*, remarqua Ryûji.

– Mais j'avais tellement chaud, j'ai perdu la raison... Pardon, Kikki...

La voix de Horaji s'éteignit dans un murmure ; la tête entre ses pattes, il se roula en boule et se fit tout petit sur les genoux de son ami.

Où était passé son entrain d'il y a quelques minutes ? Peiné par son état, Ryûji s'attacha à le consoler :

– Mais tu as ajouté des détails originaux. Dans le conte, c'est un ours qui berne le macaque et l'histoire est trop simple, elle manque de sel, mais ta version est plus intéressante car elle fait intervenir un kappa, un singe et un cheval. Et puis, je comprends que ce soit physiquement dur pour toi d'être longuement exposé à de l'air sec. Tu peux rester avec moi jusqu'à la prochaine pause.

Horaji opina faiblement du chef puis, peut-être rassuré, il tomba dans un profond sommeil.

Le sentier était abrupt. Davantage qu'un chemin, c'était une rude piste jonchée de cailloux de toutes tailles sur lesquels des chevaux auraient glissé – mais pas les lamas originaires des hauts plateaux andins, qui dévalaient la pente d'un pas vif et assuré.

Horaji se rend utile

Le torrent était pur, ses eaux cristallines. Les berges couvertes d'herbe verte donnaient aux voyageurs l'impression de revivre après leur traversée des hauts plateaux ocre et dénudés.

Arrivé près de l'eau, Horaji, revigoré, sauta au bas du lama avant de plonger bruyamment.

La peau parcheminée par l'air sec, le gosier douloureux à force d'avoir soif, les uns et les autres descendirent de leur monture pour aller boire l'eau de la rivière. C'était le meilleur breuvage qu'ils avaient jamais bu ; la sensation de l'eau coulant le long de l'œsophage jusque dans l'estomac était si délicieuse que Ryûji manqua de défaillir.

Horaji surgit de l'eau avec dans la gueule une sorte de truite d'une vingtaine de centimètres.

Comme pour bien la montrer à tout le monde, il secoua la tête, sa prise toujours entre les dents, soulevant des éclaboussures aux reflets argentés sous le soleil. D'un mouvement, il propulsa dans les airs le poisson aux écailles d'argent luisant comme un joyau. Puis il le rattrapa adroitement au vol, le goba par la tête et se mit à le dévorer avec délices.

– Pfff, lui, il est le seul à prendre du bon temps, grommela Goppé la belette.

Midi approchait, tout le monde avait faim. C'était l'un des défauts de Horaji. Du coup, parfois, les autres se détournaient de lui. Ryûji décida de lui en faire la remarque quand il remonterait sur la berge.

Horaji ressortit la tête de l'eau. Il tenait un poisson dans sa gueule. Encore ? « Espèce d'idiot », pensa Ryûji, un peu énervé.

La loutre, d'un puissant coup de menton, lança le poisson en direction de la berge, où il retomba sur l'herbe avec de petits tressautements.

Horaji plongeait, attrapait un poisson et le lançait sur la berge, puis il recommençait. Il en pêcha ainsi trente-deux en tout.

– Faisons-les griller. J'y ai goûté, ils ne sont pas venimeux. Ils sont même bons ! annonça-t-il avec un grand sourire quand il eut terminé sa pêche miraculeuse.

Ryûji avait cru que Horaji narguait les autres, mais il avait eu tort ; la loutre s'était assurée que le poisson était comestible. Il eut un peu honte d'avoir douté de son ami.

Horaji sortit du torrent et s'ébroua, soulevant une gerbe d'éclaboussures. Chaque goutte traversait les airs, pareille à une perle luisante.

Goppé se précipita vers lui pour l'essuyer avec une serviette.

– Ça alors, te voilà bien gentil d'un coup. Qu'est-ce qui te prend ?

Horaji se tortilla. Goppé, souriant de toutes ses dents, lui frotta le visage. Il avait des traces de sang de poisson au coin de la bouche. Un peu perdu, Horaji rit d'un air gêné.

Tous ensemble, ils ramassèrent du bois sec pour faire cuire les poissons piqués sur une brochette et saupoudrés de sel. Chacun les fit griller à son goût. Belkahaya le tchitrec en avait trois petits ; cette attention de la part de Horaji impressionna Ryûji.

– Eh bien, quelle pêche en très peu de temps ! Bravo pour ton expertise. Je te reconnais bien là, Horaji. C'est délicieux.

Yukimaru l'avait félicité, ce qui était rare.

– Merci pour les compliments, Yukimaru, je suis flatté. Sans doute qu'ici, personne ne vient attraper les poissons. Ils sont si peu craintifs que c'est à la portée de n'importe qui, répondit Horaji sans avoir l'air d'y toucher.

On entendit un gros « plouf ». Kikki avait sauté dans la rivière. Il sortait la tête de l'eau pour reprendre son souffle avant de replonger aussitôt. Il s'efforçait d'attraper des poissons, mais sans succès, apparemment.

Lorsqu'il remonta sur la berge, titubant de fatigue, le macaque se plaignit :

– Horaji, espèce de menteur ! Tu disais que les poissons n'étaient pas craintifs, mais ce n'est pas vrai. Ils s'enfuient dès qu'on approche, impossible de les attraper à mains nues. Je suis épuisé !

– Ta tête a dû leur faire peur, se moqua Goppé.

– Idiot ! Tu n'as qu'à essayer, toi. Les poissons d'eau douce ne nagent pas si vite que ça, au Japon. Mais c'est moi l'idiot, je me suis encore laissé prendre au piège des mensonges de Horaji, conclut Kikki, dépité.

Il attrapa au vol une libellule qui s'était approchée et la goba.

– Horaji, tu es capable de faire ça ? Les libellules des Andes sont les plus lentes du monde, tu sais.

Tous éclatèrent de rire à sa provocation.

Ils mangèrent de délicieux sandwichs au poisson préparés par Pompina et Pompino, burent tout leur content d'eau fraîche et reprirent la route, revigorés.

Ils se trouvaient à environ trois mille cinq cents mètres d'altitude. Le sentier étroit, plus ou moins bien marqué, était accroché au flanc de la montagne. Les lamas avançaient sans peine parmi les rochers et les cailloux. Des rosiers couverts de fleurs blanches un peu plus grandes que celles du rosier sauvage japonais, peut-être de la même espèce, formaient des buissons épineux bien fournis.

Ryûji, pris du mal du pays, cueillit une fleur. Une épine lui piqua le doigt. Il le porta à la bouche et cueillit une deuxième fleur. L'une pour accrocher à son chapeau et l'autre pour offrir à Sayuri.

– Merci ! C'est comme si on était dans les montagnes japonaises, commenta celle-ci en en respirant le parfum. Elle ne sent pas grand-chose, mais elle est très jolie. Tiens, si on en donnait une à Kikki ?

Sayuri cueillit une fleur blanche et l'offrit au macaque. Kikki la remercia, ravi :

– Merci, Sayuri. Elle me va mieux qu'à quiconque, dit-il en coinçant derrière son oreille la tige de la rose sauvage.

Qurulu, le village disparu

Belkahaya, parti en éclaireur pour voir ce qui les attendait, revint se poser sur un rocher devant les membres de l'expédition et entonna un de ses chants.

– As-tu retrouvé la piste de Zuguro ? s'exclama Yukimaru.

– Non, mais j'ai fait une découverte incroyable. Je ne peux pas vous expliquer, il faut le voir de ses propres yeux.

L'oiseau exécuta une pirouette dans les airs et les précéda, vif comme une flèche.

Leur curiosité piquée, les autres allongèrent le pas.

La pente sur laquelle ils cheminaient se terminait, deux cents mètres plus loin, par un raidillon. Yukimaru, en tête de la caravane, pressa son lama.

Le paysage qui les attendait en haut de la côte leur coupa le souffle.

Dans une atmosphère solennelle, des vestiges incas se dressaient sous leurs yeux, quasiment intacts.

Tous immobilisèrent leur monture devant ce site antique soudain apparu comme par magie.

Ils gagnèrent un promontoire d'où l'on avait une vue d'ensemble sur les ruines.

Le Professeur expliqua :

– Là, c'est le temple, et en dessous, le bâtiment aux murs en pierre imposants, c'est le palais, entouré des corps de garde, puis les maisons du peuple, et là-bas, on aperçoit un aqueduc et le cimetière. C'est une ville entière. Autour, des champs en terrasse où l'on cultivait des pommes de terre et du maïs, par exemple ; sans doute vivaient-ils en autarcie. Allons voir à l'intérieur.

Émerveillé, il avait les joues un peu rosies.

À sa suite, tous se dirigèrent vers les ruines d'un pas vif.

– Ces murs sont impressionnants, n'est-ce pas ? lança Sayuri. Les pierres parfaitement rectangulaires s'imbriquent avec une précision telle qu'il n'y a même pas la place d'y glisser une feuille de papier. Comment étaient-elles découpées et transportées ? Les châteaux japonais aussi ont des murs épais, mais les pierres ne sont pas empilées aussi rigoureusement. Quelle technologie ! Professeur, à votre avis, comment arrivaient-ils à les soulever ?

Admirative, elle dévorait des yeux les murailles ; elle en caressa tendrement la surface, comme on le fait d'un objet précieux.

– Je l'ignore. C'est un mystère total. Il y a des tonnes de choses à étudier.

Même le Professeur si cultivé peinait à imaginer comment cela avait été possible.

Yukimaru, qui avait pénétré dans le palais en premier, annonça d'une voix une demi-octave plus aiguë que d'habitude :

– Il y a cinq piliers étranges. Quand j'ai posé les yeux dessus, j'ai failli m'évanouir. Il en émane des ondes magnétiques magiques qui vous étourdissent.

Tous se précipitèrent sur place. Yukimaru, désignant un dessin sculpté dans la pierre, demanda au Professeur :

– Qu'est-ce que ce motif peut bien représenter ?

– C'est un jaguar. On voit ses deux canines aiguisées qui dépassent. C'est sans doute une façon d'exprimer sa puissance, de dire qu'il broiera tous ses ennemis entre ses mâchoires. J'imagine que les gens adoraient un dieu-jaguar. Depuis tout à l'heure, la façon dont les pierres sont empilées et la forme des maisons m'interpellent : nous ne sommes pas dans des ruines incas. Ce sont sans doute les vestiges d'un royaume antérieur à l'empire inca. Comme le jaguar est un animal de la forêt, je me demande si ceux qui ont fondé ce royaume ne vivaient pas plus bas, dans la forêt. Leur puissance grandissant, ils auraient étendu leur royaume jusqu'aux hauts plateaux des Andes. C'est passionnant, il y a tant à découvrir ! Tout de même, c'est extraordinaire d'avoir réussi à développer cette civilisation andine qui est propre à l'Amérique latine, hors de toute influence européenne ou asiatique.

Le Professeur Taishi contempla d'un œil admiratif les piliers ornés d'un jaguar sculpté.

– On ne sait pas quelles découvertes nous attendent, ajouta-t-il. Il faudrait pouvoir étudier le temple en détail.

Stimulés par cette réflexion, les membres de l'expédition étaient prêts à s'atteler à un examen poussé quand s'éleva la voix haut perchée de leur guide, Totto l'ara :

– On n'a pas le temps ! Pressons, sinon on n'atteindra pas l'étape d'aujourd'hui avant la nuit. Allez, on repart. On pourra s'attarder ici au retour.

– En avant, marche ! tonna Yukimaru.

Non sans quelques regrets, la caravane se remit en route vers Qurulu.

– Tiens, c'est quoi, ça ? s'exclama Kikki d'une drôle de voix.

Dans l'ombre d'un pilier, la tête d'une bête toute noire scrutait leurs mouvements. Deux yeux verts lui conféraient une aura particulière.

Les regards convergèrent sur l'animal qui tourna prestement les talons et disparut, se faufilant entre les piliers. Il ne reparut pas : avait-il fui ou s'était-il évanoui dans les airs ?

Ryûji se demandait même s'il n'avait pas rêvé cette sombre apparition.

Alors que Kurokoma s'apprêtait à se lancer sur ses traces sans tarder, Yukimaru l'arrêta en murmurant :

– Hum, bien joué. Il a profité des piliers pour se dissimuler à nos regards et prendre la fuite.

L'image du jaguar noir au service de Mama-cuna lui effleura l'esprit, troublante. Mais puisque Zuguro lui avait lacéré le dos, sûrement était-il mort. Il ne pouvait pas être encore en vie. Yukimaru tenta désespérément d'évacuer son inquiétude, en vain. Des nuages noirs menaçants s'amoncelaient dans sa poitrine.

Il confia discrètement ses doutes au Professeur qui répondit, l'air sombre :

– J'ai pensé la même chose.

– Après s'être enfuis et avoir tous deux disparu de la circulation, ils se seraient installés ici ?

– C'est possible. Gardons cela pour nous. Ce n'est qu'une hypothèse sans fondement.

– Qu'est-ce que vous fabriquez ? s'énerva Totto. Je ne vois pas ce que vous trouvez d'intéressant à ces vieilles pierres. Il faut se dépêcher, le soleil va se coucher.

– C'est parti ! On examinera les lieux au retour, lança Yukimaru.

Ils dévalèrent le chemin en pente raide ; à deux mille mètres d'altitude, ils retrouvèrent la verdure.

Arrivés à la lisière de la forêt, les lamas s'immobilisèrent.

Leur chef annonça :

– Nous vivons dans les zones découvertes, la forêt n'est pas notre environnement habituel. Nous allons vous quitter ici.

Les membres de l'expédition se regardèrent, surpris. Cette annonce soudaine leur donnait l'impression d'un abandon brutal.

– Comment ça, vous nous laissez tomber ? Bande de lamas irresponsables ! Vous auriez pu le dire plus tôt, qu'on ait le temps de se faire à l'idée. Quand même, c'est pas possible ça, rouspéta Kikki en leur donnant des coups dans les pattes.

Le lama s'inclina pour s'excuser :

– Avec nos cousins les guanacos, vous auriez été entre de bonnes mains – comme ils vivent à la fois dans la prairie et dans la forêt, marcher à couvert ne leur fait pas peur, mais ce sont des animaux sauvages, un peu caractériels et pas faciles à monter. Parmi vous, qui serait capable d'en maîtriser un... se demanda-t-il en dévisageant les membres de l'expédition.

Kikki répondit aussitôt :

– Moi, bien sûr ! Tous les chevaux m'obéissent, alors, un guanaco...

– Ce n'est pas si simple, rétorqua le lama. Votre monture se débarrasserait de vous en un clin d'œil. Et bien entendu, en choisissant exprès un terrain bien rocailleux pour vous faire mal. Ils sont rusés : au début, ils se tiennent à carreau. Ils regardent comment vous vous débrouillez. Avec quelle force vous serrez les jambes, comment vous tenez les rênes, si vous utilisez votre cravache, tout ce qui leur permet d'évaluer vos capacités. Mais ce qui est intéressant, c'est qu'il y a des affinités. Ils peuvent trouver un cavalier sympathique même s'il s'y prend mal : l'amour rend aveugle, n'est-ce pas ? Parfois, ils ont le coup de foudre. Dans ces cas-là, ils se laissent monter sans renâcler. Bref, assez parlé. Disons-nous au revoir. Vous êtes tous charmants et nous avons agréablement cheminé ensemble. Voyager à dos de guanaco est difficile, mais ils peuvent porter vos bagages ; j'ai demandé à des amis de s'en charger. Bien que susceptibles et têtus, ils ont un bon fond et on peut leur faire confiance. Je les ai grassement rémunérés, ne vous en faites pas. Le mieux, c'est de les laisser tranquilles. Ils vous suivront sans broncher.

Le chef des lamas poussa un cri perçant et cinq guanacos firent leur apparition ; leur meneur exécuta une petite courbette. Ils portaient déjà sur le dos les vivres et les affaires de chacun.

– Dans la forêt, la visibilité est mauvaise et les dangers sont nombreux, prenez garde. Adieu mes amis, et bon voyage !

Sur ces mots, les lamas tournèrent les talons et partirent au trot d'un pas léger.

La voix aiguë de Totto retentit :

– Vite, la nuit va tomber. Le village de Qurulu n'est plus très loin, en se pressant, on devrait y arriver pendant qu'il fait encore jour.

Ce n'était pas le moment de traîner. Touvabien et Kikki, habitués à la forêt, prirent la tête de la caravane qui s'enfonça entre les arbres.

Les deux singes cheminaient d'arbre en arbre, tandis que les autres marchaient. À quelque deux mille mètres d'altitude, ils se trouvaient dans une forêt tropicale humide pas si différente de celles du Japon. La variété d'arbres était néanmoins très grande et, ici et là, se dressaient des spécimens impressionnants au tronc mesurant plus de deux mètres de diamètre.

– Ah, qu'est-ce qu'on est bien ici, c'est reposant ! Nous sommes vraiment des enfants de la forêt. Tu ne trouves pas, Touvabien ?

– C'est vrai. Mais comme les autres sont à pied, Kikki, ne montre pas trop ta joie. Ça a l'air dur pour Horaji, sourit Touvabien.

– Bien fait pour lui ! Il est toujours satisfait de lui-même et il passe son temps à berner les autres, ça lui fait les pieds, répliqua le macaque en faisant une galipette, accroché à une branche.

– Tu ne changes pas. Pourtant, vous vous étiez réconciliés, non ? Vous avez même fini le voyage à dos de lama ensemble.

Le bonobo secoua fort la branche sur laquelle Kikki était assis.

– Arrête, Touvabien ! Mes mots ont dépassé ma pensée. Horaji a de bons côtés, je l'admets !

Pour éviter de tomber, Kikki s'agrippa en piaillant à la branche.

Horaji était exténué. Dans l'eau, il pouvait nager toute la journée, mais sur terre, les longs trajets lui étaient difficiles.

Kurokoma surgit soudain et s'agenouilla à ses côtés.

– Monte sur mon dos. Le Professeur veut marcher comme tout le monde, je suis libre. Je veux bien te transporter, mais en contrepartie, tu ne diras pas un mot. Parce que tout le monde fait un effort.

Tremblant de joie, Horaji remercia Kurokoma et sauta sur son dos où il se fit tout petit, pour ne pas se faire remarquer.

L'expédition poursuivait sa route en direction de Qurulu, toujours plus bas.

La pénombre commençait à envahir la forêt. Ryûji s'inquiétait, allaient-ils devoir camper ici ?

Totto, qui les avait précédés, revint :

– Nous y sommes. Mais zut alors ! Il n'y a pas un chat, cria-t-il, désespéré.

Sans doute un malheur était-il arrivé. Tous accélérèrent.

Une fois sur place, la stupéfaction s'empara d'eux. Ils avaient sous les yeux un village abandonné, en ruine.

– Je me disais bien qu'ils risquaient de ne pas tarder à déménager, et voilà ! Mais où sont-ils partis ? Ils n'ont pas laissé la moindre indication ? se lamenta Totto.

Il y avait quatre maisons, de simples huttes – une structure en bois recouverte d'herbes sèches et de branches mortes avec leurs feuilles – à demi écroulées.

Voletant aux alentours, Totto cherchait un indice.

– C'est bizarre. D'habitude, ils laissent un signe ou un autre… murmura-t-il, soucieux.

Kikki et Goppé aussi, les yeux grands ouverts, cherchaient avec lui.

– Vraiment, c'est louche. Ils n'ont rien indiqué. Et ils ont quitté les lieux dans l'urgence. Peut-être ont-ils été attaqués par une tribu voisine ? Attendez un peu, je reviens, dit Totto en prenant son envol.

À son retour un peu plus tard, il fit le récit suivant, entrecoupé de soupirs :

– Je suis allé jusqu'à la poste des oiseaux : il ne restait plus que des ruines. On dirait que quelqu'un leur en veut.

Le Professeur lui tendit un verre d'eau.

– Merci, Totto. Tu as fait de ton mieux, dit-il en lui caressant le dos.

Le plumage rouge de l'ara qui s'était pressé de revenir ondulait sous sa main, comme embrasé par les lueurs du soleil couchant.

Totto, apaisé, vida le verre d'eau et reprit, après une petite pause :

– Merci, Professeur. Je me sens tout revigoré. Alors, qu'allez-vous faire désormais ? Moi, comme ma mission est terminée, je vais repartir.

– Ce qu'on va faire ? Comme si on avait le choix ! Il ne nous reste bien sûr qu'à trouver le nouvel emplacement du village. Totto, toi qui t'y connais, tu n'aurais pas une petite idée ? demanda Yukimaru.

– Eh bien… Vu l'état dans lequel est le village, et l'absence d'indice… Ils sont certainement allés se mettre à l'abri précipitamment.

– Où ça ?

– Si je savais qui les a attaqués, j'en aurais une idée… Peut-être quelqu'un de la Forêt obscure ? Il paraît qu'ils sont tous bizarres, là-bas, alors les gens normaux ne s'en approchent pas. C'est tout ce que je vois comme possibilité. Merci pour votre bon accueil. Vous êtes sympathiques, ce voyage a été un plaisir. Adieu !

Totto déploya ses ailes d'un rouge chatoyant et s'élança dans le vaste ciel.

– Nous sommes tous fatigués. Mangeons et prenons du repos. Nous avons la chance d'avoir un toit qui, même à demi effondré, nous abritera de la rosée du matin. Une bonne nuit de sommeil nous portera conseil, affirma Yukimaru avec assurance pour redonner courage à tout le monde.

Le lendemain, ils tinrent un conseil de guerre. Le Professeur prit la parole :

– Bonjour tout le monde. Êtes-vous bien reposés ? J'espère que chacun s'exprimera sans hésiter. Tout d'abord, deux mots sur la vie en forêt. À la différence de la plaine, ici, il faut prendre garde aux animaux dangereux et aux maladies endémiques. Et puis, comme la vue n'est pas dégagée, le risque de se faire attaquer soudain par un jaguar existe. Il y a aussi beaucoup de serpents venimeux, et même le plus grand serpent du monde, l'anaconda. On le dit capable d'avaler un cheval entier. Bien sûr, c'est exagéré, mais gober un enfant, c'est sûrement possible. Ici, nous sommes à la lisière de la forêt humide et de la forêt tropicale. Dans la forêt humide, le climat est toute l'année celui du mois d'octobre au Japon, c'est agréable, mais la forêt tropicale est un monde à part, plein de dangers. Le taux d'humidité est supérieur à 90 % et avec les températures élevées, c'est un vrai bouillon de culture pour les moisissures, les bactéries et les virus. Des maladies inconnues peuvent nous guetter. Et on risque de rencontrer des animaux susceptibles de propager des virus ou des parasites. Pour commencer, ne buvez pas d'eau fraîche, d'une rivière ou d'ailleurs. Un ruisseau d'eau claire peut renfermer plus de parasites qu'une rivière bourbeuse, c'est encore plus dangereux. Bien, si l'un de vous a une idée sur la manière de trouver le village de Qurulu, qu'il n'hésite pas à s'exprimer.

Ce discours les avait tous galvanisés. Chacun avait des idées sur la façon de procéder, sans qu'aucune proposition décisive n'émerge. Le Professeur conclut :

– Nous avons une seule piste où glaner des informations : la Forêt obscure dont parlait Totto. Il va falloir commencer par là, mais comment la trouver ?

Même lui, pourtant expérimenté, était désemparé.

Le tapir mangeur de rêves

Touvabien leva la main. Toujours discret, s'il se mettait en avant, c'était sans doute qu'il était sûr de lui.

– Je me suis remémoré ma vie dans la jungle africaine, des souvenirs enfouis très profond. Là-bas, dans la forêt, il y a de grands arbres qui dépassent tous les autres, par-dessus les frondaisons. Dans la forêt tropicale, la canopée – c'est-à-dire la partie supérieure du feuillage – se situe à environ quarante mètres de hauteur en moyenne, mais certains arbres poussent plus haut, jusqu'à soixante ou quatre-vingts mètres. De leur cime, on embrasse du regard la canopée jusque très loin. Quand j'étais petit, j'aimais bien y grimper pour profiter du paysage. La vue est dégagée dans toutes les directions, jusqu'à l'horizon ; je devrais arriver à repérer la Forêt obscure. Puisque ici aussi, il y a de ces grands arbres, je vais aller voir.

Le bonobo s'élança en direction d'un grand arbre qu'on apercevait au loin.

Un peu plus tard, on le vit grimper au tronc. Arrivé au sommet, une main en visière devant ses yeux, il observa attentivement les environs.

De retour, il annonça :

– Je l'ai trouvée. Au nord-est, il y a une parcelle au feuillage gris. C'est sans doute cela, la Forêt obscure. C'est assez loin, à plusieurs jours de marche d'ici.

– Merci, Touvabien. Les souvenirs d'enfance sont précieux. Comme vous êtes habitués à la jungle, Kikki et toi, vous allez enquêter sur la Forêt obscure. Les autres resteront sur place pour reconstituer leurs forces. Les habitants de Qurulu ont vécu ici pendant quelque temps ; les lieux doivent être sûrs. L'eau est un souci, mais si les villageois utilisaient celle de la rivière voisine, c'est qu'elle ne contient sans doute pas de parasites. Touvabien, Kikki, nous attendrons de vos nouvelles. Soyez prudents.

Le Professeur leur souhaita bonne route avec un sourire.

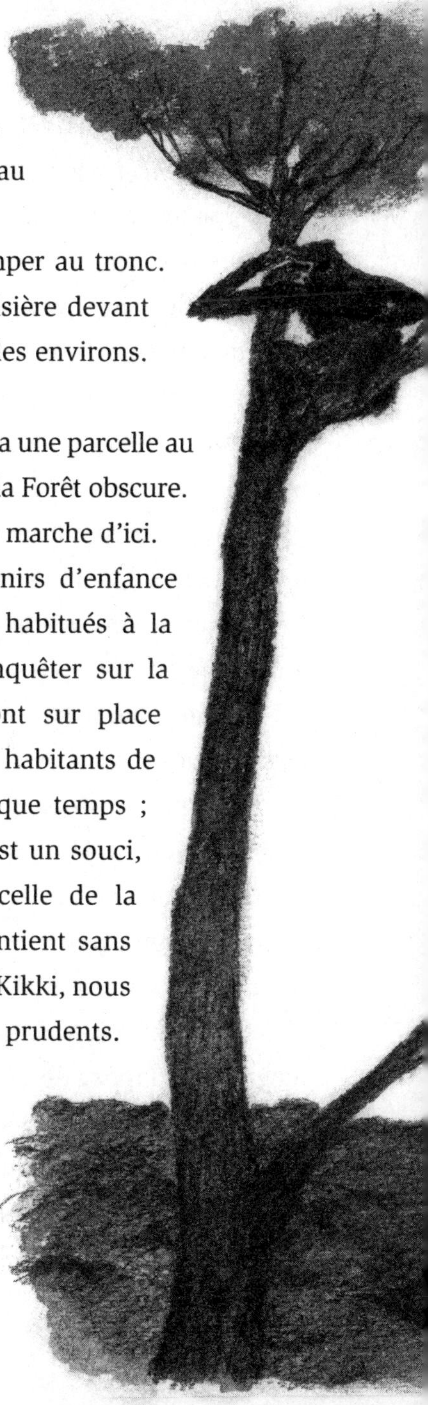

Touvabien et Kikki se déplaçaient d'arbre en arbre, de branche en branche, progressant vite et bien. Parcourir ainsi les arbres était bien plus rapide que de marcher et, en prime, on évitait les serpents et les insectes venimeux, ainsi que les animaux dangereux comme le lynx boréal.

Vers midi, ils trouvèrent un figuier. L'arbre était couvert de fruits mûrs, gros comme des balles de golf et bien jaunes. Ils s'en régalèrent pour le déjeuner.

– Allez, il faut repartir. Kikki, arrête de te goinfrer ! Tant pis pour toi si tu as la colique. Vraiment, tu exagères.

Touvabien, pourtant indulgent, donna une tape sur la main de Kikki, dont la gourmandise dépassait les bornes.

– Encore trois, s'il te plaît ! J'ai le ventre tellement plein que je ne pourrais pas en avaler plus.

Le macaque, obstiné, cueillit trois figues qu'il fourra dans ses bajoues.

Bien que tous deux habitués à la forêt, c'était leur première venue en Amérique latine. La jungle d'ici leur réservait pas mal de surprises. De nombreuses essences d'arbres y poussaient, souvent inconnues d'eux, et ils peinaient à prendre des repères pour retrouver leur chemin. Dans la forêt japonaise, on voit des bosquets de chênes dentés, de chênes du Japon, de chênes-lièges de Chine, d'érables, de camélias… des espèces bien identifiées qui font leur apparition à tour de rôle. Ici ou là se dresse un arbre plus imposant que les autres, arbre au caramel ou cèdre. Il suffit de penser aux mots forêt de cèdres ou forêt d'arbres au caramel pour que leur image se présente à l'esprit. Mais ici, dans la jungle, c'était différent, on avait l'impression d'être perdu dans un labyrinthe.

Parfois, ils ne savaient même plus dans quelle direction ils avançaient. Il leur fallait alors examiner la position du soleil et sa trajectoire, ou trouver un grand arbre et y grimper pour vérifier la localisation de la Forêt obscure.

À cause de tout cela, ils n'avaient pas parcouru la distance espérée.

Plusieurs jours s'étaient écoulés ainsi. Chaque matin, persuadés de toucher enfin au but, ils avaient volé de branche en branche et fini la journée épuisés.

Touvabien était allongé sur la fourche d'un grand arbre tandis que Kikki était assis à califourchon sur une grosse branche, un peu plus haut. Alors que le bonobo sombrait dans le sommeil, un souffle rauque le réveilla tout à fait.

Il regarda en bas : un gros animal, une sorte de sanglier avec de trop petits yeux pour son corps, scrutait le sommet de l'arbre. Ses pattes étaient bien courtes pour sa corpulence. Et sa tête était bizarre : il ressemblait à un cheval, avec un long museau percé de deux narines au-dessus d'un court menton.

« Quel drôle d'animal ! J'espère qu'il ne va pas nous chercher des noises », s'inquiéta Touvabien. Mais ils étaient dans un grand arbre, trop haut pour qu'il puisse leur sauter dessus. Cette idée le soulagea un peu ; il regarda mieux la bête : ce qu'il avait pris pour une mine patibulaire lui sembla plutôt être un air stupide.

Kikki chuchota :

– Il est bizarre, lui. Chassons-le ! On pourrait lui lancer des branches mortes ?

– Idiot ! On ne sait pas de quoi il est capable si on le met en rogne. Il a l'air bête. Regarde bien, répondit Touvabien à voix basse.

L'animal au pied de l'arbre s'adressa à eux :

– Je ne vous connais pas, singes. D'où venez-vous ? Comment vous appelez-vous ? demanda-t-il d'une voix étonnamment douce.

– Je m'appelle Touvabien le bonobo ; je suis né en Afrique et j'ai grandi au Japon, répondit Touvabien en bombant un peu la poitrine pour ne pas paraître faible.

– Moi c'est tout simplement Kikki. Je suis né dans le pays de Namba et j'ai grandi dans celui de Yamato, comme tout macaque du Japon digne de ce nom. Dans l'Archipel, nul n'ignore qui nous sommes, déclara Kikki en y mettant toutes ses forces, inspiré par une réplique célèbre qui lui était revenue à l'esprit.

Touvabien pouffa.

– Au Japon ? Jamais entendu parler. Où se trouve ce pays ? C'est la première fois que je vois un bonobo, je suppose que c'est le nom de ton espèce. Moi, je suis un tapir, un tapir de Baird pour être précis et je suis née et j'ai grandi dans la forêt andine ; j'ai l'air un peu effrayante, mais je suis une gentille dame. Bon, les présentations formelles, ça suffit ; devenons amis. Alors, le Japon, c'est où ?

Ses petits yeux et son ton s'étaient adoucis ; Touvabien et Kikki se détendirent.

– Où, voilà qui est difficile à expliquer en quelques mots… c'est loin, très loin, de l'autre côté de l'océan. C'est un beau pays où il y a quatre saisons et où il fait bon vivre, expliqua le bonobo.

Le tapir les regarda de ses petits yeux.

– L'océan, les saisons… je n'y comprends rien. Mais ça a l'air amusant. Moi, j'adore écouter les histoires venues de pays éloignés. À ce propos, qu'est-ce qui vous amène de ce Japon lointain jusque dans notre coin perdu des Andes ? Si vous voulez bien me l'expliquer… Je m'appelle Konyaropinkaya.

Kikki murmura à l'oreille de Touvabien :

– Elle est un peu bizarre mais pas méchante, et peut-être qu'elle sait où est passé le village de Qurulu ou qu'elle a une piste. Si on lui posait la question ?

– Pourquoi pas, en effet. Essayons.

Touvabien s'adressa au tapir :

– Madame Konnyakupinkaya, c'est bien ça ? Pardonnez-moi si je fais erreur, votre nom est un peu compliqué à retenir. Nous sommes à la recherche du village de Qurulu et de la poste aviaire voisine. Sauriez-vous où ils ont déménagé ?

Même le plus maigre indice serait le bienvenu, madame Konnyakupinkaya.

– Mon nom est Konyaropinkaya. Qurulu, dis-tu… Les villageois sont partis, leurs affaires sur le dos, en direction de la Forêt obscure. Les oiseaux les ont suivis en piaillant. D'ailleurs, il y avait parmi eux un ara hyacinthe. Un perroquet femelle de toute beauté que j'aime bien.

– Alors, il suffit d'aller dans la Forêt obscure pour les retrouver. Nous nous y rendrons dès demain.

– Pas si vite ! C'est une forêt maléfique. Il n'est pas question d'y pénétrer. Vous feriez mieux de renoncer. Une fois, j'y suis allée, par curiosité. À peine avais-je fait quelques pas à l'intérieur que mes pattes ont refusé de me porter plus avant. Comment dire… Un air lourd, irrespirable, pesait sur tout, j'avais la poitrine oppressée. C'est la forêt tout entière qui est ensorcelée. J'ai pris mes pattes à mon cou. J'ai eu l'impression qu'on me poursuivait, mais peut-être que je me suis fait des idées. Ce que je dis, c'est que les habitants de Qurulu sont partis vers la Forêt obscure. Je ne sais pas s'ils y sont entrés.

Touvabien et Kikki échangèrent un regard. Un danger insaisissable paraissait les attendre, ce qui les fit frémir.

– Descendez donc de votre perchoir ! Vous me plaisez. Ne dormez pas là-haut, la nuit, les températures chutent. Je vais vous préparer un lit douillet ; nous nous coucherons ensemble et vous me parlerez du Japon et de l'océan. Donnez-moi quelques minutes.

Sur ces mots, Konyaropinkaya se précipita dans les fourrés à une vitesse folle.

Peu après, Mme Konnyaku – Konyaropinkaya était trop compliqué, ils avaient décidé de l'appeler ainsi entre eux – réapparut, des herbes sèches plein les pattes et la trompe. Au bout de quelques allers et retours, elle avait rapporté un bon tas d'herbes – où les trouvait-elle donc ? – avec lesquelles elle arrangea une couche épaisse et bien chaude.

– Voilà, et je vous ai préparé plein de fruits et de feuilles tendres pour le dîner. Mangeons ensemble. Ensuite, vous me raconterez des histoires amusantes sur votre pays, proposa le tapir en alignant de nombreux fruits appétissants.

Touvabien et Kikki, toute méfiance oubliée, descendirent de leur arbre sans protester.

Comme ils avaient faim, ils mangèrent tous ces fruits inconnus sans poser la moindre question.

– C'était délicieux. Merci, madame Konnyaku – non, madame Konyaropinkaya. Je ne connaissais presque aucun de ces fruits, mais ils sont tous savoureux. Quelle découverte !

Kikki s'essuya la bouche avec sa main.

– En voici un dernier, pour le dessert. C'est un fruit rare, vous savez ! Il a une saveur inoubliable.

Mme Konnyaku en remit un à chacun.

– On dirait une grenade, remarqua Kikki en touillant l'intérieur avec son doigt.

Il déposa au creux de sa main quelques graines rouges, qu'il s'apprêtait à gober d'un coup.

– Stop ! Non non non, ces graines, elles se dégustent une par une. Le *guapillo* est un fruit très précieux.

Kikki s'empressa d'en croquer une.

– C'est bon. Quelle drôle de saveur ! C'est enivrant. Goûtes-y, Touvabien.

Le bonobo avala à son tour une graine rouge.

– En effet. Mais le goût est bizarre… La grenade, c'est plein de grosses graines fermes, il n'y a pas vraiment de chair, mais là, c'est tout mou…

– C'est vrai. Oh, j'ai sommeil, d'un coup !

Kikki, l'air bienheureux, s'enfouit bien vite dans la couche d'herbes sèches.

– Moi aussi, fit Touvabien, les joues toutes rouges.

Puis il se glissa dans le lit d'herbes après avoir dit bonne nuit.

Touvabien et Kikki dormirent jusqu'à midi.

– Qu'est-ce que j'ai bien dormi ! Mais j'ai un peu la tête lourde, remarqua Touvabien en s'étirant et en bâillant.

Il se frappa le crâne. Kikki était encore endormi, mais il n'avait pas le cœur de le réveiller.

Quand le macaque se réveilla, il se frappa le crâne comme Touvabien et se frotta le visage des deux mains. Puis il se laissa retomber sur le lit et regarda autour de lui, l'air ahuri.

Touvabien, allongé sur les herbes sèches, voyait le ciel bleu pointer entre les cimes des arbres. Il se sentait tout mou. Il avait faim mais rien ne lui faisait envie. Il fallait agir, songea-t-il, sans parvenir à se motiver. Bouger l'ennuyait. Que lui arrivait-il ? Quelque chose avait déserté son corps, une chose importante.

Le visage du Professeur se présenta à son esprit, flou. Il aurait pu se fâcher, pensa Touvabien. Maintenant, il affichait un air bien embêté.

Ensuite, la tête de Yukimaru apparut. Le chien était en colère, son expression effrayante. « Yukimaru ! s'exclama faiblement le bonobo. Yukimaru, que m'arrive-t-il ? Je n'ai rien envie de faire. »

Touvabien, soudain très triste, sentit ses yeux se remplir de larmes.

Kikki était assis, le regard vide, en train de triturer machinalement des herbes sèches. Normalement, Touvabien lui aurait demandé ce qui n'allait pas, mais pas aujourd'hui. Cela l'ennuyait un peu, mais sans plus. Tout lui coûtait, il n'arrivait à se motiver pour rien et même lui trouvait cela étrange.

La nuit tomba. Les deux singes plongèrent sous la couche d'herbes sèches sans même se souhaiter bonne nuit.

L'obscurité les enveloppa. Le ciel était parsemé d'étoiles. À la différence du Japon, l'air n'était pas pollué, on aurait pu lire à la lueur des étoiles. Mais dans la jungle, le sol, lui, était d'un noir d'encre qui repoussait la lumière. Tout se fondait dans les ténèbres. Touvabien et Kikki, immobiles comme des gisants dans l'obscurité, sombrèrent dans un profond sommeil.

La lumière éclatante du soleil réveilla Kikki, en pleine forme.

Il s'étira, les bras tendus, avant de secouer vigoureusement ses mains. Il débordait d'énergie.

– Oh là là, il est déjà tard ! Il faut y aller, s'inquiéta-t-il.

Où était passé Touvabien ? Il balaya du regard les alentours.

– Mais, il dort encore ? murmura le macaque. Touvabien, réveille-toi ! Ce n'est pas le moment de roupiller ! lança-t-il en le secouant.

Le bonobo se leva d'un bond.

– Bonjour, Kikki. J'ai bien dormi. J'ai fait plein de rêves. Quelle nuit agréable ! J'ai une faim de loup. C'est qu'on n'a rien mangé hier.

– Qu'est-ce que tu racontes ? Il faut vite partir. On a perdu une journée. Mais moi aussi j'ai faim, mangeons quelque chose.

Il restait un tas de fruits de l'avant-veille.

– Ça va nous redonner des forces !

Kikki, qui s'était précipité, mordit dans un fruit à l'air juteux.

Tout en mangeant à ses côtés, Touvabien en examina un autre, d'un rouge profond, un peu comme une grenade, qui avait roulé sur le côté.

– Celui-là, il est louche. Du guapillo, d'après le tapir. On dirait qu'il a un effet soporifique. Et ce n'est pas un simple somnifère : hier, dans la journée, j'avais les yeux ouverts mais j'étais tout mou, à croire que je continuais à dormir. Quel drôle de fruit ! Mais pourquoi Mme Konnyaku a-t-elle voulu nous endormir ? Tu as une idée, Kikki ?

– Je n'en sais rien. Le plus bizarre c'est que, cette nuit-là, au début, j'ai rêvé un petit peu, mais après, plus rien. Moi, j'adore me balader dans le pays des songes, mais mes rêves avaient disparu. Et toi, Touvabien ?

– C'est vrai, ça. Je n'ai rêvé de rien. Tiens, ça me revient : Yukimaru m'a parlé d'un animal, un tapir qui mange les rêves des humains. Il fallait prendre garde à ne lui laisser que les cauchemars, sans se faire boulotter les rêves agréables. D'après lui, c'était difficile : on risquait de se faire manger tous les bons rêves et de faire plein de cauchemars. J'ai oublié la suite, car je pensais que cet animal n'existait pas. Et pourtant, on en a rencontré un au fin fond de la cordillère des Andes. Konyaropinkaya a mangé nos rêves. Je me disais bien qu'elle était trop gentille, à nous préparer un lit d'herbes sèches et tout un tas de fruits, et voilà : elle avait des intentions cachées. On s'est fait prendre au piège en beauté.

– C'est vrai. J'aurais trop honte de l'avouer aux autres. Ce fruit rouge – le guapillo, c'est ça ? – en plus de faire dormir, je parie qu'il fait voir une tonne de rêves, affirma Kikki, convaincu.

Touvabien doutait encore :

– Je comprends pourquoi on n'a pas rêvé, mais, et ce manque d'énergie, hier ? On aurait dit des coquilles vides, comme des poupées sans âme. Je voyais bien que ça n'allait pas et j'essayais de me reprendre, sans arriver à me motiver. Je n'avais plus la moindre parcelle d'énergie, j'étais complètement lessivé. Et toi, on aurait dit une poupée de paille. Tu avais le regard vide, comme un singe qui aurait vendu son âme, le spectacle était insoutenable. Je suis sévère, mais j'étais sûrement pareil. Qu'est-ce qu'il nous est arrivé ? C'est un effet secondaire du guapillo, peut-être ? Quoi qu'il en soit, on a perdu une journée entière à cause de ça. Heureusement que maintenant, après une bonne nuit de sommeil, on est en pleine forme.

– Et puis on a fait plein de rêves, cette fois-ci… Ah, c'est ça ! C'est peut-être parce qu'on a beaucoup rêvé qu'on est en forme ? Ce qui voudrait dire que…

Kikki se tut ; il se frappa le crâne à plusieurs reprises avant d'ajouter :

– Si on est en forme la journée, c'est parce qu'on rêve la nuit, non ? C'est quoi, les rêves ? C'est compliqué !

Touvabien accourut pour le prendre dans ses bras et le rassurer :

– Tu as des éclairs de génie, Kikki ! C'est une idée magnifique, avoir besoin de rêver pour vivre. De la même façon que dans une journée, il y a le jour et la nuit, dans la vie, il y a le rêve et la réalité – après, je ne sais pas trop, ça se complique. On en parlera au Professeur quand on le retrouvera. Mais c'est une idée intéressante !

Kikki grimpa aussitôt à un arbre voisin, d'où il fit une grimace pour cacher sa gêne.

– Allons-y ! Il faut rattraper le temps perdu, s'écria Touvabien avec entrain, et il se dépêcha de monter à l'arbre sur les talons de Kikki.

Paul le capucin brun

La Forêt obscure était plus loin qu'ils ne l'imaginaient. De branche en branche et d'arbre en arbre, ils avaient parcouru de longues distances sans jamais se rapprocher de leur but.

Touvabien, qui avait grimpé en haut d'un grand arbre pour vérifier l'emplacement de la Forêt obscure, redescendit en se laissant glisser le long du tronc et annonça à Kikki :

– C'est bizarre, elle est toujours au nord-est, assez loin. Ça fait combien de jours qu'on est partis ? Les autres doivent être inquiets. On dirait qu'on nous a jeté un sort. À moins que ce ne soit un mirage ? Parce qu'on a beau s'approcher, la Forêt obscure ne cesse de s'éloigner. On ferait mieux de revoir notre stratégie. Sinon, on n'y arrivera jamais.

Le bonobo réfléchit, le front plissé par la concentration.

– Mais comment faire ? On n'a pas le moindre indice.

Kikki se laissa tomber par terre d'épuisement. Frustré de ne pas approcher malgré tous leurs efforts, il était découragé.

– Reposons-nous un peu, Touvabien. Je suis fatigué. Peut-être qu'une bonne nuit de repos nous portera conseil. Je ne peux plus mettre un pied devant l'autre, se plaignit-il – c'était rare.

– D'accord. Repose-toi. Je vais te trouver quelque chose de bon à manger, répondit gaiement Touvabien avant de s'enfoncer dans la forêt.

Un peu plus tard, il revint les bras chargés de figues. Avec sur ses talons un singe portant un collier de poils blancs autour du visage et une queue plus longue que son propre corps, lui aussi des figues plein les bras.

Kikki reçut sa part, qu'il stocka dans ses bajoues avant d'avaler quelques fruits avec gourmandise. Enfin, il posa un regard méfiant sur le singe ramené par Touvabien.

– Je te présente Paul le capucin brun. Le hasard a bien fait les choses : sa tribu, installée dans un haut figuier, m'observait avec inquiétude. Parce qu'en Amérique latine, il n'y a pas de grands singes comme moi. Paul, qui était parmi eux, m'a approché sans crainte. Avant, il vivait parmi les villageois de Qurulu,

m'a-t-il dit. Il sait faire plein de tours, c'est ainsi qu'il gagnait de l'argent, comme les singes de cirque au Japon. Il parle assez bien le langage des humains. Il m'a demandé ce que je venais faire dans leur forêt, alors je lui ai expliqué qu'on cherchait Qurulu ; qu'on pensait que les villageois étaient partis pour la Forêt obscure, où nous cherchions à les rejoindre sans y parvenir, et qu'on se reposait parce qu'on ne savait plus quoi faire. Ça l'a fait rire.

Paul prit alors la parole :

– On se demandait ce que vous fabriquiez, à tourner en rond. Je me doutais bien que vous cherchiez quelque chose.

– On ne s'amusait pas à tourner en rond ! On avançait après avoir vérifié dans quelle direction se trouvait la Forêt obscure depuis le haut d'un arbre : jamais je n'aurais imaginé qu'on faisait des cercles ! Justement, avec Kikki, on se disait qu'on nous avait peut-être jeté un sort.

– Bien vu ! Vous êtes victimes d'un maléfice.

– Qui nous a fait ça ? Et pourquoi ?

– Une sorcière qui habite là-bas. Une vieille femme effrayante, même s'il paraît qu'elle était d'une grande beauté dans sa jeunesse. Maintenant, quand elle vous regarde, vous tremblez comme une feuille. Elle sait que vous cherchez la Forêt obscure et elle vous a jeté un sort pour vous empêcher de la trouver.

– Elle ne peut pourtant pas lire dans nos pensées !

– C'est une magicienne. Vous voulez vraiment trouver la Forêt obscure, n'est-ce pas ? Votre souhait déborde de votre cœur, il hante vos rêves. C'est comme ça qu'elle le sait.

– Ah ! s'écrièrent en chœur Touvabien et Kikki en échangeant un regard. Konnyaku nous a bien eus ! grogna le bonobo.

Le tapir était aux ordres de la sorcière et il avait volé leurs rêves pour les lui apporter.

– Comment ça, Konnyaku ? demanda Paul.

Ils lui racontèrent leur aventure avec Konyaropinkaya le tapir, ajoutant chacun leur grain de sel à l'histoire. Sans oublier de préciser qu'ils l'appelaient Mme Konnyaku parce que son nom était difficile à prononcer.

Cela fit sourire Paul :

– Je comprends mieux. Konyaro n'est pas méchante, mais un travail grassement rétribué par la sorcière et avec, en prime, les rêves tout frais de singes venus d'ailleurs, voilà qui a dû la séduire. Quoi qu'il en soit, vous feriez mieux de ne pas chercher à approcher de la Forêt obscure.

– Je vois. Merci pour tes explications, Paul. Au fait, sais-tu où se trouve désormais le village de Qurulu ? demanda Kikki.

– Dans les environs. En vous dépêchant, vous pourriez faire le trajet dans la journée, tous les deux.

– Et la poste des oiseaux, elle est près du village ?

– Oui, bien sûr. La directrice est une belle ara hyacinthe, et son bureau est bien coté. Mais au fin fond de la forêt, peu de gens utilisent la poste, alors ils ne sont pas très occupés. Elle répondra sans difficulté à vos questions. Je peux vous y emmener, si vous voulez.

– Merci, Paul, nous ne demandons pas mieux. C'est d'accord ? Ma fatigue s'est envolée, je suis en pleine forme. Toi aussi, Kikki ?

– Bien sûr. Avec toutes les figues que j'ai mangées, en plus.

– Alors, c'est décidé, lança Paul. Allons-y, rien ne sert d'attendre. Nous dormirons quelque part en cours de route ; en repartant tôt le matin, nous serons à la poste aviaire de Qurulu demain midi.

Paul se mit en chemin sans tarder, de branche en branche. Comme il passait le plus clair de son temps dans les arbres, ne descendant au sol qu'en cas de besoin, il se déplaçait très vite en l'air. Avec sa queue en guise de balancier pour garder l'équilibre, il paraissait glisser d'une branche à l'autre. Le plus étonnant était sa capacité à sauter : il franchissait sans hésiter une distance d'environ quatre mètres entre deux arbres. Là où Kikki descendait de l'arbre pour grimper de nouveau au suivant, lui avançait sans peine, d'un bond.

Kikki le macaque à la courte queue, habitué à vivre à la fois dans les arbres et au sol, ne pouvait de toute évidence pas l'imiter. Quand il prenait du retard, il descendait de l'arbre pour courir au sol. Là, il était beaucoup plus rapide.

À la tombée de la nuit, ils s'endormirent dans les feuillages. Ils repartirent au petit matin en direction de Qurulu, guidés par Paul.

Le soleil brillait maintenant juste au-dessus de leurs têtes. Alors que Touvabien et Kikki commençaient à ressentir la fatigue de leur longue course sans repos, le capucin brun annonça :

– On y est presque. Voulez-vous gagner le village directement ou passer d'abord par la poste des oiseaux ?

Touvabien, visiblement soulagé, réfléchit un instant avant de répondre :

– Merci Paul. Grâce à toi, nous allons pouvoir fièrement retourner auprès du Professeur. Il doit se faire du souci car nous sommes partis plus longtemps que prévu. On va juste s'assurer de la localisation du village, sans se montrer ni là ni à la poste. S'ils voyaient soudain arriver deux singes inconnus, un grand et un petit, les villageois s'inquiéteraient. Et à la poste, on se demanderait sans doute pourquoi nous cherchons Zuguro la chouette. Il vaut mieux laisser le Professeur et Yukimaru s'en occuper. Notre mission, c'est de trouver le village de Qurulu et la poste des oiseaux.

Ensuite, il grimpa agilement à un grand arbre pour examiner les alentours.

Une clairière avait été percée dans la forêt, où se dressaient trois petites maisons au toit de feuilles. On voyait des villageois ici et là. Un peu plus à l'est se trouvait la poste aviaire, d'où allaient et venaient de petits oiseaux.

Touvabien observa attentivement les environs pour les graver dans sa mémoire. Quand il reviendrait, ce grand arbre lui servirait de repère.

– Merci, Paul. En effet, le village et la poste sont là. Mission accomplie ! Dépêchons-nous de rentrer. Je vois à peu près quel chemin prendre, mais il ne faudrait pas se perdre encore une fois. Si cela ne t'ennuie pas, voudrais-tu bien nous guider ?

– D'accord. Cela ne me dérange pas du tout. Eh bien, pressons-nous. Kikki, tu nous suis, hein ?

À peine avait-il prononcé ces mots que, tel un acrobate, il sauta d'une branche à l'autre pour atteindre l'arbre suivant. Touvabien, avec ses longs bras, l'imitait sans difficulté. Il s'agrippait habilement à une branche avant de passer à l'autre. Kikki faisait de son mieux, mais il finissait par se laisser distancer. Il sautait alors au sol pour courir.

Au troisième jour, un peu fatigués, ils firent une pause et décidèrent de manger tôt.

Paul rapporta plein de fruits à coque dure, trouvés on ne sait où.

– Ce sont des *nuñus*, vous allez voir, c'est délicieux. Je vais vous en donner la moitié.

Parmi la montagne de fruits que Paul portait à deux mains, Kikki en saisit un qu'il mit aussitôt dans sa bouche. Il était très dur, il avait beau mordre de toutes ses forces, la coque ne cédait pas. Il la recracha – c'était immangeable, trop coriace – et examina le fruit plein de salive au creux de sa main.

– Ha ha ha ! Seuls les crocodiles arrivent à la briser avec leurs dents. Regarde comment on fait.

Paul descendit au sol, où il chercha une branche en guise de pilon. Puis il posa un fruit sur une souche d'arbre et le frappa à coups de bâton.

Un, deux... au cinquième coup, la coque se fendit, laissant apparaître une amande blanche. Le capucin brun s'en empara avec gourmandise.

Il en ouvrit une autre, dont il offrit la chair pâle à Kikki. C'était bon. Jamais il n'avait rien mangé d'aussi délicieux ! Conquis et affamé, Kikki tendit instinctivement la main pour en réclamer encore.

Touvabien, qui observait avec beaucoup d'intérêt Paul fendre les fruits, revit soudain des images de son enfance en Afrique : sa mère posait une noix de coco très dure sur une pierre plate et la brisait avec un caillou tandis que lui, sur son dos, la regardait faire, émerveillé. À l'époque, il n'avait pas compris de quoi il retournait, mais en voyant Paul ouvrir les fruits à coups de bâton, c'était devenu clair.

Il posa aussitôt un fruit sur une pierre plate pour taper dessus avec un caillou ramassé par terre. La coque se brisa aisément et le bonobo en extirpa la chair blanche pour la porter à sa bouche.

– C'est bon ! s'exclama-t-il.

Paul le dévisagea, surpris. Avec un bâton, il fallait frapper trois ou quatre fois, mais Touvabien avait ouvert son fruit du premier coup.

– Tu te débrouilles très bien. Où as-tu appris ?

– Je n'ai pas vraiment appris, mais la technique m'est revenue. En te voyant faire, je me suis rappelé que quand j'étais bébé, dans la forêt africaine, maman fendait ainsi les noix de coco. C'est fantastique, non ? Kikki, essaie, toi aussi.

Le macaque posa une noisette sur une pierre et la frappa. Elle rebondit et tomba par terre. Il la ramassa et recommença, mais elle dérapa encore une fois. À la cinquième tentative infructueuse, Kikki s'assombrit.

– Tu manques de force. Et ta pierre n'est pas plate. Ça ne peut pas fonctionner, constata Touvabien.

Il trouva une pierre avec une face plate, posa la noisette dessus et la fendit sans difficulté.

Kikki essaya à son tour mais une fois encore, le fruit se déroba.

– Je sais ! Ça ne va pas parce qu'elle bouge, murmura-t-il en la saisissant de sa main gauche.

De l'autre main, il se prépara à frapper. En même temps que, de la main droite, il abaissait le caillou avec force, il ôta sa main gauche, mais pas assez vite.

– Aïe ! cria-t-il en suçant son annulaire avec une grimace et un gémissement.

– J'allais t'arrêter parce que tu risquais de te faire mal, mais je n'ai pas eu le temps, souligna Touvabien. Fais voir.

Kikki, en pleurs, ôta son doigt de la bouche pour le lui montrer. L'extrémité était rouge et gonflée.

– Tu dois souffrir. Attends un peu, dit Paul en s'enfonçant dans un buisson.

Quelques minutes plus tard, il revint avec une sorte de feuille de figuier. Il la posa sur une pierre et la martela avec un caillou pour la ramollir. Du jus vert giclait sur la pierre. Paul mit la feuille dans sa bouche pour la couvrir de salive, puis il l'enroula autour du doigt de Kikki et fixa le tout avec une fine liane.

– La douleur va vite disparaître. Sois courageux. C'est une plante médicinale qui soigne très bien les bosses et les blessures. Rappelle-t'en. Et il ne faut pas oublier la salive. Les blessures dans la bouche guérissent rapidement car la salive a un pouvoir cicatrisant. Tu as instinctivement porté ton doigt à ta bouche, n'est-ce pas ? C'est la bonne solution, affirma Paul en regardant Kikki.

– Merci, Paul. J'ai déjà moins mal. Ça va aller. Pardon de vous avoir causé du souci.

– Couchons-nous tôt ce soir. Demain, on repartira à l'aube. Viens, je vais te préparer un lit. Allez, au dodo, lança Touvabien en grimpant à un arbre juste de la bonne taille.

Un primate nocturne

Touvabien grimpa à l'arbre pour installer leur couche à la fourche de deux grosses branches.

Le lit était fait d'un assemblage de branches cueillies aux alentours, comme un nid d'oiseau. Avec toutes les feuilles dessus, c'était confortable.

Fabriquer un lit pour dormir est une habitude commune aux grands singes. Il existe plusieurs espèces de primates : deux en Afrique – les gorilles et les chimpanzés – et huit en Asie, parmi lesquelles les orangs-outans et les gibbons, mais aucun en Amérique centrale et latine. Les bonobos étant une sorte de chimpanzé, Touvabien fabriquait toujours un lit pour dormir. C'est un comportement inné : il savait comment le préparer sans avoir eu besoin de l'apprendre.

Fatigué de sa journée, il s'endormit dès qu'il s'allongea.

Il rêva. Autour de lui régnait un brouillard qui recouvrait tout. Un grand oiseau marchait dans la brume : une chouette boréale à tête noire.

– Zuguro, c'est toi ? demanda Touvabien.

La chouette, tête penchée, le regarda d'un air surpris.

– Tout le monde te cherche. Le Professeur est là aussi, dit le bonobo.

La silhouette de l'oiseau se fit floue puis, devenue brume, elle s'approcha de lui et s'installa pesamment sur sa poitrine. Il grogna en repoussant de toutes ses forces cet étrange nuage.

Il se réveilla. Il sentait encore un poids sur sa poitrine. Percevant comme une présence, il se redressa.

Avec un petit cri de surprise, il contempla l'animal devant lui.

Agrippé des deux mains à une branche au-dessus de sa tête, il se tenait debout sur ses deux jambes. Plus grand que Touvabien, son corps était recouvert d'une fourrure marron à longs poils. Ses yeux trop grands pour son visage luisaient au clair de lune, noirs comme de l'obsidienne. Ils étaient entourés de poils tout blancs, eux-mêmes soulignés d'un cercle de poils noirs. Avec un bec, il aurait pu passer pour une chouette.

Sous cet étrange regard perçant comme un rayon radioactif, Touvabien détourna instinctivement la tête. C'était sûrement ça qui avait pesé sur sa poitrine endormie.

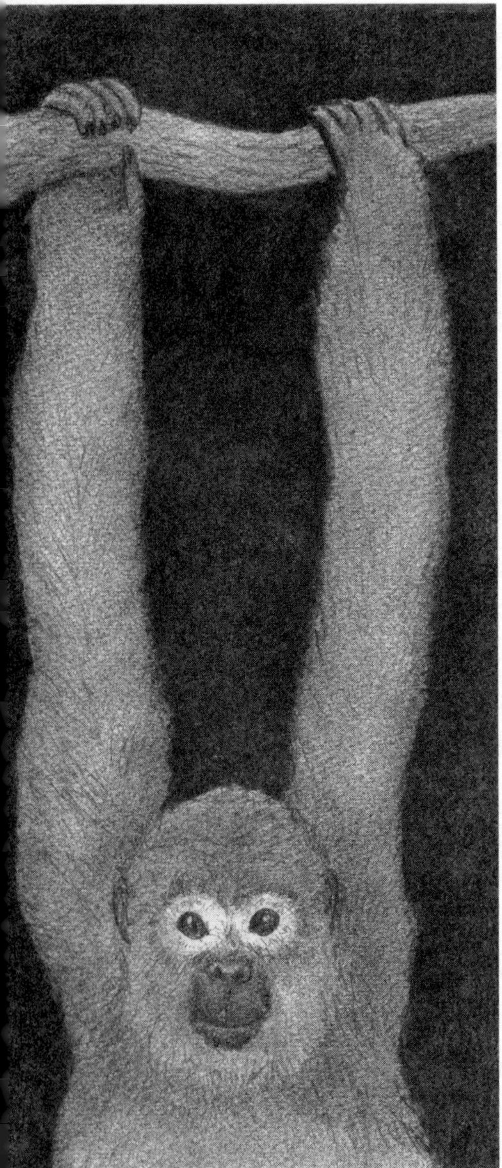

– Qui es-tu ? D'où viens-tu ? s'enquit une voix grave et sonore. Je passais par là quand je t'ai vu dans ton lit sur un arbre. Il n'y a que nous, les *keron*, qui fabriquons une couche. Mais comme nous sommes des singes nocturnes, aucun d'entre nous ne dort la nuit. Tu es bizarre, toi. Je me suis approché pour t'examiner ; tu es grand et tes poils sont noirs. Je n'ai jamais vu personne qui te ressemble. Qui es-tu ? D'où viens-tu et que fais-tu dans cette forêt ? C'est dangereux, ici.

– Je suis un bonobo et je m'appelle Touvabien. Je suis né en Afrique et j'ai grandi au Japon. J'ai traversé l'océan Pacifique sur un bateau. Je suis venu ici à la recherche du village de

Qurulu et de sa poste aviaire. Comme je les ai trouvés, je m'en vais rejoindre le Professeur pour le lui annoncer.

– Que veux-tu donc à Qurulu ? Ce petit village n'a rien à offrir. C'est louche. J'ignore ce que tu mijotes mais je n'ai pas le temps de m'en occuper aujourd'hui, ce sera pour une autre fois. Au fait, Touvabien – c'est bien ton nom ? Sais-tu te tenir debout ?

Touvabien était un peu perdu, et il ne voulait pas énerver son interlocuteur ; sans discuter, il se mit donc debout sur une grosse branche en se retenant d'une main à une autre branche.

– Je vois, très bien. Tourne-toi.

Touvabien lui tourna le dos.

– C'est bien ce que je pensais. Tu n'as pas de queue. Je n'en espérais pas tant ! Voilà une bonne nouvelle, ha ha ha ! rigola le keron de sa voix de basse.

– Qu'y a-t-il de si drôle ? J'ai quelque chose de collé sur les fesses ou quoi ?

– Il n'y a rien de drôle, je suis juste ravi. Ici, il y a toutes sortes de singes, chacun doté d'une magnifique queue. Regarde donc Paul. La sienne est épaisse et longue, n'est-ce pas ? Il peut se suspendre aux branches avec, mais elle ne lui sert pas autant qu'aux atèles. Eux, ils arrivent même à attraper un caillou avec la leur. C'est vraiment comme s'ils avaient trois mains. Bien qu'ils ne m'arrivent pas à la cheville, les uns autant que les autres, ils se moquent de mon absence de queue. Les yeux sur mes fesses, ils chuchotent entre eux et ricanent. Quand je leur demande ce qui les fait rire, ils répondent avec un air hypocrite : « Rien du tout. Votre derrière est élégant. Nous, on est affublés d'un appendice malcommode qui nous fait un arrière-train moche. On se disait que les dieux sont injustes. » En même temps, ils me narguent en jouant exprès avec leur queue. C'est énervant. Mais voilà que je découvre qu'il existe d'autres singes sans queue. C'est une bonne nouvelle, non ? Tu viens d'ailleurs, mais cela n'a aucune importance. Et puis ton compagnon, le minus, lui aussi, c'est à peine s'il a une queue, elle est courte. Vous me plaisez, tous les deux.

Le keron éclata de rire. Touvabien renchérit :

– Il n'y a pas de honte à être privé de queue. Mon maître est un professeur spécialiste des animaux ; d'après lui, les singes sans queue s'appellent des primates et ce sont les plus évolués de tous. Les humains non plus n'ont pas de queue. Tu es un primate comme nous. Je demanderai au Professeur, pour être sûr.

Le visage du keron parut soudain s'illuminer au clair de lune.

– Les keron seraient donc des primates ? Voilà qui est plaisant. Je m'appelle Gruon. Souviens-t'en, s'il te plaît. Comme tu as l'air de savoir plein de choses, j'ai encore une question : le fait que je vive seul est une autre source de moqueries. Les singes vivent tous en tribu, ici, nous sommes les seuls à être indépendants. Est-ce le cas d'autres primates ?

– D'après ce que m'a expliqué le Professeur, sur les très grandes îles du Pacifique que sont Bornéo et Sumatra, il y a des primates appelés orangs-outans qui vivent chacun de leur côté, les mâles comme les femelles. D'ailleurs, il me semble bien qu'il disait que leur pelage est marron. Tu es peut-être de leur espèce. Mais tu es nocturne, ça, c'est rare.

– Touvabien, je suis content d'avoir trouvé un semblable en toi. Soyons amis ! Aujourd'hui, je suis pressé, on discutera davantage une autre fois – je vais rendre visite à ma petite amie sur un territoire voisin. Je lui parlerai de vous. Tu m'as bien dit que si nous n'avons pas de queue, c'est parce que nous sommes évolués ? Ça me met de bonne humeur. Mais c'est dangereux, ici. Vous êtes dans la zone où s'exercent les pouvoirs de cette femme qui vit dans la Forêt obscure. Si vous avez un problème, appelle-moi. Je vous aiderai.

– Merci, Gruon. Mais comment t'appeler quand tu es loin ?

– Il y a un corbeau noir parmi vous, n'est-ce pas ? Dans la forêt, c'est moins facile, mais au-dessus des arbres, s'il lance un cri à ultrasons, je l'entendrai à moins d'être vraiment très loin.

– Euh, qu'est-ce qu'il faudra crier ?

– Keeeronpa ! Vers chacun des points cardinaux, car les ultrasons sont directionnels – c'est-à-dire qu'ils suivent la direction dans laquelle on parle. C'est important parce que vous ne saurez pas où je me trouve : criez dans chaque direction. Et le « pa » à la fin, il faut bien l'articuler. Dès que j'entendrai cet appel, je me précipiterai à votre secours. Mais tu ne dois le dire qu'à l'oiseau noir et à personne d'autre. D'après ce que j'en ai vu, il possède des pouvoirs surnaturels. Sa troisième patte dans la poitrine, c'est chouette, hein. Ça me plaît.

– D'accord, j'ai compris. Mais tu vis la nuit. On peut quand même t'appeler dans la journée ?

– Oui, ne t'inquiète pas. Je suis à la fois diurne et nocturne, je peux me déplacer librement le jour. C'est juste que je préfère la nuit. La journée, il y a tout un tas de nuisances. Et puis, j'ai besoin de la lumière de la lune pour vivre. C'est ma nourriture.

– Quoi ? Tu manges des rayons de lune ? Comment ça ?

Touvabien, surpris, dévisagea Gruon. Son visage baigné par le clair de lune avait quelque chose d'énigmatique.

– Rien d'étonnant à ce que tu ne comprennes pas ! Je t'expliquerai un jour. À la prochaine !

En un clin d'œil, Gruon se fondit dans l'obscurité.

Touvabien ne parvint pas à se rendormir. Cette drôle de rencontre inopinée n'était-elle pas un songe ? Hésitant, il se repassa les événements en mémoire. Tout lui revint, jusqu'au moindre détail. Il n'avait pas rêvé. Mais Gruon n'était pas un simple primate, il semblait doté de pouvoirs surnaturels. Mieux valait ne pas être son ennemi ; c'était une bonne chose de lui avoir plu et qu'il ait proposé de devenir amis. Maintenant, il fallait avant tout se dépêcher de rejoindre le Professeur pour l'informer de tout cela. Il attendit l'aube avec impatience.

Le ciel pâlit. Les oiseaux se mirent à gazouiller, remplissant la forêt de chants enjoués. Deux toucans au bec énorme s'envolèrent en poussant de grands cris.

Touvabien réveilla Kikki et Paul qui dormaient encore à poings fermés.

– Allez, on se dépêche.

– Oh, j'étais en train de faire un beau rêve. Laisse-moi dormir encore un peu. Je veux reprendre mon rêve, grommela Kikki en se frottant les yeux, l'air renfrogné.

– On n'a pas le temps de rêvasser. Allez, debout, debout ! Paul, quand arrivera-t-on en allant le plus vite possible ?

Après avoir frotté son visage encore endormi, celui-ci répondit :

– Eh bien, on n'est plus très loin. En allant vraiment très vite… on arrivera peut-être ce soir. Mais je ne suis pas sûr que Kikki puisse suivre.

– Ça va aller, pas de problème. Je suis très fort au marathon, assura le macaque en faisant de grands gestes.

Ils prirent un petit-déjeuner rapide avant de partir, en pleine forme.

À midi, Kikki était à la traîne.

– Paul, faisons une pause, lança Touvabien. Il faut attendre Kikki. Tiens, il y a justement un arbre fruitier. Mangeons un morceau. Et puis j'ai soif.

– D'accord. Ces fruits sont des *pijugos* c'est bon, très juteux. Tu crois que Kikki, ça va aller ?

Un peu plus tard, le macaque arriva, pantelant.

– Ça va, Kikki ? Tiens, voilà de délicieux fruits. Manges-en pour reprendre des forces, proposa le bonobo, inquiet.

– Tout va bien, pas de souci. J'avais tellement soif que je me suis arrêté pour boire et ça m'a mis en retard. Hum, c'est bon, commenta-t-il en croquant dans un fruit.

– Au fait, il m'est arrivé une drôle d'expérience la nuit dernière, dit Touvabien.

Il leur raconta sa rencontre avec Gruon.

– Paul, tu le connais ?

– Non, j'ai déjà entendu parler de lui, mais je ne l'ai jamais rencontré. Il a d'étranges pouvoirs, paraît-il, et on dit qu'il vaut mieux ne pas l'approcher. C'est une force de la nature, personne ne peut se mesurer à lui. Même un jaguar, il n'en ferait qu'une bouchée. On raconte qu'il a laissé un anaconda s'enrouler autour de son corps avant de le faire exploser en mille morceaux juste en bandant ses muscles. Je ne sais pas si c'est vrai ou non. Et tu es son ami ? Tu as vraiment dû lui plaire, Touvabien. Bravo ! C'est que tu as du charme, commenta Paul.

– Avec moi, il cherait encore pluch copain, je crois. J'aimerais bien faire cha connaichanche, tenta de dire Kikki, la bouche pleine de fruits.

– Repartons maintenant. Il faut arriver dans la journée, lança Touvabien en s'approchant du macaque. Allez, grimpe, ordonna-t-il en lui tendant son épaule. Parce que ça va être du déplacement à grande vitesse !

Après avoir attrapé Kikki qui s'obstinait à vouloir avancer par ses propres moyens, le bonobo le jucha sur ses épaules et se dépêcha de suivre Paul.

En fin d'après-midi, ils arrivèrent au campement où les attentaient le Professeur et les autres.

– Les voilà !

Au cri de Ryûji, chacun s'arrêta pour les accueillir.

Touvabien et Paul avaient fait le plus vite possible ; ils s'affalèrent, épuisés. Seul Kikki était en pleine forme ; il descendit des épaules de Touvabien et, avec un cri de joie, se précipita sur Horaji si fort que celui-ci tomba à la renverse, le macaque dans les bras.

Kikki se releva d'un bond et annonça, s'arrogeant le rôle de porte-parole du groupe :

– Nous allons tous bien. Nous avons trouvé le village de Qurulu et la poste des oiseaux. Soyez rassurés.

– Quelle bonne nouvelle ! Votre absence était si longue que nous étions inquiets ; nous nous apprêtions à envoyer une équipe à votre recherche. Vous voilà de retour sains et saufs, tant mieux ! Kikki, repose-toi un peu, toi aussi. Vous nous raconterez toute l'histoire quand Touvabien et votre compagnon auront repris des forces. Buvez, pour commencer. Il ne faudrait pas vous déshydrater, s'inquiéta Yukimaru.

Touvabien et Paul burent à grands traits l'eau fraîche puisée dans la rivière par Horaji. Avec un soupir de soulagement, Touvabien prit la parole :

– Professeur, pardon d'avoir tardé. Nous avons tourné en rond, victimes d'un sort. Si nous n'avions pas rencontré Paul le capucin brun, ici présent, nous aurions échoué. Paul appartenait autrefois à des humains, il a appris des tours, donné des spectacles et il comprend à peu près votre langage. C'est grâce à lui que nous avons réussi à remplir notre mission. Cette forêt est ensorcelée, c'est un lieu effrayant. Il faut être extrêmement prudent, on ignore quels pièges nous sont tendus. Permettez-moi de faire les présentations : voici Paul le capucin brun.

– Bonjour et enchanté. Je m'appelle Paul. Je suis content de pouvoir vous être utile. Touvabien et Kikki sont très gentils, nous sommes vite devenus amis. Dans ma tribu, on se moquait de moi parce que j'ai appris à faire des tours et on me malmenait ; je suis soulagé d'avoir rencontré deux personnes si charmantes. Ravi de faire votre connaissance.

Il exécuta une petite courbette.

Kikki bomba le torse, rayonnant.

Horaji demanda au capucin brun :

– Paul, c'est un prénom européen, ce n'est pas ton vrai nom. Comment t'appelles-tu en réalité ?

– Tu as raison, Paul est le nom choisi par le dresseur qui m'a appris à faire des tours. J'ai un vrai nom, bien sûr, mais je l'ai oublié. Je suis incapable de m'en souvenir. C'est à cause du choc d'avoir été capturé.

Il se tut un instant, tête basse, chagriné. Se reprenant aussitôt, il continua :

– Au début, je n'aimais pas ce prénom, mais je m'y suis habitué et maintenant ça ne me fait plus rien. Appelez-moi Paul, s'il vous plaît.

– D'accord. Pardon de t'avoir posé une question embarrassante. Avec nous, tu vas sûrement arriver à te souvenir de ton vrai nom.

Horaji, qui s'était excusé sans hésiter, s'inclina devant lui.

Touvabien raconta leurs aventures. Le plus surprenant était la rencontre avec Gruon de la tribu des keron et ses pouvoirs surnaturels ; entre primates, ils avaient noué des liens amicaux et Gruon se porterait à leur secours si nécessaire – il leur donna tous les détails, sauf la façon de l'appeler en cas de besoin. Cela, il en parlerait discrètement à Taketsuno, sans rien dire au Professeur ni à Yukimaru.

Le Professeur serra la main à Touvabien et à Kikki en les remerciant :

– Merci et bravo. Nous voilà lancés sur la piste de Zuguro et surtout, vous avez fait une découverte incroyable : l'existence de ces primates, les keron. Leurs pouvoirs surnaturels les mettent un peu à part… J'aimerais beaucoup les rencontrer. Cette seule découverte donne tout son sens à notre expédition un peu folle, remarqua-t-il, ravi.

– L'annonce va surprendre les scientifiques du monde entier, renchérit Horaji. Cela va faire du bruit dans les médias, nous serons des héros, fit-il en tirant sur ses moustaches dressées tout droit.

Le Professeur rétorqua aussitôt :

– Je ne parlerai pas de cette découverte. Un jour, peut-être, mais si je le faisais maintenant, ce serait terrible. Les scientifiques prendraient cela pour des fariboles, les médias viendraient enquêter, et une foule d'explorateurs amateurs débarquerait ici. On ne trouverait sûrement pas les keron puisqu'ils ont des pouvoirs surnaturels, mais ils seraient mis en péril par tous les gens qui rêvent de faire fortune en un clin d'œil, tous ceux qui voudront être les premiers à les attraper et pour qui la fin justifie les moyens. Voilà comment une région inexplorée serait dévastée en moins de temps qu'il n'en faut pour le dire ; et on finirait également par découvrir les descendants du royaume de Nazca, ce qui ferait encore tout un tas d'histoires. C'est ce qu'il risque d'arriver. Rendre publique une découverte juste pour la gloire est très dangereux. Écoutez-moi bien, tous : l'objectif de notre expédition, mais aussi l'existence des keron, tout cela doit absolument rester secret. D'accord ?

Le Professeur les dévisagea à tour de rôle, son expression particulièrement grave.

– Lorsque Touvabien, Kikki et Paul seront frais et dispos, nous partirons. La forêt est effrayante et on ignore ce qui nous attend, soyez vigilants. En particulier, ne vous déplacez jamais seuls. C'est tout.

L'oiseau violet du bureau de poste

Le matin du cinquième jour suivant le retour de Touvabien et ses camarades, l'Expédition Doecuru reprit vaillamment la route sous la conduite de Paul. La jungle, avec ses arbres inconnus, présentait toujours le même aspect, partout. Il y avait parfois un grand arbre, parfois une pente douce ou un ruisseau – toute chose susceptible de servir de repère, mais comme ils ne faisaient que passer devant au fil de leur progression, ils n'avaient aucune idée de l'endroit où ils se trouvaient. Le seul point fiable était le soleil qu'on apercevait entre les feuilles. Il permettait de savoir dans quelle direction on avançait.

Paul, en tant qu'habitant de la forêt tropicale, décelait de multiples différences là où, aux yeux des novices, tout était uniforme. Il savait où trouver de délicieux fruits et où coulaient les ruisseaux dont on pouvait boire l'eau sans risque ;

il connaissait sur le bout des doigts chaque bosse, chaque creux, chaque arbre et les endroits où se nourrir. On trouve des forêts tropicales en Amérique centrale et latine, en Asie du Sud-Est et en Afrique, avec chacune ses particularités ; le Professeur, qui les avait toutes visitées à plusieurs reprises, parvenait à peu près à s'orienter. Mais sans Paul comme guide, il aurait été carrément impossible de trouver Qurulu sans se perdre. Sa présence était précieuse.

Enfin, à l'approche du village de Qurulu, le capucin brun les arrêta. Ils attendraient ici pendant qu'il allait voir comment les choses se présentaient ; il disparut.

Au moment où chacun commençait à s'inquiéter, « Que fabriquait-il donc ? », il réapparut, très tendu. Arrivé devant le Professeur, il s'inclina et fit son rapport.

Les villageois étaient sur leurs gardes, annonça-t-il. Les hommes gardaient leur lance et leur arc à portée de main, prêts à se battre à tout instant. Peut-être une tribu adverse les menaçait-elle ? Le danger pour l'expédition était de se retrouver prise entre deux feux. Il décida de continuer à observer la situation.

Par hasard, un groupe de capucins bruns de sa connaissance passa tout près. Il les salua et demanda à un ami, Hanaguro, pourquoi les villageois armés étaient sur le qui-vive, un conflit couvait-il avec une autre tribu ? La réponse était terrifiante.

– Ils se méfient de votre groupe, Professeur, rapporta Paul. Ils ont appris qu'un Asiatique monté sur un cheval noir, accompagné de deux enfants et d'animaux comme on n'en avait jamais vu, cherchait leur village et ils sont persuadés que vous êtes venus conquérir Qurulu. S'ils vous trouvent, ils vous attaqueront sans hésiter. Les pointes de leurs lances et de leurs flèches sont enduites de poison – du venin d'une grenouille appelée dendrobate. Une égratignure suffit à le laisser pénétrer et c'est la mort assurée en dix minutes à peine. Il vaut mieux renoncer à aller au village ; mais pourquoi les gens de Qurulu, normalement pacifiques, craignent-ils votre groupe ?

Paul frissonna de peur, le cou rentré dans les épaules.

– Merci, même si ces informations sont préoccupantes. C'est parce que je monte Kurokoma qu'ils s'imaginent cela.

– Que voulez-vous dire ? Je ne comprends pas.

– C'est lié à la conquête de l'empire inca par les Espagnols. En 1531, le général Pizarro a fait route vers le Pérou avec deux cents soldats. Il a envahi l'empire inca, qu'il a totalement conquis en trois ans ; sa victoire tient en grande partie aux armures métalliques, aux fusils et à la mobilité apportée par les chevaux. Pour les villageois de Qurulu, tout cavalier est un rappel malheureux du cauchemar qu'a été la chute de l'empire inca. Il n'y a rien d'étonnant à ce qu'ils aient pris peur en apprenant que l'un d'entre eux est à leurs trousses. Nous aurons beau leur dire que nous cherchons une chouette boréale à tête noire, ils imagineront sûrement que c'est un mensonge. Mieux vaut éviter les conflits inutiles.

Nous n'approcherons pas du village. Ce qu'il nous faut, c'est trouver la poste des oiseaux.

– Je vois. Mais la poste aviaire aussi, sous l'influence de Qurulu, semble se méfier de nous, annonça Paul, bien embêté.

– J'ai une lettre d'introduction de Piconto, le chef du bureau de poste où travaille Totto. Belkahaya et Taketsuno seront nos émissaires. L'ara hyacinthe qui dirige la poste ici est un membre de la famille de Piconto. Il nous a prévenus qu'elle avait mauvais caractère, alors faites attention à ne pas la froisser. Et n'oubliez pas son petit cadeau.

Taketsuno passa le baluchon autour de son cou et, chargé de la lettre d'introduction, s'envola en compagnie de Belkahaya.

La poste était construite sur l'épaisse branche horizontale d'un grand arbre. Quand ils tirèrent sur la ficelle accrochée à la porte, celle-ci s'ouvrit en actionnant une sonnette et un grand ara hyacinthe se montra. C'était la directrice du bureau. Elle paraissait assez âgée ; son plumage entièrement violet était parsemé de pennes grisonnantes. Après les avoir dévisagés, elle déclara d'une voix éraillée :

– Je ne vous connais pas… Que voulez-vous ?

– Le receveur Piconto nous a remis une lettre d'introduction.

Taketsuno lui présenta la lettre avec déférence.

La directrice sortit une paire de lunettes de son sac à main en peau de crocodile et scruta la missive.

– En effet, c'est bien un courrier de Piconto. Je reconnais son écriture à la plume, tout à fait caractéristique. Il ne s'agit pas d'une imitation. Toi, le petit oiseau à la longue queue et à l'air benêt, chante un peu, pour voir.

Belkahaya, un peu agacé de se faire traiter de benêt alors qu'il était très fier de ses jolis yeux, alla néanmoins se percher sur une branche en exécutant un de ses fameux loopings et chanta à tue-tête :

Tsuki hi hoshi, hoi hoi hoi, hoi hoi.

– Jolie voix. Ça veut dire quoi, *tsuki, hi* et *hoshi* ?

– Cela désigne les lumières du ciel – la lune, le soleil et les étoiles –, c'est un chant en leur honneur, répondit Belkahaya avant de gonfler la poitrine pour lancer d'une voix aiguë : *Tsuki hi hoshi*...

– Ça suffit. Tu es un bon petit oiseau. Je pourrais même te prendre à mon service. Bon, à ton tour, l'oiseau noir ; j'aimerais bien entendre ta voix.

Taketsuno croassa aussitôt.

– C'est du déjà vu, sans originalité ; tu ne peux pas faire mieux ?

Le corbeau trouva que c'était un drôle d'interrogatoire, mais comme il n'était pas question de froisser son interlocutrice, il reprit docilement, en chantant bien fort et en s'efforçant d'être mélodieux :

Croa, cro-cro-cro-croa, crooa, croaaaa.

– Pas mal du tout. Et ça veut dire quoi ?

– C'est un air à la gloire du soleil qui exprime la joie de rentrer chez soi à la tombée du jour, on le chante tourné vers l'astre qui se couche.

– Ça me plaît. Je vois bien que ton cœur n'est pas noir.

– Voici un cadeau pour vous. Des biscuits de riz soufflé du Japon. J'espère que cela vous plaira.

Taketsuno tira un sachet du baluchon. La responsable de la poste le déchira, attrapa un biscuit avec son bec et l'avala. Tout en mastiquant, elle commenta :

– Ça a bon goût. Sucré juste comme il faut, avec un arôme nouveau. Ça me plaît. Merci.

– Je suis ravi que vous appréciiez. Mon maître souhaite vous rencontrer ; puis-je le conduire jusqu'ici ?

Taketsuno fit passer son message tant que la postière était de bonne humeur.

– Oui, bien sûr. C'est un humain, n'est-ce pas ? Les gens de Qurulu sont très inquiets, prenez garde à ne pas vous faire remarquer. Et s'il vous reste des biscuits, j'en veux bien d'autres. J'en donnerai des morceaux aux petits oiseaux.

Taketsuno se retint de sauter de joie ; il s'inclina et prit congé.

Le Professeur se réjouit des nouvelles rapportées par Taketsuno et Belkahaya ; il décida de rencontrer la directrice de la poste sans tarder. Taketsuno, Yukimaru, Touvabien, Kikki et Paul l'accompagneraient. Kurokoma, qui risquait de susciter l'inquiétude, superviserait le campement. Belkahaya assurerait la liaison entre les deux groupes. Ils partirent, chargés de galettes de riz soufflé.

L'ara hyacinthe les accueillit, une liane rouge vif autour du cou ; elle s'était mise sur son trente et un. Autour d'elle étaient alignés ses employés : cinq petits oiseaux chargés de la distribution du courrier, une perruche guichetière et une chouette gardienne de nuit. Elle chaussa ses lunettes, relut la lettre d'introduction et déclara de sa voix un peu rauque :

– Vous êtes munis d'une lettre d'introduction et vos messagers ont montré patte blanche, j'ai donc décidé de vous recevoir, mais je me demande tout de même ce qui vous a fait traverser la mer pour venir au fin fond de nos montagnes. Que voulez-vous ?

Yukimaru fit un pas en avant et s'inclina poliment avant de prendre la parole :

– Nous sommes venus pour rencontrer une chouette boréale à tête noire du nom de Zuguro. Dans une lettre expédiée par la poste restante de Qurulu, elle nous demandait de vite venir car elle se trouvait en danger. Cet homme est notre maître : c'est le Professeur Taishi, un zoologiste. Il comprend le langage des animaux et est leur ami. S'il est ici, c'est par pur intérêt scientifique. Il a déjà fait plusieurs découvertes dans le domaine de la zoologie, et Zuguro possède la clé d'un mystère susceptible d'éclairer l'histoire de l'évolution des mammifères.

– Hum, je ne comprends pas grand-chose à ces histoires d'évolution et ça ne m'intéresse pas, mais autrefois, des Espagnols soudain arrivés ici ont renversé l'empire inca, massacré la population et fondu tous les objets en or pour remporter les lingots dans leur pays, cela a été d'une violence terrible. Aujourd'hui encore, des aventuriers sans scrupule fouillent les ruines incas et sillonnent la cordillère des Andes à la poursuite de l'Eldorado (un pays fabuleux regorgeant d'or). Je vous avais pris pour des forbans de ce genre, mais on dirait bien que vous êtes différents. Revenons-en à Zuguro, ce drôle d'oiseau. Je n'ai aucune idée de son adresse. Il est venu il y a longtemps déjà, pour expédier une lettre au Japon. Il écrivait à un zoologiste, un certain Père Kazé qui l'avait aidé un jour où il souffrait d'une patte cassée et qu'il cherchait à joindre de toute urgence, par courrier express prioritaire.

– Ce Père Kazé, c'est notre maître, le Professeur Taishi. Nous avons bien reçu la lettre de Zuguro. Il écrivait que le royaume qu'il servait était en danger et nous demandait de venir l'aider le plus vite possible. Nous ne savons pas ce qui est arrivé, mais ce royaume abrite l'animal qui possède la clé de l'énigme de l'évolution. S'il disparaissait, le mystère resterait entier à tout jamais. Nous avons organisé une expédition dans les meilleurs délais pour porter secours à Zuguro et voir si nous pouvons être utiles à son royaume.

Ses explications terminées, Yukimaru attendit la réaction de la directrice de la poste.

– J'y vois plus clair. Après avoir envoyé son courrier au Japon, Zuguro est venu quotidiennement attendre la réponse. Sa boîte postale est ici. Mais il y a une dizaine de jours, il a subitement cessé de venir. Je me demandais ce qui lui était arrivé quand, voici quelques jours de cela, est arrivée une lettre de ce fameux Père Kazé. Zuguro avait tellement attendu ce courrier, j'aurais voulu le lui porter, mais je n'ai aucune idée de l'endroit où il vit. Vous dites que son royaume est en danger ? Un royaume ancien qui aurait discrètement survécu au cœur de la jungle ? C'est la première fois que j'en entends parler, mais peut-être est-ce là qu'il se trouve. Et s'il était malade ? La lettre de Père Kazé en provenance du Japon est toujours dans sa boîte postale. Si vous ne me croyez pas, je peux vous la montrer. Tout ça pour dire que je ne sais pas où trouver Zuguro. Peut-être ce royaume se trouve-t-il dans la forêt interdite, la Forêt obscure ? Mais une sorcière vit là-bas et ceux qui y entrent n'en ressortent jamais ; nul n'ose en approcher.

L'ara hyacinthe conclut sa tirade en se raclant la gorge. Ensuite, elle ouvrit la boîte aux lettres de Zuguro et montra au Professeur la missive qu'elle contenait.

– Regardez : une lettre du Japon, expédiée par Père Kazé. Il n'y a pas d'erreur, n'est-ce pas ?

C'était en effet le courrier envoyé par le Professeur Taishi, sans le moindre doute. Interroger davantage l'ara hyacinthe n'apporterait rien.

Comme il avait compté sur les informations de la directrice de la poste aviaire de Qurulu pour rencontrer Zuguro, le Professeur était très déçu, ses espoirs envolés. Mais grâce à leurs efforts, ils étaient enfin parvenus jusqu'ici. Ce n'était pas le moment de se laisser abattre. Il se fit violence et, dissimulant sa déception, remercia l'ara hyacinthe :

– Merci. Nous allons séjourner près d'ici, le temps de trouver une solution.

Ses compagnons et lui quittèrent la poste.

Sayuri disparaît

Pour recueillir des informations, ils décidèrent de camper non loin de la poste des oiseaux, près d'une rivière. L'eau est indispensable à la vie quotidienne, pour la cuisine et la lessive, par exemple. Celle de la rivière était claire, laissant nettement voir les petits poissons, ce qui réjouissait en particulier Horaji. Sans attendre, il en attrapa plein – des sortes de truites – pour le repas du soir.

Le problème était la Forêt obscure. Une sorcière aux pouvoirs maléfiques y vivait. Peut-être était-ce elle qui avait capturé Zuguro. Mais dans quel but ? Cela leur échappait complètement. Le Professeur essayait de comprendre.

Quoi qu'il en soit, avant de pénétrer dans la Forêt obscure, l'important était d'en apprendre le plus possible sur cette femme, la sorcière, et sur ses sbires. Pour commencer, il fallait demander à Paul de recueillir des informations auprès des autres capucins bruns installés dans les alentours.

Il fut décidé qu'il irait les voir avec Belkahaya comme messager et Kikki pour l'accompagner.

– Soyez prudents. Ne vous surmenez pas et surtout, n'allez pas vous aventurer dans la Forêt obscure ! À bientôt ! cria Touvabien en leur faisant au revoir.

Pour rire, Kikki fit trois galipettes et Belkahaya exécuta son looping favori en chantant gaiement :

– *Tsuki hi hoshi, hoi hoi, hoi !* Ne vous inquiétez pas, le soleil nous protégera. Je vous apporterai de bonnes nouvelles, soyez patients.

Tous trois se mirent en route.

Le campement n'était pas équipé de toilettes. Chacun allait faire ses besoins derrière un buisson. Les excréments et le papier devaient obligatoirement être enfouis dans un trou : c'était la seule contrainte à respecter.

Au moment où ils établirent cette règle, Horaji ricana et se vanta :

– Même comme ça, parfois, ça sent mauvais. Dans ces cas-là, il y aura un gage : transporter vingt seaux d'eau. Moi, je n'ai pas ce problème parce que je fais dans la rivière. Et en plus, les poissons mangent mes crottes. Ils trouvent ça délicieux ! Quand je vais à la selle, ils rappliquent à toute vitesse. À croire qu'ils me prennent pour le Père Noël ! Quel généreux donateur je fais ! Moi, ça me permet surtout d'attraper facilement n'importe quel poisson. Je suis gagnant sur toute la ligne.

Il bombait le torse, fier de lui.

– Tu n'as pas honte ? Arrête de te vanter et demande pardon aux autres. Qu'est-ce que tu nous as fait manger jusqu'à présent ? gronda Goppé la belette, furieuse.

Chôji le lièvre s'interposa.

– Que t'arrive-t-il, Goppé, pourquoi cherches-tu la bagarre ? Arrête donc, toi aussi tu profites des poissons pêchés par Horaji.

– Toi, tu n'en manges pas parce que tu es herbivore, répliqua Goppé. Du coup, tu ne comprends pas pourquoi je suis en colère. Et tu te permets d'intervenir, l'air content de toi. Si je me fâche, c'est au nom de tout le monde. Occupe-toi de tes oignons.

Chôji, les yeux tout rouges et les oreilles frémissantes, était prêt à sauter à la gorge de Goppé.

– Stop, on ne se dispute pas ! On approche du cœur de notre mission, vous croyez que c'est le moment de se bagarrer ?

Touvabien s'était interposé, les bras écartés. La loutre détourna la tête, le nez en l'air.

– Horaji, viens ici. Je ne te laisserai pas prendre de grands airs plus longtemps. Tu sais très bien ce que sous-entend Goppé.

Une voix grave et ferme avait résonné dans la forêt, produisant un écho. C'était celle de Yukimaru.

– Non, je ne vois pas, répondit la loutre, l'air perdu.

Goppé cria, les larmes aux yeux :

– Yukimaru, merci de m'avoir compris ! Horaji nous nourrit avec des poissons qui ont mangé ses crottes, et il s'en réjouit. Vous ne trouvez pas ça horrible, vous autres ?

– Mais, mais non ! protesta Horaji. Goppé, qu'est-ce que tu racontes ? Jamais je ne ferais une chose pareille. Je t'assure que si tu me soupçonnes ainsi, je ne rapporterai plus de poissons. Je vais faire mes besoins loin en aval, et je pêche en amont, rétorqua-t-il, hors de lui.

Yukimaru l'interrogea, son regard effrayant :

– Tu dis vrai, Horaji ?

– Bien sûr que oui ! Vous me croyez capable de vous faire manger des poissons sales, à vous et au Professeur Taishi ? C'était un mensonge, de toute évidence. Je ne pensais pas que toi aussi tu y croirais, Yukimaru ! protesta Horaji.

Yukimaru se calma et reprit d'une voix posée :

– Mais pourquoi inventer un mensonge qui met tout le monde mal à l'aise ? Alors qu'on se réjouissait tous que tu pêches pour nous…

– Pardon, je me suis laissé emporter. Au début, tout le monde était content quand je rapportais des poissons, mais ces derniers temps, vous faites comme si c'était normal. Goppé ne finit jamais son assiette et pourtant, il se permet de critiquer, il réclame de la meilleure nourriture et me parle comme à un chien. Vous vous imaginez que les poissons me sautent dans les bras, dirait-on, mais ça n'est pas si facile d'attraper de quoi nourrir tout le monde. Du coup, j'ai eu envie de vous titiller un peu.

– Je vois. Allez, faites la paix et serrez-vous la main, Goppé, Chôji et toi.

Yukimaru prit entre ses pattes celles des trois compères.

– Horaji, pardon de ne pas avoir deviné ce que tu ressentais. Tes poissons sont délicieux. Moi, je suis incapable d'en attraper un seul. Je suis herbivore, mais les poissons que tu rapportes sont tellement bons que j'en grignote toujours un petit morceau, avoua Chôji, ses longues oreilles couchées sur son dos.

Il sauta soudain sur la loutre, lui faisant perdre l'équilibre. Tous deux tombèrent à la renverse.

– Vive Horaji ! S'il te plaît, continue à pêcher pour nous, s'écria Touvabien, les bras levés.

Cette histoire était un peu agaçante, mais elle permit de dénouer les tensions et de détendre l'atmosphère. Encore plus soudée, l'équipe était déterminée à surmonter les plus grandes difficultés.

Quand Horaji rapportait des poissons de la rivière, tous l'accueillaient avec des applaudissements. Ravi, il soulevait une grosse prise par la queue et blaguait : « Remise spéciale sur le poisson au caca ! », faisant rire tout le monde.

Trois jours plus tard, Belkahaya revint. Perché dans un arbre, il délivra son message chanté :

– Paul et Kikki ont rencontré une sympathique tribu de capucins bruns dont le territoire jouxte la Forêt obscure. Ils vont rester avec eux pendant un moment pour surveiller les lieux. Ils vous demandent d'attendre un peu, le temps qu'ils envoient des précisions. Tout le monde va bien, ne vous faites pas de soucis.

Yukimaru le remercia :

– Me voilà rassuré. Ici aussi, tout va bien. Dis-leur que nous attendons de leurs nouvelles. Mais avant cela, prends du repos aujourd'hui.

Un peu plus tard, Goppé s'adressa discrètement à Belkahaya :

– Yukimaru a dit que tout allait bien, mais ce n'est pas tout à fait vrai.

– Ah bon, que s'est-il passé ?

– Eh bien…

Luttant contre le fou rire, la belette lui raconta l'histoire de Horaji. Belkahaya rit tellement qu'il faillit tomber de la branche où il était perché.

Le lendemain, dès l'aube, il partit rejoindre Paul et Kikki. Après avoir effectué une pirouette dans les airs, il fila comme une flèche en direction de la Forêt obscure.

Le Professeur réfléchissait à diverses stratégies pour y pénétrer. Paul et Kikki reviendraient bientôt, avec de nouvelles informations. Cela lui permettrait de mettre sur pied un plan d'action.

Le septième jour après l'installation du campement, il se produisit un événement terrible. À l'heure du dîner, Sayuri n'était nulle part. Ryûji s'en aperçut le premier.

– Sayuri n'est pas là, quelqu'un sait où la trouver ? demanda-t-il à la ronde.

– Tiens, c'est vrai, elle est absente. Je l'ai vue vers quatorze heures… répondit Touvabien, troublé.

– Moi aussi. Je l'ai vue s'enfoncer dans les buissons, par là. J'ai pensé qu'elle allait aux toilettes… ajouta Goppé.

Sayuri choisissait toujours un lieu à l'écart pour aller aux toilettes, afin que personne ne la voie. Mais il était interdit de s'éloigner seul, c'était un ordre strict de Yukimaru, une règle qui devait absolument être respectée. De ce fait, elle faisait attention à rester à portée de voix du campement.

Si un danger s'était présenté, elle aurait sûrement crié. Mais personne n'avait rien entendu. La nuit approchait. La jungle, dans l'obscurité, est un lieu effrayant où grouillent serpents venimeux et scorpions. S'y promener après la nuit tombée est particulièrement dangereux. On n'y voit rien dans le noir, et l'on risque à tout moment de marcher sur un serpent. C'est la mort assurée.

– Je pars à sa recherche. Touvabien, tu m'accompagnes ? lança Ryûji, déterminé.

Voyant le Professeur secouer la tête, Yukimaru intervint :

– Ryûji, je comprends ce que tu ressens, mais tu ne peux pas y aller. C'est à Goppé avec son flair extraordinaire et

Chôji avec son ouïe hors du commun de s'en charger. Ils ont l'habitude de se déplacer la nuit. Dépêchez-vous !

Tous deux se précipitèrent vers le fourré où Sayuri avait été vue. Très vite, la belette annonça en fronçant la truffe :

– Je sens son odeur. Elle est bien partie dans cette direction.

Le lièvre ajouta, en l'imitant :

– Oui, on sent encore légèrement la piste. C'est par ici.

Goppé trouva un endroit où le sol avait été retourné ; il renifla :

– Pas d'erreur, elle est allée aux toilettes. Mais que lui est-il arrivé ensuite ?

Il flaira consciencieusement les alentours.

– Ah, par ici ! Dans la direction opposée au campement. C'est bizarre. Que s'est-il passé ?

Ils suivirent les traces de Sayuri. Quelques minutes plus tard, le lièvre cria :

– C'est terrible ! Regarde, Goppé !

Il lui montra, par terre, l'empreinte à peine visible d'un animal.

– Je pensais à un jaguar, mais l'empreinte est trop petite. Un animal du Japon, je saurais tout de suite l'identifier, tandis que je connais mal ceux d'Amazonie. On dirait une patte de chat. Sans doute s'agit-il d'un félin. Un carnivore, quoi. Je n'aime pas ça.

Chôji dressa ses oreilles pour capter le moindre son.

– Je n'entends rien de bizarre. Ce n'est pas étonnant, puisque ça fait plus de trois heures que Sayuri est allée aux toilettes. Comme tout le monde s'inquiète, je vais déjà annoncer qu'on a trouvé l'endroit où elle a fait ses besoins et les empreintes d'un animal. Goppé, attends-moi un instant. Je reviens tout de suite, lança le lièvre avant de détaler vers le campement.

Il fut très vite de retour. Ensemble, ils suivirent avec beaucoup d'attention la piste de l'animal et de Sayuri. Attirée par quelqu'un ou quelque chose, la fillette l'avait probablement suivi. Elle qui était si sérieuse, pourquoi s'était-elle laissé séduire ? Ils imaginèrent divers scénarios, sans qu'aucun soit vraiment convaincant.

La truffe au sol et les yeux rivés sur les traces, ils continuèrent à suivre la piste.

Le lièvre, en tête, poussa un cri :

– Qu'est-ce que c'est que ça ? Goppé, viens voir !

La belette arrivée en toute hâte se frotta le museau des deux pattes.

– Un serpent ! C'est l'odeur d'un énorme serpent. Et le problème, c'est que les empreintes de l'espèce de chat et de Sayuri disparaissent ici. Ce qui signifie que...

– Sayuri se serait fait avaler par un serpent... Impossible, trancha Chôji d'un ton péremptoire.

– Gardons notre sang-froid. Le Professeur disait que les histoires de serpents qui gobent des hommes, bien que nombreuses, n'étaient justement que cela, des fadaises. Pourtant, Sayuri et l'animal s'évaporent ici et il ne reste que les traces du reptile. Qu'est-ce que ça veut dire...

Goppé inclina la tête, pensif.

– Auraient-ils été chargés sur le dos d'un serpent géant ? C'est un peu étrange. Suivons la piste. Nous allons peut-être trouver des indices.

Goppé et Chôji continuèrent à avancer, usant de leur odorat et de leur ouïe.

Ils débouchèrent dans une prairie. Un sillon séparait les herbes en deux, signalant nettement le passage du serpent.

– C'est terrible, Chôji ! Les choses sont désormais claires. C'est un anaconda géant ! Regarde ces traces, elles font au moins trente centimètres de large.

– Je pensais à la même chose. Mais je ne veux pas l'accepter car je sais ce que cela signifie. C'est abominable, murmura faiblement le lièvre, les oreilles en berne.

– Un serpent de cette taille peut certainement avaler une fillette. Je préfère ne pas l'imaginer, mais je ne vois pas d'autre solution... Dépêchons-nous d'en informer le Professeur. Vite ! fit la belette.

Ils rebroussèrent chemin à toute allure.

La nuit était tombée. Lorsqu'ils arrivèrent au campement, leurs camarades les attendaient autour d'un feu de camp. Même dans une zone tropicale proche de l'équateur, à mille cinq cents mètres d'altitude, il fait froid, la nuit.

Au fur et à mesure qu'ils écoutaient Goppé et Chôji rapporter à tour de rôle leurs découvertes, le Professeur, Ryûji, Yukimaru et les autres s'assombrirent peu à peu. La trace d'un gros anaconda apparaissait tandis que celles de Sayuri et du petit animal disparaissaient ? Chacun espérait que la fillette était saine et sauve, mais que s'était-il passé ? Tous s'interrogeaient. Apprendre que le serpent mesurait près de trente centimètres de large les désespéra.

Le rapport de Goppé et Chôji terminé, un affreux silence tomba. Tous étaient affligés. L'espoir de retrouver Sayuri vivante et le faisceau d'indices pointant dans le sens inverse s'affrontaient dans leur esprit.

Le Professeur, qui les avait écoutés en silence, les yeux fermés, prit la parole d'un air grave :

– Les empreintes de félin appartiennent sûrement à un jaguarondi. C'est un animal plus grand qu'un chat domestique, au pelage uniformément brun et plutôt maigrichon. Certains spécimens rares peuvent être noirs. Il s'agit d'un félin carnivore très présent en Amazonie. Quant au serpent, c'est sans doute un anaconda, et tous deux appartiennent à coup sûr à la Forêt obscure. La sorcière est au courant de notre existence et elle nous provoque. Je suis très inquiet pour Sayuri, mais si le reptile est un serviteur de la sorcière, leur idée est sans doute de la garder en otage. Elle doit être vivante. Nous allons consacrer toutes nos forces à lui porter secours. Je vais réfléchir à la stratégie à adopter. Merci, Goppé et Chôji. Vous avez bien travaillé. Reposez-vous car demain vous repartirez à l'aube sur les traces du serpent pour le retrouver. Je vous remercie tous. Demain, nous partons en guerre. Bonne nuit.

Sur ces mots, il se retira sous sa tente.

L'abattement du Professeur

Arrivé sous sa tente, le Professeur Taishi vacilla et s'effondra sur son lit de camp, la tête entre les mains. Il avait affirmé que Sayuri était vivante pour rassurer tout le monde mais, ces mots à peine prononcés, il les avait sentis s'écrouler avec fracas. Il avait beau dire et retourner la question dans tous les sens, rien ne prouvait qu'il avait raison. Il ne possédait aucune information sur Sayuri après sa rencontre avec le serpent. Son seul espoir était que le reptile l'ait kidnappée sur ordre de la sorcière. Mais comment aurait-il réussi à capturer et transporter la fillette ?

Peut-être l'avait-il transportée sur son dos, inconsciente. Pourtant, au vu du sillon dans les herbes, il semblait avoir avancé à toute vitesse. C'était impossible. Il y avait 99 % de chances pour que le serpent ait avalé Sayuri. Qu'avait-il eu la bêtise de faire ? Sacrifier une jeune fille à la réalisation de son propre rêve ! Ne s'était-il pas rendu coupable d'un crime irréparable ?

Il s'arracha les cheveux et, un genou à terre, frappa le sol des deux mains. Peu à peu, la sensation de la terre froide lui fit reprendre ses esprits.

Il s'assit sur son lit, fixant sans la voir l'obscurité devant lui. Bientôt, son regard devint celui de quelqu'un qui fouille ses propres ténèbres intérieures. Un homme seul marchait dans le noir. Sa silhouette de dos dégageait une peine terrible et solitaire.

Cet homme, c'était Fûka Kôya. « À l'époque, je vivais comme cela me chantait, c'était le bon vieux temps », songea le Professeur. Orphelin de mère, il avait été élevé par Yukimaru, grâce à quoi il parlait couramment le langage des animaux et les comprenait. Il parcourait le monde entier à la recherche de spécimens et de documents pour des zoos et des musées, un métier dans lequel il avait acquis une certaine notoriété ; on faisait souvent appel à lui.

C'était une époque bénie. Il sillonnait le monde, se délectait des meilleurs mets de chaque lieu, se nourrissait de la diversité culturelle des peuples qu'il rencontrait, nageait dans le plaisir de porter secours aux animaux qui en avaient besoin. Ceux qui vivaient dans des zoos s'estimaient victimes de la malchance, ils gardaient farouchement leur fierté et leur individualité. Cela l'impressionnait toujours car ils étaient admirables, mais petit à petit, son travail lui avait paru terriblement vain.

À quoi jouait-il ? Il vivait au jour le jour, là où le portait le vent, satisfait de faire le bien, se complaisant dans sa propre bonté. Sa vie se résumerait-elle à cela ? En tant qu'être humain, ne pouvait-il pas dédier son existence à une occupation qui apporterait du bonheur au plus grand nombre ?

Voilà ce à quoi il songeait lorsqu'un changement se produisit. Un jour, Yukimaru le sermonna. Il était temps pour lui de renoncer à sa vie d'insouciance pour se consacrer à l'héritage de ses ancêtres. Il finirait par comprendre quelle était sa voie.

Il vivait en compagnie de Yukimaru et Kurokoma, descendants des animaux du prince Shôtoku Taishi, de Taketsuno le corbeau à trois pattes dont les ancêtres appartenaient aux temps mythologiques, et d'animaux sauvages : c'était sa famille. Tous le respectaient, l'appelaient Professeur et prenaient soin de lui, il menait une existence agréable, à laquelle il ne trouvait rien à redire. Mais au bout d'un moment, une préoccupation de longue date s'imposa à son esprit, avant d'être renforcée par sa rencontre avec la chouette boréale à tête noire.

L'histoire des descendants du royaume de Nazca qui auraient survécu en secret aux confins de l'Amazonie était séduisante, mais il y avait surtout une possibilité qui le fascinait : qu'il existe encore un animal détenteur de la clé du mystère de la disparition, il y a onze mille ans, de tous les mammifères géants. S'il lui était donné de discuter avec lui, il pourrait résoudre l'une des questions phares de l'histoire de l'évolution ; enivré par ce rêve, il s'était convaincu que c'était cela, sa voie. Voilà comment on en était arrivé là. Zuguro n'avait pas affirmé qu'un tatou géant de l'espèce des *Doedicurus* était encore en vie. Et pourtant, devant le dessin du géoglyphe complété par les lignes en couleurs ultraviolettes, il s'était imaginé que le *Doedicurus* avait survécu. Sans l'ombre d'une preuve, il avait fait du fruit de son imagination une hypothèse scientifique qu'il cherchait à démontrer sur le terrain, c'était insensé. Résultat, il avait peut-être condamné à mort une fillette qui avait tout l'avenir devant elle. Il se disait zoologiste, mais en réalité, il n'était qu'un simple ami des animaux. Rien ne l'autorisait à prétendre au rang de scientifique ni à porter le nom de Professeur Taishi, il n'était rien de plus que Fûka Kôya ou Père Kazé. Ne devait-il donc pas faire table rase de ce projet fou et repartir immédiatement au Japon ?

Il prit une grande inspiration avant de soupirer longuement, comme pour évacuer ce projet. Il vida d'un trait son verre, le regard perdu dans le vide des ténèbres, l'air absent.

Avant tout, il avait une chose à faire. Il fallait absolument retrouver Sayuri. Elle semblait avoir été avalée par un anaconda géant, mais il n'en avait aucune preuve concrète, seulement des indices circonstanciels. Pour rassurer les autres,

il avait avancé qu'elle pourrait avoir été prise en otage et c'était possible, il y avait une chance sur mille ou sur dix mille, peut-être, que ce soit le cas. Ne devait-il pas tout miser sur cette éventualité ?

Une faible lueur illumina son visage aussi sombre qu'un gouffre sans fond.

« Sayuri est vivante », il fallait y croire et agir en conséquence, c'est-à-dire aller dans la Forêt obscure. Mais une sorcière y régnait ; quels pièges et dangers pouvaient bien les attendre ? Ils auraient forcément à affronter l'anaconda géant. Lorsqu'il les attaquerait, lequel d'entre eux serait capable de relever le défi et de le vaincre ? Yukimaru, Kurokoma et Taketsuno, avec leurs pouvoirs surnaturels, seraient d'un grand secours, mais étaient-ils suffisamment armés ? En admettant qu'ils en viennent à bout, il était fort possible que l'un d'entre eux ne survive pas. Il fallait en savoir plus sur la sorcière. Paul et Kikki rapporteraient sûrement des informations, mais il ne devait pas tout miser dessus. Il fallait collecter des renseignements au plus près du cœur de la Forêt obscure. Qui pourrait remplir cette mission ? Taketsuno le corbeau à trois pattes, peut-être.

Pendant qu'il réfléchissait à une tactique ou une autre, le jour se leva. Les oiseaux gazouillaient, emplissant la forêt de leurs chants. Lui, pourtant, n'avait pas fermé l'œil de la nuit et il restait au fond du trou de ses terribles regrets, retombé dans ses pensées noires.

– Professeur, le petit-déjeuner est prêt, lança la voix enjouée de Pompina au-dehors de la tente.

Parler lui coûtait. Il ne répondit pas. Au bout d'un moment, il l'entendit répéter :

– Le petit-déjeuner est prêt.

S'il ne se manifestait pas, elle s'inquiéterait et glisserait un coup d'œil à l'intérieur. Il fit un effort pour ouvrir la bouche :

– Non merci.

Un peu avant midi, Goppé et Chôji, partis sur la piste de l'anaconda, revinrent au campement. Ils rapportèrent que le serpent gigantesque, d'une taille suffisante pour avaler un humain, semblait avoir pénétré dans la Forêt obscure.

C'était bien ça.

Le Professeur les remercia d'un simple mot, puis il garda le silence.

Les minutes et les heures s'écoulaient lourdement, pesant sur sa poitrine comme écrasée par un démon, le faisant souffrir. Retombé une nouvelle fois au fond du puits du remords et du chagrin causés par la disparition de Sayuri, incapable de réfléchir, il restait prostré, plus mort que vif.

Autour de la tente tous s'inquiétaient pour lui, il en avait douloureusement conscience. Il était hors de question de perdre un autre compagnon. Il lui faudrait donc entrer seul dans la Forêt obscure à la recherche de Sayuri. Mais il savait que ses compagnons proposeraient de l'accompagner, de toute évidence. Même s'il surmontait leurs objections et partait seul, Yukimaru le suivrait discrètement, c'était certain.

À court d'idées valables, perdu, il fut à nouveau assailli par un profond chagrin. Il sanglota sans bruit ; au bout d'un moment, il se sentit soulagé, comme lavé par la pluie.

« Pourquoi hésites-tu ? La réponse est pourtant simple : tu dois pénétrer la Forêt obscure avec Yukimaru et Taketsuno, à trois, et confier les autres membres de l'expédition à Kurokoma. »

La nuit était bien avancée. Demain, il annoncerait la nouvelle aux autres – sa décision prise, il se sentit plus léger. Il s'allongea sur son lit et s'endormit.

Keeeronpa !

Dans le même temps, à l'extérieur de la tente, chacun était démoralisé et s'interrogeait sur la suite. Goppé et Chôji discutaient à voix basse :

– Et si on partait discrètement pour la Forêt obscure, tous les deux ?

Les oreilles de Yukimaru captèrent leur plan secret. Ça n'allait pas. S'il laissait faire, l'un ou l'autre des membres de l'équipe ferait une bêtise. Le soleil était sur le point de se coucher. Yukimaru, inquiet, appela Kurokoma et Taketsuno pour s'entretenir de la stratégie à adopter.

– Il nous reste un dernier recours, fit le corbeau.

Comme les deux autres le regardaient sans comprendre, il leur raconta la rencontre de Touvabien et Kikki avec Gruon, le mystérieux primate de la tribu des keron. Il ignorait si c'était sérieux, mais celui-ci avait assuré qu'il se porterait à leur secours, en cas de besoin.

– Je pense qu'on peut lui faire confiance. Il suffit d'essayer, on verra bien, insista-t-il.

Ils firent venir Touvabien.

– C'est un drôle de primate, tout à fait énigmatique. Je ne sais pas jusqu'à quel point il pourra nous aider, mais il semble au courant de tout ce qui se passe dans la forêt. Je pense qu'il sait aussi qui est la sorcière. À mon avis, il aura des informations sur Sayuri. Taketsuno pourrait envoyer le signal mystérieux qu'il nous a donné, non ?

Son témoignage fut décisif. Yukimaru trancha :

– Taketsuno, vas-y !

Celui-ci alla sans tarder se percher au sommet d'un grand arbre et cria de toutes ses forces, d'abord vers l'est : « Keeeronpa ! »

Il ne se passa rien.

Ensuite, il donna de la voix dans la direction opposée, à l'ouest : « Keeeronpa ! » Toujours rien.

Il se tourna vers le sud. La constellation de la Croix du Sud brillait dans le ciel. Il lança, comme une prière aux étoiles : « Keeeronpa ! »

Sa voix s'évanouit tristement dans le vide. Il n'y avait aucune réaction. Avaient-ils eu tort de croire à cette formule magique comme sortie d'un rêve ? Taketsuno, bien que découragé, scruta le ciel en direction du nord, leur dernier espoir. Il cria de toutes ses forces vers l'étoile solitaire qui brillait au loin : « Keeeronpa ! »

Sur la dernière syllabe, il crut voir l'astre vaciller.

Un grognement sourd s'éleva de nulle part. Plus qu'une voix, on aurait dit le grondement de la terre.

Yukimaru, bien droit sur ses quatre pattes, se tendit comme un arc et, la tête relevée, hurla à la mort d'une voix qu'on ne lui connaissait pas.

Un silence glacial s'abattit sur eux.

Gruon le keron se dressait devant Touvabien. Les yeux luisants dans son visage semblable à celui d'une chouette, il dit :

– Je me doutais bien que vous m'appelleriez. Je pense savoir pourquoi, mais dites toujours.

Yukimaru fit un pas en avant. Il salua poliment d'une courbette :

– Gruon, merci de vous être déplacé. Je m'appelle Yukimaru. Vous savez pourquoi nous sommes ici, Touvabien vous l'a expliqué. Un terrible accident s'est produit : une fillette du nom de Sayuri a été avalée par un anaconda géant. Mon maître, le Professeur Taishi, a sombré dans la tristesse et il ne sort plus de sa tente. Nous supposons que le reptile est un habitant de la Forêt obscure, au service de la sorcière. Nous ignorons qui elle est et nous ne comprenons pas pourquoi elle nous met des bâtons dans les roues. Mais avant tout, il nous faut savoir ce qu'il est arrivé à Sayuri. Si elle est vivante… la probabilité est sans doute d'une sur dix mille, mais… nous voulons y croire. Pour cela, il faut d'abord savoir qui est cette sorcière et comment la combattre ; voulez-vous bien nous aider ?

Yukimaru avait plaidé leur cause avec une grande sincérité.

Gruon hocha la tête et déclara d'une voix puissante :

– Pour commencer, je vais répondre à votre souci le plus pressant : la fillette – Sayuri, c'est ça ? – est saine et sauve. Elle va bien pour l'instant, mais cela pourrait ne pas durer.

Yukimaru et ses compagnons changèrent d'expression : c'était comme si un rai de lumière illuminait leur visage. Fou de joie, Touvabien bondit sur Gruon pour le prendre dans ses bras. Relâchant son étreinte, il demanda :

– C'est vrai ? Si l'anaconda ne l'a pas avalée, comment l'a-t-il transportée ?

– Vous ne connaissez pas ce serpent du nom d'Ananpi, qui mesure presque trente mètres de long. Il a une drôle de queue. Chez les reptiles, la queue est un organe précieux. La sienne est dotée d'une espèce de plateforme d'environ deux mètres prolongée à son extrémité sur un mètre de long par une sorte de liane qui lui permet de saisir des objets, comme la queue des atèles. C'est sa main, en quelque sorte. C'est avec cela qu'il a attrapé Sayuri évanouie et l'a installée sur son dos, en relevant la partie plate de sa queue pour la protéger. Le choc a fait perdre connaissance à la petite, et tant mieux. Enveloppée dans la queue de l'anaconda,

elle a été transportée jusqu'à la Forêt obscure sans la moindre égratignure. C'est certain car je le tiens d'un porc-épic du Nouveau Monde qui a tout vu.

– Merci. C'est une excellente nouvelle ! Elle va redonner de l'allant au Professeur. Pourquoi Ananpi a-t-il kidnappé Sayuri ? J'imagine qu'il l'a fait sur les ordres de la sorcière. Qui est-elle ? Éclairez-nous, s'il vous plaît. Nous ne pouvons pas établir de stratégie sans cette information.

Yukimaru s'inclina solennellement devant Gruon.

– Je pense que cela va vous surprendre, mais vous la connaissez : c'est Mama-cuna. Elle retient également Zuguro.

Yukimaru, traversé d'un frisson, laissa échapper un petit cri. Tout le monde était ébranlé.

– Mama-cuna a eu la poitrine lacérée par Zuguro, qui l'a grièvement blessée, rappela-t-il. Il l'a recherchée mais en vain, il la pensait morte... Dans ce cas, le jaguar noir que nous avons aperçu dans les ruines serait son compagnon...

– Exactement. Lui aussi est guéri. J'ignore comment ils ont réussi à s'en sortir. Pour eux, Zuguro est l'ennemi à abattre. Pourquoi Mama-cuna le retient-elle prisonnier alors qu'elle lui ferait volontiers subir plusieurs morts ? Cela non plus, je n'en sais rien. Ce qui est certain, c'est qu'il y a un lien avec l'enlèvement de Sayuri. Vous qui cherchez Zuguro, vous êtes des gêneurs pour Mama-cuna. Il n'y a rien d'étonnant à ce qu'elle fasse tout son possible pour vous empêcher de pénétrer dans la Forêt obscure.

Sidéré par cet extraordinaire retournement de situation, Yukimaru peinait à mettre ses idées en ordre. Mama-cuna et le jaguar noir étaient vivants. Et ils fomentaient un mauvais coup. Pour eux qui étaient à la recherche de Zuguro, ces deux-là représentaient un véritable danger. Mais Sayuri, qu'ils avaient crue avalée par un anaconda, avait été kidnappée de façon surprenante et elle était bien vivante : c'était une joie immense. L'air grave, Yukimaru s'adressa à Gruon :

– Votre discours nous mène de surprise en surprise. La meilleure nouvelle est que Sayuri est vivante. Nous allons faire le nécessaire pour la sauver. Ensuite, nous pourrons retrouver Zuguro. Il va nous falloir pénétrer dans la Forêt obscure et affronter Mama-cuna, mais nous ignorons tout d'elle et de ses pouvoirs. Si vous avez une solution, dites-le, s'il vous plaît.

– Je n'ai pas de solution, mais vous êtes trop peu nombreux. Seuls Kurokoma et vous, Yukimaru, êtes capables de combattre le jaguar noir. Et vous affronterez aussi Ananpi l'anaconda. Une bataille tournerait forcément à votre désavantage. Je vais vous présenter un jeune puma de mes amis. Il est fort, avec un sens de la justice très développé, mais il est aussi sympathique et dégourdi. Je pense qu'il sera heureux de vous aider.

Yukimaru répondit sans dissimuler sa joie :

– Merci. À vrai dire, je désespérais de résoudre ce problème. Le renfort d'un jeune puma est un secours inespéré. Mais…

Une ombre traversa son visage et il s'interrompit.

– Quoi ? demanda Gruon.

– Il reste une difficulté. Comment affronter ce serpent monstrueux ? Même les crocs d'un puma n'y suffiront pas.

– J'allais aborder la question. Pour tout vous dire, moi non plus, je ne sais pas comment faire. À ce propos, ce sera… *grumpf.*

– Pardon ? s'écria Yukimaru. Je n'ai pas bien saisi…

– Je ne connais pas bien la Forêt obscure, mais notre tribu respecte grandement le vieux *grumpf* qui y vit. Personne ne connaît son âge exact ; il a sans doute déjà vécu plusieurs siècles. Que diriez-vous de le consulter ? Il connaît la Forêt obscure sur le bout des doigts, mais comme il est un peu grincheux, il faudra faire attention à ne pas l'agacer. C'est l'âge, vous comprenez. Tiens, d'ailleurs, j'ai une bonne idée : il adore les sucreries. Il existe une chose qui s'appelle le chocolat, n'est-ce pas ? J'y ai goûté une fois, c'était délicieux. Je suis certain que ça lui plaira. Apportez-lui-en. J'en veux bien un morceau aussi, d'ailleurs.

– C'est entendu. Comme Kurokoma adore le chocolat, nous en avons de bonnes réserves. Moi aussi, j'aime ça, répondit Yukimaru du tac au tac.

Kurokoma rougit d'être soudain nommé.

– Je dois voir le vieux sage demain, je lui parlerai de vous. Si vous le consultez, il saura sûrement vous dire comment vaincre Ananpi. Touvabien, tu es un primate. Tu es le plus à même de te faire bien voir du vieux *grumpf*. Il faudra t'appliquer.

– D'accord, répondit le bonobo d'un air pénétré avant d'ajouter avec de grands gestes : Je m'en occupe ! Mais j'ai une question : comment s'appelle-t-il ? Pardon de le souligner, mais depuis tout à l'heure, vous marmonnez son nom et je n'entends que « grumpf ».

Gruon afficha un grand sourire :

– Ha ha ha ! C'est normal que tu n'aies rien compris. Personne ne connaît son nom, y compris lui-même, peut-être. Bien qu'il soit très vieux, sa mémoire est excellente. Je ne pense pas qu'il l'ait oublié, mais quand on lui pose la question, il se borne toujours à marmonner « grumpfon ». Comme personne n'ose insister, on l'appelle ainsi. Ne vous en faites pas. Touvabien, dis son nom, pour voir.

– Grumpfon, articula timidement celui-ci en roulant de grands yeux.

– Parfait. C'est tout à fait acceptable. Je n'ai rien d'autre à vous dire. Je vais me dépêcher d'aller voir Ogurô le puma. Mais non, j'oubliais une chose importante : quand on remonte le cours de la rivière qui sort de la Forêt obscure, on arrive à un grand arbre. Paul peut y grimper sans trop attirer l'attention et, une fois au sommet, agiter un drapeau blanc. Cela fera venir Grumpfon. Voilà, c'est tout. Méfiez-vous de Mama-cuna, elle est dangereuse.

Sur ces mots, Gruon saisit la tablette de chocolat que lui tendait Kurokoma et disparut dans la forêt en sautant de branche en branche à la vitesse de l'éclair.

Face à cette information inespérée, Yukimaru et ses compagnons se regardèrent comme pour se convaincre qu'ils ne rêvaient pas.

– Sayuri est vivante, quelle excellente nouvelle ! hennit Kurokoma.

– On ne pouvait pas espérer mieux, exultèrent les trois autres.

– Cela devrait remonter le moral du Professeur. Au petit matin, nous irons le réveiller pour lui annoncer la bonne nouvelle, se réjouit Yukimaru.

Tous quatre continuèrent à s'entretenir de la suite des opérations en buvant du café autour d'un feu de bois. Pendant qu'ils établissaient leur stratégie, le ciel commença à blanchir.

– Regardez, c'est le Professeur ! cria Taketsuno qui l'avait vu émerger de sa tente.

Le Professeur, émacié et pâle, approcha ; il dit à Yukimaru :

– Désolé de vous avoir inquiétés. Rassemble immédiatement tout le monde. J'ai une annonce importante à vous faire.

Les quatre compères échangèrent un regard, persuadés qu'il avait entendu les explications de Gruon.

Devant les membres de l'expédition au grand complet, le Professeur prit la parole d'une voix forte :

– Pardon de vous avoir causé du souci. Avant toute chose, il nous faut retrouver Sayuri. Agissons comme si elle était vivante. Pour cela, il est nécessaire de pénétrer dans la Forêt obscure…

À ce moment-là, Yukimaru fit soudain un pas en avant et cria de toutes ses forces :

– Professeur, pardon de ne pas vous avoir prévenu plus tôt. Sayuri est saine et sauve. Le serpent ne l'a pas avalée.

Un instant, un calme étrange s'abattit sur l'assemblée. Le Professeur lança un regard perçant à Yukimaru et gronda :

– J'espère que tu ne dis pas ça en l'air, pour me rassurer. As-tu des preuves ? Est-ce Paul qui a rapporté cette information ?

– Non. Kurokoma, Taketsuno et moi-même cherchions une solution. Nous avons appris que Gruon avait confié à Touvabien un code secret pour le contacter en cas de besoin. Nous l'avons appelé en dernier ressort. Touvabien aussi était avec nous.

Il rapporta en détail les explications de Gruon. Le Professeur l'écoutait en silence, les paupières closes, mais ses joues reprirent des couleurs et bientôt, ses traits retrouvèrent leur vigueur. Quand Yukimaru eut fini, il se couvrit le visage des deux mains en murmurant, comme pour s'en convaincre lui-même :

– Sayuri est vivante.

Essuyant quelques larmes de joie, il sauta sur ses pieds et déclara d'une voix posée :

– Merci et bravo à vous, Yukimaru, Kurokoma, Taketsuno et Touvabien. Nous allons unir nos forces pour sauver Sayuri, quoi qu'il arrive.

Il serra avec force la patte de Yukimaru. Le chien blanc, ému, avait les larmes aux yeux.

Kurokoma lança son plus puissant hennissement de joie tandis que Belkahaya le tchitrec exécutait à cinq reprises sa plus belle pirouette et que Goppé, puis Chôji et Touvabien dansaient en rond autour d'eux avec Horaji sur leurs épaules. Ryûji frotta son visage brouillé de larmes et cria « Hourra ! » les deux bras levés. Pompina, heureuse, murmura à l'oreille de Pompino qui tambourinait un rythme joyeux sur son ventre rebondi : il fallait préparer du café pour tout le monde, il ne s'agissait pas de lambiner.

Seul Taketsuno mettait un frein à sa joie, gardant la tête froide ; perché au sommet d'un grand arbre, il scrutait les alentours. C'était précisément le moment de se méfier de leurs adversaires aux pouvoirs maléfiques. Tous ses sens étaient en alerte.

L'après-midi même, un puma fit son apparition. C'était un jeune spécimen, svelte et élancé, au pelage uniformément fauve. Sans montrer la moindre appréhension, il se présenta d'un pas vif, s'assit devant le Professeur et s'inclina avant de déclarer d'une voix claire :

– Gruon m'a demandé de venir. Il m'a expliqué l'affaire. J'espère pouvoir vous aider.

– Merci d'avoir fait le déplacement. Tu vaux cent mille renforts. Nous comptons sur toi.

Le Professeur, tout à fait remis, l'avait accueilli avec le sourire.

Le puma s'adressa aux membres de l'expédition :

– Je suis désormais l'un d'entre vous, merci de me réserver un bon accueil. Permettez-moi de me présenter : je m'appelle Pumarion. Mais mes amis de la forêt me surnomment Ogurô, parce que le bout de ma queue est noir.

Il dressa tout droit sa longue queue ; en effet, le pelage fauve virait au noir à son extrémité.

Il fut accueilli par des applaudissements. L'arrivée du jeune puma à la bravoure tranquille était un renfort considérable dans la lutte incertaine qui les attendait.

– Nous partirons demain matin. Nous aimerions aller sauver Sayuri sans tarder, mais nous ne pouvons pas nous permettre d'échouer. Il faut d'abord élaborer une stratégie solide, indiqua Yukimaru à ses camarades.

À l'idée qu'ils allaient se porter au secours de son amie, un frisson de joie et de hardiesse naissante traversa Ryûji.

Le vrai visage de la sorcière

Revenons un peu en arrière. Sayuri avait fait ses besoins dans la forêt, un peu à l'écart. Elle s'apprêtait à regagner le campement lorsqu'un délicieux parfum, comme elle n'en avait jamais senti, lui emplit les narines.

« Qu'est-ce que ça peut bien être ? » Elle se tourna vers la source de l'odeur : un animal brun, semblable à un gros chat, tenait dans sa gueule un rameau couvert de fleurs violettes. C'est d'elles qu'émanait cet arôme enivrant.

– Qui es-tu ? demanda-t-elle.

Le chat afficha un sourire et agita la branche fleurie serrée entre ses dents. Une fragrance indicible, grisante, emplit l'atmosphère.

D'un signe de tête, il invita Sayuri à le suivre et se mit en marche à petits pas pressés. Comme droguée, elle lui emboîta inconsciemment le pas.

Dans son sillage, elle consultait mentalement les pages de son encyclopédie de la faune d'Amérique latine, à la recherche de cet animal. « Ah, je sais ! C'est un jaguarondi. » Un félin carnivore des forêts tropicales d'Amérique du Sud, mince et élancé, non sans rappeler une loutre.

Lorsque le parfum se fut un peu évaporé, elle reprit ses esprits.

« Attention ! C'est un piège de la sorcière. Il faut que je rebrousse chemin. » À peine avait-elle eu cette pensée que le jaguarondi se retourna et secoua la tête. Les fleurs se balancèrent, embaumant les airs. Grisée, Sayuri le suivit.

La même chose se reproduisit trois fois de suite.

« Comment faire ? Il va sûrement m'emmener dans la Forêt obscure. Je dois m'enfuir, sinon ça va être terrible. »

Lorsque le parfum se dissipa un peu, elle tourna soudain les talons, prête à prendre la fuite. Le jaguarondi secoua aussitôt la branche.

Sayuri retint sa respiration et se mit à courir.

Le félin s'élança à sa poursuite, mais comme le parfum se répandait derrière lui, la fillette parvint à échapper à son pouvoir maléfique.

Elle avait pensé rebrousser chemin à toutes jambes, mais elle s'immobilisa au bout de quelques pas, le souffle coupé : devant elle se dressait un énorme serpent, d'une taille extraordinaire, sa gueule grande ouverte laissant dépasser une longue langue rouge. Son corps était vert sombre, presque noir, avec deux anneaux blancs autour du cou.

Un anaconda, dont on disait qu'il pouvait avaler un être humain. Elle avait cru que c'était un animal de légende, mais il existait bel et bien.

Le jaguarondi les avait rejoints ; il fit pleuvoir sur Sayuri une bonne dose du parfum des fleurs. Dans un nuage à l'odeur entêtante, elle perdit peu à peu connaissance.

– Voilà une fillette courageuse. Et perspicace. Sans ton intervention, elle m'aurait filé entre les doigts. Cela m'aurait valu un sermon de la vieille, râla le jaguarondi d'une voix désagréable, tout éraillée.

– Bien, on va l'enfermer dans une cage sur mesure. Après vous, jeune fille.

L'anaconda géant ricana en enroulant l'extrémité fine de sa queue autour de Sayuri, qu'il déposa sur son dos. Ensuite, il rabattit par-dessus elle les bords de la partie plate de sa queue, comme un tube.

Le jaguarondi sauta d'un bond sur son dos.

L'énorme reptile s'enfonça en glissant dans la Forêt obscure avec un chuintement à peine perceptible.

Là, le jaguar noir l'attendait, flanqué d'un congénère à ses ordres – un spécimen tacheté comme une panthère.

– Bien joué, Jururu. Mama-cuna sera contente. Quand la fillette reprendra conscience, tu la lui amèneras, ordonna-t-il au jaguarondi qui avait rempli sa mission.

Lorsqu'elle reprit ses esprits un peu plus tard, Sayuri était installée dans la salle d'audience d'un vieux bâtiment. Un trône couvert de pierres précieuses s'y dressait – le siège de la maîtresse des lieux, lui apprit-on.

Enfin, celle-ci apparut, vêtue d'une longue robe blanche.

– C'est Mama-cuna, lui apprit Jururu dans un murmure.

Un jaguar noir entra à sa suite et s'assit à ses pieds.

Tiens donc... se dit Sayuri. D'après le jaguarondi, cette femme était Mama-cuna. Alors, ce jaguar noir... S'agissait-il de la Mama-cuna et du jaguar noir qui servaient dans la cathédrale des morts du royaume de Nazca et que Zuguro avait grièvement blessés ? Non, c'était impossible. Elle évacua cette pensée.

Les prunelles de la femme brillaient d'une lueur rouge, tels des rubis. Elle avait le nez droit et une bouche rouge vif aux lèvres bien dessinées. Chaque mèche de sa longue chevelure de jais semblait douée de vie, comme des serpents qui se tortilleraient. Son diadème orné de gros diamants rouge pâle seyait parfaitement à ses cheveux noirs. C'était une femme d'âge mûr à la beauté ensorcelante.

Cette belle dame était donc une sorcière malfaisante ? Sayuri peinait à y croire. Cependant, son incrédulité fut balayée à l'instant où la femme tourna la tête pour donner un ordre : son profil était celui d'une vieille femme hideuse. Choquée, Sayuri détourna instinctivement le regard.

Le jaguar noir se distinguait par ses yeux d'un vert étincelant, comme deux émeraudes. Il en émanait une lueur d'une brutalité insondable. Son pelage noir, lisse comme du velours, donnait envie de le caresser.

– Tu es Sayuri, n'est-ce pas ? C'est bien ça ? lança Mamacuna.

Sa voix était celle d'une vieille femme, toute rauque.

– Oui, répondit Sayuri. Permettez-moi une question. Êtes-vous la Mama-cuna et le jaguar noir qui servaient autrefois dans la cathédrale des morts du royaume de Nazca et qui régnaient sur les Aclla-cuna ? Vous avez tous deux été blessés par une chouette boréale à tête noire. Vos blessures étaient graves, paraît-il, et je ne m'attendais pas à vous voir en vie... J'en conclus que vous êtes des imposteurs. Des usurpateurs qui se font passer pour Mama-cuna et son jaguar noir alors qu'ils sont morts, parce que vous fomentez un mauvais coup. Pourquoi m'avoir kidnappée ? Si le Professeur est venu jusque dans ces contrées reculées des Andes, c'est par pur intérêt scientifique. Nous ne sommes pas ici pour assouvir une curiosité historique ou archéologique, mais pour résoudre l'énigme de l'évolution des espèces. Nous serons sûrement émus de découvrir les descendants du royaume de Nazca, mais n'avons aucunement l'intention de le faire savoir pour devenir célèbres. Notre objectif, c'est de rencontrer le tatou géant qui vit peut-être à leurs côtés, et de lui parler. À mon avis, vous êtes des méchants qui se font passer pour Mama-cuna et le jaguar morts afin de faire main basse sur le royaume de Nazca. Ramenez-moi immédiatement auprès du Professeur. Et arrêtez de nous mettre des bâtons dans les roues.

Elle avait débité sa tirade avec assurance, le torse bombé.

Quand elle eut fini, Mama-cuna pouffa de rire derrière sa main. Après avoir ri tout son soûl, elle prit la parole, son visage soudain effrayant :

– Petite impertinente ! Tu oses me traiter d'usurpatrice et de méchante ? Tu mériterais d'être ligotée et de recevoir cent coups de fouet sur-le-champ, mais malgré ton impudence, je dois reconnaître ton courage. Tu pourrais peut-être m'être utile. Je ne refuserais pas de te prendre à mon service. Mais tu fais erreur sur un point fondamental. Loin d'être des imposteurs, le jaguar et moi-même sommes bien qui nous affirmons être. Je vais te dire pourquoi. Zuguro, cette espèce d'oiseau stupide, a commis une grave erreur. Il m'a lacéré la poitrine et il a fendu l'échine du jaguar, sans pour autant atteindre le cœur. Nous avons en effet failli mourir, mais tant que cet organe est intact, nous revenons à la vie. Pour nous condamner à la mort éternelle, le jaguar noir et moi, il faut nous arracher le cœur et l'enfermer dans une urne de plomb de la cathédrale des morts, avec notre âme. Après avoir erré quelque temps dans le pays des morts, lorsque notre cœur s'est remis à battre, nous avons pu regagner ce monde. Comprends-tu, petite effrontée ? Tu as affaire à la vraie Mama-cuna et au vrai jaguar noir. Ha ha ha !

Mama-cuna laissa échapper un rire plein de fiel et reprit la parole en jetant sur Sayuri un regard hautain :

– L'oiseau idiot est mon prisonnier. Notre objectif est de tuer le roi afin de placer le deuxième prince sur le trône.

Mais seule une formule magique connue uniquement du souverain et de l'oiseau idiot permet d'ouvrir les urnes royales. Je ne peux pas la demander au roi ; il me faut donc la soutirer à cet imbécile d'oiseau, mais il est têtu. Il refuse de parler, même sous les pires tortures. Il n'a pourtant rien à y gagner. Si nous t'avons amenée ici, petite impudente, c'est pour le faire parler.

– Je reconnais mon erreur. Je vois que vous êtes en effet la vraie Mama-cuna et son jaguar noir. Vous pouvez bien me demander de convaincre Zuguro de vous donner la formule magique, je n'y arriverai pas. Je ne dispose d'aucun argument et je n'ai pas un poids suffisant, protesta Sayuri.

Mama-cuna afficha un sourire glacial :

– Qui parle de le convaincre ?

– Comment comptez-vous faire ?

– Tu le comprendras bien assez tôt, et dans ta chair. Ha ha ha ! Ce n'est pourtant pas dans ma nature de tourmenter une mignonne petite fille comme toi. Grunelin, emmène-la. Passe-lui de solides chaînes aux pieds. Va la montrer à l'oiseau idiot. Ne la malmène pas, tu m'entends ?

Après lui avoir passé les fers au pied droit, un jaguarondi du nom de Grunelin pressa Sayuri de quitter la pièce.

Les chaînes pesaient lourd. Elles traînaient par terre dans un horrible cliquetis.

La fillette repensa à un personnage de prisonnier vu dans un film. Un gardien armé d'un fouet le frappait comme un cheval dès qu'il ralentissait le pas, entravé par ses lourdes chaînes.

« Me voilà dans la même position », songea-t-elle. Il y a quelques heures encore, jamais elle n'aurait imaginé se retrouver prisonnière. Tout de même, qui aurait cru que Mama-cuna et le jaguar noir étaient en vie, et qu'ils fomentaient un mauvais coup ? Elle aurait voulu prévenir immédiatement le Professeur et Ryûji, mais c'était impossible maintenant qu'elle était emprisonnée. Sans doute ses compagnons allaient-ils pénétrer dans la Forêt obscure à sa recherche. Ne risquaient-ils pas de tous tomber entre les mains de Mama-cuna ? Un frisson d'inquiétude la traversa ; elle s'apitoya sur son propre sort et le désespoir la gagna.

– Dépêche-toi donc, grogna le jaguarondi en lui fouettant les mollets.

Instinctivement, elle accéléra le pas.

Plusieurs coups de fouet plus tard, Sayuri avait repris du poil de la bête.

« Pfff, vas-y, frappe-moi si ça te chante. Si tu crois que je vais me laisser abattre… Le Professeur et les autres vont se porter à mon secours. Il suffit de les attendre. »

– Veux-tu voir Zuguro ? demanda son gardien.

– Bien sûr. C'est pour cela que nous sommes ici. Quelle question stupide ! rétorqua Sayuri.

– Effrontée ! Bientôt, tu feras moins la fière. Nous y voici. Tu n'as pas intérêt à raconter n'importe quoi à cet imbécile d'oiseau.

La porte d'un cachot aux murs de pierres s'ouvrit sur Zuguro, les fers aux pattes. Son beau plumage blanc était souillé et tout ébouriffé, et il était blessé à la tête. Émacié, il était tellement affaibli qu'il peinait à rester assis.

– C'est donc toi, Zuguro. Enchantée. Mon pauvre, tu as subi des tortures terribles. Je m'appelle Sayuri. Le Professeur est tout près. Ryûji et Yukimaru aussi, ainsi que toute la maisonnée. Ils vont venir à notre secours, il faut être patient...

– Tais-toi ! Pas un mot de plus, fit Grunelin en tirant sur sa chaîne.

– Merci Sayuri. Ce sont d'affreux méchants sans pitié. Sois prudente. Mama-cuna...

– La ferme, imbécile ! Taisez-vous, je vous dis.

Le fouet du jaguarondi claqua sur les pattes de Zuguro. Celui-ci s'effondra et cacha sa tête sous ses ailes. Il cherchait à se protéger des coups.

– C'est fini. Vous vous reverrez demain. Tu comprendras pourquoi on t'a amenée ici.

Ils quittèrent le cachot de Zuguro, Grunelin poussant Sayuri devant lui.

Le supplice

Sayuri fut jetée dans un autre cachot, les fers aux pieds. Il n'y avait qu'une lucarne en hauteur et aucune possibilité de prendre la fuite. Une couchette sommaire était installée contre un mur.

Près de la lourde porte était aménagée une ouverture par laquelle on lui fit passer son dîner. Trois pommes de terre bouillies et couvertes de sauce tomate, avec une cruche remplie d'eau. Comme condiment, cinq piments rouges alignés dans l'assiette. Écartant les piments si forts qu'une bouchée suffisait à vous mettre le palais en feu, elle avala les pommes de terre pour apaiser sa faim et but à grands traits.

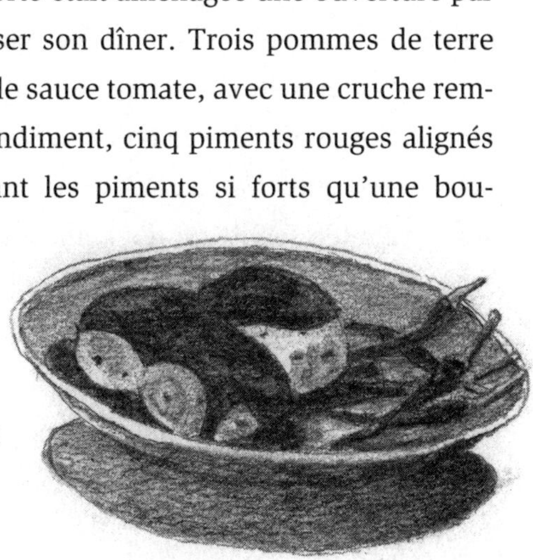

Les ténèbres de la nuit emplirent jusque dans ses moindres recoins l'étroite cellule où elle attendait, solitaire. Un rayon de lune filtrait par la lucarne, c'était mieux que rien.

Sayuri se sentait démunie. Que lui réservait le lendemain ? D'après Mama-cuna, on l'avait enlevée pour faire avouer la formule magique secrète à Zuguro… Le profil maléfique de la sorcière était un mauvais présage qui l'inquiétait fortement. Elle chercha à tâtons la couchette pour s'y allonger.

Exténuée, sans plus une once d'énergie, incapable de réfléchir davantage, elle gisait immobile sur le bat-flanc, comme morte ; elle finit par sombrer dans un profond sommeil.

Un gazouillis d'oiseaux la réveilla. La pénombre régnait encore dans sa cellule. Quelques rais de lumière pénétraient en éventail par la lucarne.

Le petit-déjeuner lui fut servi par l'ouverture. Du thé maté, du pain sec et des fruits. Peut-être parce qu'elle avait dormi comme un loir, elle était en pleine forme, à la différence de la veille. Elle dévora son repas et exécuta quelques mouvements de gymnastique. Pas question de se laisser abattre par l'adversité – c'était le sentiment qui l'animait, de la tête aux pieds.

À chaque pas, ses chaînes cliquetaient bruyamment, impitoyable rappel de son statut de prisonnière, mais elle n'y prêtait plus guère attention.

Jururu le jaguarondi ouvrit la porte et fit sortir la fillette. Il attacha une corde à ses chaînes pour la guider.

En haut d'un escalier de pierre s'étendait une petite esplanade. Jururu lui ordonna d'attendre là.

Une porte de l'autre côté de la place s'ouvrit, laissant passer Zuguro, les pattes entravées. On le fit asseoir à cinq mètres environ de Sayuri.

Le jaguar noir fit son apparition. D'une voix grave aux intonations déplaisantes, il s'adressa à la chouette :

– Zuguro, aujourd'hui tu vas révéler la formule magique qui ouvre l'urne en or de la cathédrale des morts. Sinon, Sayuri souffrira. Si tu trouves cela injuste et que tu as pitié d'elle, parle. Vous serez alors tous deux libres. Tu comprends ? Je t'écoute.

Zuguro secoua la tête.

Le jaguar gronda, imposant :

– Impudent ! Parle, je te dis.

– Non, refusa nettement Zuguro.

– Le fouet ! hurla le jaguar noir.

Avec un claquement sec, le jaguarondi gardien assena un coup de fouet sur le dos de Sayuri. Elle serra les dents.

– Alors, Zuguro, tu comprends ? Plus tu garderas le silence, plus elle souffrira. Parle !

Zuguro secoua la tête en silence.

Clac ! Clac ! Le fouet retomba deux fois sur le corps de Sayuri. Elle gémit, les paupières serrées, mais supporta les coups.

À la dixième reprise, elle faillit perdre connaissance de douleur. Sur le point de sombrer, elle entendit la chouette pousser un cri déchirant :

– Stop ! Arrêtez, je vais tout dire !

L'esprit embrumé, Sayuri se fit violence pour crier :

– Ne parle pas ! Ce n'est rien, je vais tenir le coup. Zuguro, garde le silence !

Le fouet claqua. Elle s'évanouit.

Lorsqu'elle reprit connaissance, elle gisait sur la couchette de sa cellule. Elle avait la tête lourde et son dos la brûlait.

Elle but un verre d'eau. L'esprit plus clair, elle examina les traces laissées par le fouet. Ses flancs étaient striés de boursouflures douloureuses. Elle ne voyait pas son dos, sûrement en piteux état.

Que lui arriverait-il le lendemain ? Y penser l'effrayait, mais elle était encore animée de la volonté de ne pas plier. Elle commençait à comprendre la tactique de l'adversaire. Zuguro ne devait surtout rien avouer. Il avait enduré les pires souffrances. Mama-cuna, comprenant qu'il ne parlerait pas, avait eu recours à un stratagème méprisable : torturer Sayuri sous les yeux de la chouette. Sans doute espérait-elle que la fillette, incapable de résister aux coups de fouet, s'avouerait vaincue au bout de deux ou trois fois et supplierait Zuguro de livrer la formule magique. Et si, au contraire, elle résistait, l'oiseau en souffrirait plus que dans sa propre chair et finirait par parler pour la sauver.

– C'est ce qu'on va voir, ricana-t-elle entre ses dents.

Et pourtant... Tout à l'heure, déterminée à ne pas craquer, elle avait rassemblé toutes ses forces malgré la douleur pour stopper Zuguro. Mais les adversaires ne renonceraient pas si facilement. Ses souffrances risquaient d'empirer. Et si elle cédait face à la douleur et le laissait parler... Comment faire ? Perdue, elle plongea la main dans sa poche.

Ses doigts rencontrèrent un objet. Aussitôt, un frisson la parcourut. C'était le magatama des ancêtres de Yukimaru. « En cas de besoin, il te servira sans doute », avait dit Père Kazé. Les yeux de Sayuri ne quittaient plus le jaspe rouge, comme aimantés.

Un éclair de lucidité la traversa.

Si Zuguro parlait, ils seraient tous les deux exécutés. Du point de vue de l'adversaire, ils n'auraient plus aucune utilité une fois l'objectif rempli. Leur rendre la liberté, c'était s'exposer à une vengeance inévitable. Sayuri serait peut-être épargnée, comme otage pour obtenir la reddition du Professeur et de sa troupe. Mais il n'y avait aucune raison de laisser la vie sauve à la chouette. Ses aveux signeraient son arrêt de mort, c'était certain.

Sa décision était prise. « Je dois résister à la torture. Et il faut à tout prix que je prévienne Zuguro, que je lui dise que s'il avoue, il est mort. »

Le lendemain, sous la houlette de Jururu le jaguarondi, Sayuri fut emmenée sur la même esplanade que la veille. Zuguro était assis à sa place. Il posa un regard triste sur la fillette. Désolé de te faire souffrir – ses yeux demandaient pardon.

C'était le moment ou jamais de lui révéler ses conclusions de la veille.

– Zuguro, quoi qu'il arrive…

À peine avait-elle ouvert la bouche que le fouet lui laboura le dos.

– Pas un mot, je te l'ai déjà dit. Tu es obstinée ; aujourd'hui, nous serons moins cléments.

En même temps que le jaguar noir parlait, le jaguarondi gardien abattit une nouvelle fois son fouet. Les blessures de la veille se rouvrirent dans un éclair de douleur. Sayuri grimaça mais, les dents serrées, elle endura.

– Quelle tête de mule ! Alors ?

L'ignoble jaguar noir ordonna au gardien de recommencer.

Au moment où celui-ci levait le bras, Zuguro cria :

– Stop ! Arrêtez, je vous en supplie. Je ne supporte plus de la voir souffrir. Arrêtez !

Sans craindre les coups, Sayuri hurla de toutes ses forces :

– Zuguro ! Si tu parles, ils nous tueront tous les deux ! Résiste ! Je ne céderai pas !

Clac ! Le bruit du fouet qui s'abattait sur son dos retentit.

La chouette, prostrée, avait enfoui sa tête sous son aile pour se boucher les yeux et les oreilles. C'était la seule réponse qu'elle pouvait offrir à la fillette. Rassurée, Sayuri se sentit défaillir ; elle s'effondra sur place.

On l'avait ramenée dans sa cellule. Elle tourna vers le mur son corps meurtri.

Le même traitement l'attendait-il le lendemain ? Ou bien serait-ce encore pire ? L'envisager la terrifiait. Demain était un autre jour, elle essayait de ne pas y penser, mais elle s'en voulait de sentir sa détermination faiblir peu à peu.

Repensant au magatama, elle fouilla sa poche. La sensation de la pierre froide sous ses doigts parut apaiser ses douleurs. Bientôt, une volonté de vivre renouvelée jaillit en elle. Le Professeur et Ryûji viendraient à son secours, c'était certain. Ils vaincraient l'affreuse Mama-cuna et ses compagnons. Il suffisait d'attendre.

Sayuri s'adressa au magatama qu'elle avait tiré de sa poche :

– Cher magatama, n'est-ce pas que j'ai raison ? Ils vont venir m'aider, c'est sûr.

Il lui sembla que la pierre avait soudain brillé.

Son dîner lui fut servi par l'ouverture près de la porte. Comme s'il lui fallait prendre des forces pour la route encore longue, du jambon et une saucisse accompagnaient des pommes de terre cuites à la vapeur, ainsi que du thé noir fumant.

Sayuri n'avait pas d'appétit. Elle aurait bien voulu boire le thé, mais elle n'avait pas la force de se traîner jusqu'à l'ouverture dans le mur. Au moindre mouvement, son corps entier la faisait souffrir.

La nuit tomba. La lucarne laissait entrevoir quelques étoiles. C'était son seul réconfort. Tout en résistant à la douleur, seule sur sa couchette, elle se demandait pourquoi un tel traitement lui était réservé – le ressentiment la traversait parfois. Mais ce n'était que passager.

Elle avait envie de retrouver ses compagnons. « J'aimerais tellement vous revoir », songeait-elle, les larmes aux yeux. Kikki et Horaji, qui se disputaient souvent à cause des mensonges de la loutre : même leurs disputes lui manquaient. Il était hors de question qu'elle meure ici, décida-t-elle. Elle continua à serrer les dents malgré la douleur atroce.

L'aube arriva. Un rayon de soleil pénétra par la lucarne, apportant une bouffée d'air frais. Sayuri avait moins mal, peut-être parce qu'elle était restée immobile.

Un colibri apparut à la fenêtre. Il restait devant, en vol stationnaire, à gazouiller sans relâche. Il semblait avoir quelque chose à dire. Mais elle ne comprenait pas son langage.

Elle lui sourit. Comme pour lui signifier qu'il avait compris, l'oiseau effectua une pirouette et disparut.

Un peu plus tard, il revint avec une fleur blanche au bec. Il la laissa tomber par la lucarne et se remit à pépier de toutes ses forces.

« Tiens, c'est un message du Professeur. Le colibri est venu me l'apporter. Je suis sûre qu'il m'annonce son arrivée prochaine. Encore un peu de patience. »

Avec un sourire, elle hocha la tête en direction de l'oiseau.

Il battit des ailes à toute vitesse comme pour exprimer son assentiment, pépia quelques mots et disparut.

Sayuri se sentit le cœur plus léger. Elle sortit le magatama de sa poche et le serra dans son poing. Avoir de l'espoir, comme c'était beau !

Elle traîna ensuite son corps meurtri vers l'ouverture dans le mur pour avaler le dîner de la veille. Il fallait reprendre des forces : c'était ce que lui dictait son instinct de survie.

CHAPITRE 3

Grumpflon

Sayuri était vivante – la nouvelle les avait réjouis – et Ogurô participerait à son sauvetage. Le lendemain matin de l'arrivée du jeune puma, un colibri rendit visite aux membres de l'expédition ; Belkahaya le tchitrec lui avait demandé de rechercher la fillette.

Elle était prisonnière de la sorcière de la Forêt obscure, enfermée dans une cellule, leur rapporta-t-il. Apparemment, elle était incapable de marcher. On la soumettait à de terribles tortures. Comme ils ne pouvaient pas communiquer, il avait jeté une fleur blanche par la fenêtre du cachot pour lui signifier que le Professeur et ses compagnons viendraient bientôt la sauver. Elle semblait avoir compris. Elle était exténuée, il fallait se porter à son secours sans tarder, conclut l'oiseau.

En l'écoutant, le Professeur s'assombrit. Ils devaient partir au plus tôt. Néanmoins, une bonne préparation s'imposait pour affronter la Forêt obscure. Yukimaru proposa :

– Comme l'a recommandé Gruon, commençons par rencontrer le vieux Grumpfon pour apprendre comment vaincre le serpent géant.

Au même moment revinrent Paul et Kikki, partis enquêter sur la Forêt obscure. Atterrés d'apprendre que Sayuri avait été capturée, ils se proposèrent pour guider la troupe.

Sous leur conduite, ils gagnèrent la rivière qui émergeait de la Forêt obscure et en remontèrent le cours, comme indiqué par Gruon. Ils trouvèrent rapidement le grand arbre.

Paul grimpa jusqu'au sommet, à plus de quatre-vingts mètres, d'où il agita un mouchoir blanc.

Sous ses yeux s'étendait à perte de vue la canopée d'un vert dense de la forêt tropicale. Ici et là un grand arbre perçait le toit de verdure qu'il dominait. Sur l'un d'entre eux, au loin, était perché un toucan au bec jaune bien trop gros pour son petit corps. Mis à part les plumes blanches qui lui couvraient le poitrail, sa robe était entièrement noire. Ces oiseaux-là vivent en couple ; ils étaient d'ailleurs deux à occuper la même branche, en bonne entente. Comme en réponse au mouchoir blanc brandi par Paul, ils hochèrent la tête deux ou trois fois.

D'où Grumpfon le keron observerait-il le signal ? La question intriguait Paul, qui s'appliquait à faire en sorte que le mouchoir blanc soit bien visible de partout.

Une heure s'écoula. Il ne se passait rien. Paul, fatigué, attacha le mouchoir à une branche pour prendre un peu de repos.

– Tu as reçu une réponse ? demanda Yukimaru d'en bas.

– Non, rien du tout. Je fais une pause, répondit-il.

Il se pelotonna sur la fourche d'une branche.

Tous s'impatientaient.

Ryûji interrogea Yukimaru :

– Il a vraiment dit d'agiter un drapeau blanc ? Dans une forêt si dense, le feuillage cache totalement le ciel et la cime des grands arbres. Si l'on n'est pas au-dessus de la canopée ou en haut d'un autre arbre, on ne risque pas de voir quoi que ce soit. En prime, les keron sont des animaux nocturnes. En journée, ils dorment, n'est-ce pas ? Yukimaru, tu es sûr que c'est bien ce que Gruon a dit ? Je ne pense pas qu'il cherche à nous berner, mais…

– Il n'y a pas d'erreur. Je ne suis pas seul, Kurokoma et Taketsuno aussi ont entendu les mêmes explications. Mais c'est bizarre.

Même Yukimaru était bien embêté. Ryûji n'avait pas tort. Pourquoi ne leur avait-on pas dit de l'appeler ? Leur voix aurait été entendue dans toute la forêt.

– Taketsuno, va rejoindre Paul, pour voir où il en est. Peut-être la réponse est-elle donnée par un biais particulier, suggéra le Professeur.

Le corbeau s'envola aussitôt vers la cime de l'arbre.

– C'est bien, Paul. Continue à agiter le drapeau blanc. J'observe les alentours.

Paul secoua le mouchoir de toutes ses forces.

L'un des toucans entrouvrit son énorme bec.

– Les toucans, là-bas, sont intéressants. L'un des deux a un peu remué son bec, n'est-ce pas ? C'est peut-être un signe pour dire qu'il a compris. On va voir ça.

Sur ces mots, Taketsuno se percha au bout d'une branche, de sorte à être bien en vue.

Il ouvrit et referma son bec tout en remuant la tête de haut en bas et de gauche à droite.

Les toucans l'imitèrent.

– J'ai compris. Ce sont des guetteurs. Ils disent qu'il arrive bientôt, commenta brièvement Taketsuno avant de redescendre auprès du Professeur, à qui il donna des explications en faisant claquer son bec.

– J'ai échangé par ultrasons avec deux toucans qui font le guet, postés sur un grand arbre au loin. D'après eux, le vieux Grumpfon arrive bientôt.

Le Professeur et ses compagnons étaient à la fois rassurés et nerveux.

Au même moment, un cri rauque s'éleva et le vieux Grumpfon apparut. Il avait le visage entouré de poils blancs et son corps svelte était entièrement recouvert d'un pelage presque blanc. Il paraissait très âgé. L'air ensommeillé, il était visiblement de mauvaise humeur.

– Quelle impertinence, me réveiller en pleine journée ! J'ai été très occupé la nuit dernière et je dormais à poings fermés. Que voulez-vous ? Expliquez-vous vite, que je puisse retourner me coucher.

– Nous sommes désolés de vous importuner. Permettez-nous tout d'abord de vous présenter nos excuses pour ce réveil impromptu.

Le Professeur, qui avait fait un pas en avant, s'inclina poliment.

– Gruon vous a certainement prévenu… reprit-il, mais Grumpfon l'interrompit :

– Oui, il a marmonné quelques mots à ce sujet. Je ne parle qu'aux personnes en qui j'ai confiance – j'en ai vu défiler, des humains cupides qui cherchaient l'Eldorado. Il faut être d'une avidité sans bornes pour s'enfoncer si loin dans la forêt. Alors, que me voulez-vous ? Vous êtes accompagné d'animaux comme je n'en ai jamais vu, répondit mollement Grumpfon en scrutant l'assemblée de ses grands yeux.

Il grommelait, mais son regard perçant soupesait chacun d'entre eux, comme pour les évaluer, pensa Ryûji. Lorsque ses yeux se posèrent sur lui, cela le frappa. Le vieux singe jouait les vieillards, mais il avait des ressources.

Touvabien prit les choses en main.

– Monsieur Grumpfon, je suis un bonobo, un primate africain du nom de Touvabien. L'opinion scientifique est qu'il n'existe pas de primates en Amérique latine, mais vous en êtes un, et nocturne en plus ; cela fait de vous une espèce rare et précieuse parmi les grands singes du monde entier.

C'est un grand honneur de rencontrer un ancien aussi sage que vous.

Les traits du vieux Grumpfon, malgré son air acariâtre, se détendirent un peu.

– Tourne-toi, pour voir.

Touvabien s'exécuta sans protester.

– Tiens, tu n'as pas de queue. Ton derrière est bien celui d'un primate. Mais pourquoi habites-tu au Japon bien que tu sois né en Afrique, et que fais-tu ici ?

– Je vous remercie pour cette excellente question. Si je vous raconte mon histoire, je pense que vous ferez confiance au Professeur et à ses compagnons. Je vivais dans une forêt tropicale reculée d'un pays d'Afrique qu'on appelle le Congo. J'avais un an quand des braconniers sont venus. Ils capturaient des bébés bonobos pour les vendre très cher à des trafiquants. Les mères luttent de toutes leurs forces pour protéger leur progéniture, alors ils les abattent d'un coup de fusil pour s'en emparer. Dans ma tribu, huit femelles avaient des petits. Ma mère fut tuée d'abord, c'était moi leur première prise. C'est à ce moment que Père Kazé – c'est ainsi qu'on appelait le Professeur à l'époque – est arrivé ; il a mis en fuite les braconniers et m'a sauvé. Sans son intervention, les autres mères auraient connu un sort terrible. Il m'a emmené au Japon, où j'ai grandi. J'avais un an et je tétais encore le sein maternel, m'élever n'était pas facile. J'ai été confié à un de ses amis, un vétérinaire pédiatre qui a pris soin de moi. Les animaux ici présents ont tous été sauvés par Père Kazé ou ont décidé de lui consacrer leur vie, séduits par sa personnalité. Je pense que vous avez compris que vous pouvez nous faire confiance. Voici un cadeau du Japon. Gruon nous a dit que vous aimiez les sucreries : c'est ce qu'on appelle du chocolat.

Kurokoma adorait le chocolat, dont il avait fait des réserves en cachette. Cela s'avérait utile – le cheval en était à la fois content et un peu contrarié.

– C'est un beau cadeau. À vrai dire, j'en ai déjà mangé une fois, et ça ne s'oublie pas. J'en prendrais volontiers un. Hum, c'est délicieux. Un vrai remède miracle.

Grisé, le vieux singe ne fit qu'une bouchée d'un premier bonbon au chocolat. Puis d'un deuxième.

– Ça m'a réveillé, j'ai l'esprit moins embrumé. J'y vois clair. Vous êtes des gens bien ; je vais vous faire confiance. Je sais pourquoi vous êtes venus jusqu'à la Forêt obscure, Gruon me l'a expliqué. Il faut sauver la jeune fille au plus tôt. Elle est soumise à de terribles supplices qui l'ont beaucoup affaiblie. Il sera temps de secourir la chouette ensuite. La sorcière est un adversaire de taille, dont vous ne viendrez pas à bout avec des méthodes communes. Il faut la prendre par surprise, préparer une attaque éclair. Alors…

Tout en marmonnant dans sa barbe, le vieux Grumpfon farfouilla dans la montagne de chocolats.

– Tiens, celui-là est au brandy, remarqua-t-il en l'enfournant dans sa bouche. Délicieux. Ça me donne des idées. J'en reprendrais bien un. À la tequila, peut-être ? À quoi est-il, celui-là ? Hum, très bon.

Le vieux singe mastiqua un moment, savourant le bonbon, avant d'annoncer d'un air ravi :

– Kurokoma, bravo ! Tes chocolats m'ont donné une idée lumineuse. Même avec le puma, vous manquez de force de frappe. Je me demandais comment vous pourriez gagner, et grâce à ce chocolat... sans doute au saké... C'est bien entendu la première fois que j'y goûte, mais cette drôle de saveur a fait jaillir une drôle d'idée dans mon esprit. Voilà une expérience nouvelle qui a stimulé une partie inutilisée de mon cerveau, m'inspirant une idée originale qui ne m'aurait jamais effleuré autrement. Cette idée, c'est un peu comme une histoire fantastique qu'on va essayer de rendre réelle. Restera-t-elle du domaine de la fiction ou deviendra-t-elle réalité, cela ne tient qu'à vous, en fonction de votre capacité à saisir la part de réalité contenue dans la fiction. Ha ha ha, on va bien s'amuser !

« Passons aux choses sérieuses : la démarche normale serait d'envoyer d'abord un messager demander une audience à Mama-cuna. Son palais, protégé par une solide enceinte de pierres et un réseau de sortilèges, comme un maillage de fils électriques invisibles, est impénétrable. Il faut obligatoirement passer par la porte principale, étroitement surveillée. Votre messager devra s'adresser au garde, puis attendre une réponse. Mama-cuna étant soupçonneuse, elle le fera patienter plusieurs jours pendant lesquels elle utilisera ses pouvoirs pour se renseigner sur vous. Peut-être prétextera-t-elle être trop occupée et serez-vous reçus par le jaguar noir à la place. C'est un être terriblement rusé. Il faudra s'en méfier !

« Mais j'ai une meilleure idée que cette banale demande d'audience, une suggestion qui vous vaudra d'être reçus sans délai. Que dis-je, une meilleure idée, c'est un plan de génie, oui ! Le Professeur monté sur Kurokoma et suivi de tous ses compagnons viendra se planter devant le palais où il criera haut et fort son nom, puis celui de son interlocutrice, et il demandera une audience, insistant pour qu'on lui ouvre les portes.

« À ce moment-là, l'important sera de ne pas prononcer les mots “Mama-cuna” ou “jaguar noir”. Il faudra les appeler tous les deux par leur vrai nom, avec aplomb. C'est la règle quand une personne de haut rang se présente. Ainsi, ils devront vous recevoir suivant le cérémonial réservé aux visiteurs de marque – tous les habitants du château viendront former une haie d'honneur derrière les portes pour vous accueillir. Il paraît que vos ancêtres, Professeur, étaient de grands seigneurs du pays de Yamato. Adoptez toute la morgue et l'assurance d'un puissant et écrasez-les de votre importance. »

– Je commence à voir où vous voulez en venir. Mais quels sont les vrais noms de Mama-cuna et du jaguar noir ? demanda le Professeur en regardant Grumpfon droit dans les yeux, sans ciller.

– Ah oui, j'ai oublié de vous donner cette information importante. C'est que vous ne connaissez pas le fonctionnement du royaume de Nazca. Mama-cuna n'est pas le nom mais le titre de la vieille femme chargée de surveiller les vierges du soleil, les Aclla-cuna au service du palais. Elle s'appelle en réalité Noccheline, et le jaguar noir c'est Junga-junga. Il est aussi surnommé simplement Junga. L'anaconda géant a pour nom Ananpi.

– Pourquoi le Professeur doit-il se présenter sur le dos de Kurokoma ? Devant quelqu'un de haut rang, la courtoisie veut qu'on mette pied à terre, me semble-t-il… intervint Yukimaru.

– Ha ha ! Tous les Incas le savent… pouffa Grumpfon. C'était en 1532. Une année qu'ils n'oublieront jamais. Le général espagnol Pizarro, arrivé avec à peine deux cents hommes, a capturé l'empereur Atahualpa pratiquement sans rencontrer aucune résistance. Afin d'obtenir sa propre libération, le souverain a versé comme rançon l'équivalent d'une pièce pleine d'or, et le double d'argent, en vain ; il a été exécuté l'année suivante. Pourquoi, alors qu'il disposait d'une armée de plusieurs milliers d'hommes, Atahualpa a-t-il été vaincu si aisément ? À cause des fusils et des chevaux de l'armée espagnole.

« Chez les Incas, une prophétie ancienne affirme que la nation en danger sera sauvée par un messager divin, un homme blanc monté sur un cheval. Quand Pizarro est arrivé sur sa monture, Atahualpa n'a pas su quoi penser. Il était incapable d'imaginer que le cavalier censé sauver son pays causerait sa perte. Cela ne pouvait être qu'un malentendu. C'est dans cet état d'esprit qu'il s'est avancé pour dialoguer ; les fusils des Espagnols ont alors soudain craché du feu. En un clin d'œil, de nombreux soldats furent tués et l'empereur capturé. Voilà comment, dans les faits, l'empire inca s'est effondré.

« La légende reste vivace. Même après cet échec cuisant qui a instillé en eux la peur des cavaliers, la croyance en cette histoire ancienne est toujours ancrée parmi la population. La sorcière n'y voit sûrement qu'une superstition dont elle se moque. Mais si aujourd'hui un étranger monté sur un cheval noir faisait soudain son apparition et l'appelait par son propre nom – connu seulement d'un tout petit nombre de personnes – les brumes du doute l'envelopperaient à coup sûr un instant : et si c'était vrai ? Il faudra prendre avantage de cette hésitation. »

Grumpfon avait parlé d'une traite. Il bâilla à s'en décrocher la mâchoire.

– J'ai sommeil et j'ai trop parlé. Je vais vous laisser…

– Un instant ! s'écria le Professeur en le retenant. Je vous remercie. Nous allons concentrer nos forces sur ce combat décisif, mais accordez-moi encore quelques minutes, s'il vous plaît, pour une dernière question. C'est à propos d'Ananpi. Je ne sais pas quelle stratégie adopter dans son cas. Je vous en prie, n'auriez-vous pas une suggestion ? Gruon m'a conseillé de vous en parler parce que vous savez tout de la Forêt obscure. Résistez encore un peu au sommeil et enseignez-moi votre arme secrète. Kurokoma, s'il te reste du chocolat, offre-le à Grumpfon.

Le cheval secoua sa crinière ; une dizaine de bonbons en jaillit.

– Ceux-là, je les avais gardés pour reprendre des forces, mais j'en fais don à M. Grumpfon, déclara-t-il d'un air contrit.

– Merci beaucoup. Je les emporterai avec moi dans l'autre monde. Parce qu'il ne me reste plus très longtemps à vivre. Recevoir mon mets préféré pour le grand départ est le plus grand des bonheurs. J'accepte avec gratitude. Le brandy auquel je n'avais pas goûté depuis longtemps m'a donné sommeil et j'ai failli oublier le plus important.

« Je ne vois parmi vous personne susceptible de tenir tête à ce serpent monstrueux. Les crocs d'Ogurô le puma sont capables de briser les os d'un lama, mais ils ne laisseront pas même une égratignure sur ces écailles pareilles à de l'acier. Si Yukimaru était doté de pouvoirs exceptionnels, ce serait différent, mais j'ignore si c'est le cas. Je connais une seule arme secrète capable de vaincre ce monstre de serpent.

Son maniement un peu particulier n'est pas à la portée de tout le monde. »

– Laissez-moi m'en occuper, plaida Ryûji. J'apprendrai même les choses les plus difficiles. Je veux sauver Sayuri, fût-ce au prix de ma propre vie. Qu'est-ce que c'est, cette arme secrète ?

Son air grave traduisait sa détermination.

– Hum, tu as du cran, ça me plaît. Mais une arme secrète doit le rester, par définition. Sinon, ce ne serait plus un secret et l'ennemi finirait par en avoir vent. Et puis, ce n'est pas exactement une arme, car elle ne sert pas à blesser l'adversaire. Pas plus qu'on ne peut apprendre à s'en servir. Seuls ceux qui en sont dotés dès la naissance y arrivent, c'est inné. Toi, Ryûji, je note ton enthousiasme, mais en l'occurrence, tu vas devoir céder la place à un autre. Fort heureusement, il y en a un parmi vous qui est capable de manier cette arme secrète.

Sur ces mots, Grumpfon promena son regard sur l'assemblée. Tous l'avaient écouté avec un grand sérieux ; ils se dévisagèrent les uns les autres : de qui s'agissait-il ?

Les yeux sur l'assistance silencieuse, le vieux keron tendit un doigt, son visage sévère :

– C'est toi. Tu en es capable. Toi, là, le petit avec l'air benêt.

Celui que le vieux singe séculaire, fort des pouvoirs mystérieux de la forêt, avait ainsi désigné, c'était Goppé.

La belette, ébahie, lança quelques coups d'œil autour d'elle et demanda, envahie par le doute :

– Euh, moi ? Vous êtes sûr ?

Tous les autres s'étaient tournés vers elle, stupéfaits.

Ravi de son effet, Grumpfon répondit avec un sourire :

– Oui. Comment t'appelles-tu ?

– Goppé. Goppé la belette, marmonna timidement celle-ci.

– Goppé ? Viens ici. Vous tous, reculez d'un pas ou deux. Cette conversation doit rester secrète.

Goppé, malgré sa nervosité, avança d'un pas vif.

– Approche ton oreille. C'est un secret que tu dois être le seul à entendre.

Grumpfon se baissa pour chuchoter, sa bouche presque collée à l'oreille de la belette.

Alors qu'il parlait, il éclata soudain de rire. Goppé le regarda, interloqué.

Yukimaru, n'y tenant plus, demanda :

– Que se passe-t-il ? Goppé a-t-il dit quelque chose de bizarre ?

– Mais non ! rétorqua aussitôt la belette. Je n'ai pas ouvert la bouche. J'écoute de toutes mes oreilles.

– Pardon, dit Grumpfon en étouffant un rire. Je n'ai pas pu m'empêcher de rire en imaginant la tête désespérée d'Ananpi lorsque Goppé utilisera son arme secrète. Warf warf warf !

Tout le monde avait été tendu, soucieux de ne pas déplaire au vieux sage qui représentait leur unique chance de sauver Sayuri ; quand ils entendirent son drôle de rire, la tension les quitta.

Grumpfon, son sérieux retrouvé, continua de chuchoter à l'oreille de Goppé.

Celui-ci hochait de temps à autre la tête d'un air pénétré.

– Voilà, je t'ai tout dit. Tu as compris ? demanda le vieux singe.

– Oui. C'est bon. Au début, c'était tellement surprenant que je me suis demandé si vous vous moquiez de moi, mais tout s'est subitement éclairci, comme un rayon de soleil qui déchire les nuages. C'est une excellente idée et je me sens capable de la mettre en œuvre. Je m'en charge. Je réussirai, c'est promis. Merci beaucoup.

Rayonnant d'espoir, Goppé exécuta une petite courbette.

Grumpfon, satisfait, s'adressa au Professeur :

– Vous êtes bien entouré, vous êtes un homme chanceux. Je sais que vous allez unir vos forces pour affronter cet obstacle, mais laissez-moi vous donner un dernier conseil : votre adversaire est exceptionnel. Personne ne peut imaginer quels maléfices vous devrez combattre. Et la tactique que je viens de vous enseigner est un coup de poker. Mais c'est la seule qui me vienne à l'esprit, et sans doute l'unique à votre disposition. Tout repose sur les premières minutes : il faut que les portes du palais s'ouvrent sur Noccheline et ses serviteurs réunis en une haie d'honneur pour vous accueillir, comme nous l'espérons. Sinon, tout est perdu. Professeur, si vous ratez votre entrée en matière, c'est fichu. Mettez votre âme entière dans chaque mot, parlez avec force. Faites-vous ouvrir les portes devant vos ennemis alignés et ensuite, battez-vous vite et bien. Si le combat s'éternise, vous perdrez. Allons, j'ai vraiment sommeil. C'est que je dormais à poings fermés quand vous m'avez réveillé. Je retourne me coucher car une nuit bien occupée m'attend. Je prie pour votre victoire. Adieu !

Grumpfon disparut prestement, comme par enchantement.

La bataille

Ils auraient eu encore quelques questions à lui poser et des remerciements à lui adresser, mais c'était trop tard. Tous se réjouissaient d'avoir pu apprendre en dernier comment combattre Ananpi, alors que ni le Professeur malgré toute son expérience, ni Yukimaru malgré tout son savoir n'avaient la moindre idée de la façon de vaincre le serpent géant.

Une réunion stratégique fut aussitôt convoquée. La tactique du chocolat avait permis de faire parler le vieux singe grincheux. Les chocolats que Kurokoma avait apportés en cachette pour son usage personnel avaient été sacrément utiles ! Chacun remercia le cheval tout gêné.

La manœuvre enseignée par Grumpfon n'était connue que de Goppé. Et il avait dit qu'il s'agissait d'un pari. L'inquiétude assombrit les visages. Ryûji s'accrocha au regard à Yukimaru qui affichait un air grave, concentré.

Yukimaru cogitait. Malgré l'arme secrète fournie par Grumpfon, il était inquiet. Il cherchait une façon d'agir par eux-mêmes, sans trouver d'idée satisfaisante. Il repensa à la légende de Susanoo-no-Mikoto, le dieu des tempêtes, terrassant le dragon Yamata-no-Orochi : la divinité l'avait enivré en lui faisant boire de l'alcool avant de le décapiter avec son sabre. En Amérique latine, on trouve un alcool très fort, fabriqué à partir du fruit du nénuphar géant, mais il était impossible d'en préparer aussi vite, et même si cela avait été possible, Ananpi en aurait-il bu ? Sans doute leur aurait-il ri au nez en renversant la jarre. La seule solution était sûrement de s'en remettre à Goppé et à son arme secrète...

Yukimaru décida d'aller lui prodiguer ses encouragements.

Mais la belette n'était nulle part.

– Où est passé Goppé ? demanda-t-il à Kurokoma.

L'inquiétude l'avait envahi : un instant plus tôt encore, Goppé se tenait pourtant derrière Kikki... Le macaque l'avait-il harcelé, à lui demander sans cesse ce qu'était son arme secrète ?

– Kikki, tu ne saurais pas où est Goppé ?

– Non, répondit-il en regardant autour de lui. Il était là il y a quelques minutes... C'est bizarre.

– Tu ne l'as pas enquiquiné comme tu sais si bien...

Yukimaru n'avait pas eu le temps de finir sa phrase que Kikki s'écriait, le visage tout rouge :

– Je n'ai rien fait ! Pourquoi on me soupçonne tout de suite ? protesta-t-il.

Personne ne savait où était passé Goppé.

– Peut-être qu'il s'est enfui parce qu'il ne sait pas se servir de l'arme secrète, railla Kikki.

Chacun y allait de sa supposition : il était aux toilettes, il était allé chercher quelque chose… les conjectures s'entrecroisaient lorsque Yukimaru haussa le ton :

– Taisez-vous, tous. Goppé reviendra sans faute. Ce n'est pas un lâche. Mais il faut également se préparer au pire. Il existe ici un champignon qui ressemble à l'amanite tue-mouches, mais encore plus toxique. Nous allons en chercher : quand Ananpi ouvrira la gueule pour nous attaquer, nous lui en lancerons dans le gosier. Ce sera le travail de Touvabien, qui sait bien viser. Partez tous immédiatement à la recherche de ce champignon. Il attire une espèce d'abeille en particulier dont les ailes vibrent en produisant un bourdonnement spécial. Chôji, détecte-le, s'il te plaît.

– Je ne l'ai jamais entendu, je ne sais pas si je vais y arriver, murmura le lapin.

Il redressa ses longues oreilles, ferma les yeux et recueillit les sons alentour, jusqu'au plus ténu.

– Je l'entends ! Un drôle de frottement d'ailes, comme un chant ; je suis sûr que c'est ça. Il vient de cette direction, indiqua-t-il en désignant le nord-nord-est.

Aussitôt, Kikki disparut d'un bond dans la jungle. Paul s'élança à sa suite pour ne pas se laisser distancer.

Peu après, ils étaient de retour avec chacun trois champignons rouges à l'aspect vénéneux.

– Merci. Vous aiderez Touvabien en lui passant les champignons. Allez, reprenez-vous, tous. Nous allons courageusement affronter l'ennemi. Professeur, nous sommes prêts, lança Yukimaru d'une voix vibrante en balayant du regard ses compagnons.

L'heure de la bataille approchait. Ils allaient jouer le tout pour le tout. Soit ils sauvaient Sayuri et Zuguro, soit la défaite était totale. Normalement, on ne se lance pas dans une entreprise aussi insensée. Mais ils n'avaient pas le choix, ils devaient se battre de toutes leurs forces pour secourir Sayuri et Zuguro. Le Professeur s'était résolu à cette décision héroïque.

Juché sur le dos de Kurokoma, il portait au côté son poignard Muramasa. Dans le pire des cas, il était déterminé à s'en servir pour trancher la gorge du serpent géant. Grumpfon avait dit que même les crocs d'Ogurô ne parviendraient pas à lui égratigner la peau. Mais cette lame à laquelle on prêtait des pouvoirs magiques transpercerait les écailles dures comme l'acier du monstre, il en était certain ; il avait décidé d'y croire.

Il se ceignit le front d'un bandeau blanc dans lequel il ficha deux magnifiques plumes luisantes de quetzal, le plus bel oiseau du monde. Le quetzal, qui vit en Amérique centrale, a la tête vert émeraude et bleu cobalt, et deux yeux ronds tout noirs. Son poitrail est bleu, son ventre rouge vif, et le mâle est doté d'une longue queue d'une soixantaine de centimètres rouge en haut et blanche en bas. Ses plumes, réservées aux grands prêtres et aux lignées royales et impériales, ornaient la couronne des empereurs mayas et aztèques. Il en existe une sous-espèce au Pérou, dont les plumes servaient de parure aux empereurs incas, dit-on.

Les membres de l'expédition s'enfoncèrent dans la Forêt obscure, approchant du palais. Quand ils arrivèrent devant les portes, le jaguarondi qui les gardait écarquilla les yeux devant cette troupe d'humains et d'animaux inconnus, à qui il demanda d'une voix rauque ce qu'ils voulaient.

La poitrine bombée, Taketsuno était perché sur une épaule du Professeur. À la droite de celui-ci se tenaient Yukimaru et Ogurô, à sa gauche Ryûji et Touvabien ; derrière eux s'alignaient Kikki et les autres.

Le Professeur fit avancer Kurokoma d'un pas avant de décliner son identité d'une voix sonore :

– Ouvrez les portes au visiteur Fûka-mahoroba-no-kami-minamoto-no-Kôya, seigneur du château de Seiun au pays de Yamato et treizième du nom, venu du lointain Japon par-delà les mers pour rencontrer Noccheline la maîtresse des lieux. Que votre palais s'ouvre à nous !

L'un des gardes se faufila à l'intérieur par une petite porte ; un silence profond, pareil à celui qui règne au cœur de la nuit, s'installa.

Tous se taisaient. L'atmosphère était terriblement tendue.

Au bout d'un moment, la petite porte s'ouvrit sur un jaguarondi costaud. De longues moustaches bien droites encadraient son visage aux traits sévères.

– La reine va vous recevoir. Que lui voulez-vous ?

Le Professeur le regarda d'en haut, depuis son cheval, et répondit sèchement :

– Fais-lui savoir que je m'adresserai directement à elle.

Le serviteur s'inclina avant de disparaître.

Une nouvelle fois, un silence tendu s'abattit sur la petite troupe.

On sentait une certaine agitation régner derrière les portes.

Chôji, qui tendait l'oreille, chuchota discrètement à Yukimaru :

– Ils sont nombreux à s'être rassemblés, dirait-on. Le serpent géant est là. J'ai capté le frottement caractéristique de son corps énorme contre le sol lorsqu'il se déplace. S'il est présent, on peut supposer qu'ils seront tous réunis derrière la reine.

Yukimaru hocha la tête et transmit le message au Professeur.

Taketsuno s'envola sans un bruit pour aller se percher sur l'auvent qui surmontait les portes, d'où il observa discrètement l'intérieur du palais. Autour de la sorcière vêtue de blanc se tenaient le jaguar noir, l'anaconda géant et une douzaine de jaguarondis.

Le corbeau leva sa troisième patte pour signaler que tout se passait comme ils l'avaient imaginé.

Le Professeur lui répondit d'un signe et Taketsuno se dissimula prestement sous l'auvent. Il surveillerait l'ennemi sans se montrer.

À son signal, les membres de l'expédition s'étaient tendus, mais le Professeur, lui, avait poussé un soupir de soulagement. Tout paraissait se dérouler comme prévu. Il ne restait plus qu'à livrer le combat.

Ryûji, lui aussi soulagé de constater que le plan avançait sans heurts, éprouvait néanmoins un certain agacement. Où était passé Goppé ? Les portes allaient s'ouvrir et la bataille commencer. Que faire si l'anaconda géant les attaquait ? Leur seul moyen de résistance était la botte secrète de Goppé.

Les lourdes portes de marbre s'ouvrirent sans bruit.

Devant le spectacle qui s'offrait à lui, Ryûji sentit comme un poids immense s'abattre sur son cœur ; il n'en croyait pas ses yeux. Derrière les portes se dressait un palais construit à partir de ruines incas. Au premier plan, une esplanade accueillait un trône en or sur lequel avait pris place la reine avec le jaguar noir à sa droite et l'anaconda à sa gauche, enroulé sur lui-même – sa taille dépassait l'entendement. C'était un dragon, plus qu'un serpent géant. Autour d'eux une douzaine de jaguarondis se tenaient au garde-à-vous.

Les yeux de Noccheline, tels des rubis rouges, s'animèrent d'une lueur inquiétante. Sa beauté ensorcelante faisait froid dans le dos ; instinctivement, Ryûji détourna le regard. Il sentait qu'en s'attardant sur elle, il risquait de tomber dans ses filets et de devenir un pantin entre ses mains.

Il concentra ses forces dans un point un peu en dessous de son nombril. Il ne se laisserait pas faire ! Ils retrouveraient Sayuri, quoi qu'il arrive. Le garçonnet releva la tête et, toutes ses forces rassemblées, rendit son regard à la sorcière.

Le Professeur, monté sur Kurokoma, franchit les portes, ses compagnons dans son sillage – Yukimaru et Ogurô à sa gauche, Ryûji et Touvabien à sa droite avec, derrière eux, Chôji, Kikki, Paul, Horaji, Belkahaya, Pompino et Pompina sur deux rangs, face à la reine et à sa cour.

Il annonça d'une voix assurée :

– Noccheline, Votre Majesté, Messieurs Junga-junga et Ananpi, je vous remercie de me recevoir avec les honneurs dus à mon rang. C'est une grande joie de faire votre connaissance.

La sorcière, le jaguar noir et l'anaconda géant ne parvinrent pas à cacher leur surprise. Seules quelques personnes connaissaient leur vrai nom ; comment cet étranger venu de l'Orient par la mer les avait-il appris ? Cet Asiatique inopinément apparu à dos de cheval, comme descendu du ciel, était peut-être un messager divin, songeaient-ils, estomaqués.

Noccheline, faisant de son mieux pour dissimuler son trouble, s'adressa à eux d'une voix sinistre :

– Je suis la reine Mama-cuna, maîtresse de cette forêt. Personne n'a le droit d'y pénétrer sans mon accord. Fouler ces terres et prononcer mon nom sans mon autorisation, voilà qui est d'une grossièreté sans limites. Vous mériteriez d'être mis à mort. Qu'est-ce qui vous fait venir de si loin ? Cette forêt n'est pas faite pour les étrangers. Qui sait ce qu'il pourrait vous y arriver ! Retirez-vous sans tarder. Si vous repartez sur-le-champ, vos manquements vous seront pardonnés.

Durant cet échange tendu, Ryûji n'avait cessé de se demander ce que fabriquait Goppé. L'anaconda géant appelé Ananpi était encore plus monstrueux qu'il ne l'avait imaginé. Quelle force colossale allait-il déployer ? Rien que d'y penser, il en tremblait. Le Professeur avait-il réellement l'intention de l'affronter ? Les paroles du vieux Grumpfon, qui avait affirmé que le seul espoir de victoire reposait sur l'arme secrète, tournaient en boucle dans son esprit. En l'absence de Goppé, s'ils ne privilégiaient pas les négociations afin d'éviter une lutte frontale, ce monstre invincible les réduirait aisément à néant, c'était certain.

Sous l'effet de l'inquiétude, son cœur battait à tout rompre, prêt à lui sortir par la bouche. Yukimaru, d'habitude solide comme un roc, paraissait dans le même état d'esprit, le visage sombre.

Détectant un léger tremblement dans la voix de Noccheline, le Professeur durcit le ton, ses paroles telles des piques acérées :

– Pourquoi enlever une fillette japonaise en tout point innocente et la torturer ? C'est d'une injustice inqualifiable. Vos actes sont impardonnables. Remettez-nous les deux prisonniers séance tenante, sans quoi la colère des dieux s'abattra sur vous.

– Pfff, fit Noccheline avec un petit sourire dédaigneux, comme si elle s'y était attendue. Je vois. Je comprends maintenant pourquoi vous tenez à tout prix à récupérer Zuguro. Cet idiot d'oiseau détient les secrets du royaume de Nazca et les nombreuses formules magiques qui y donnent accès. Vous vous êtes alliés à lui pour vous emparer des immenses richesses du royaume. Voilà pourquoi, à la manière de Pizarro le tombeur de l'empire inca, vous vous présentez à dos de cheval, bien qu'il soit noir et non blanc. Vous avez eu tort d'imaginer qu'une telle mascarade suffirait à me tromper, moi, Noccheline. Ha ha ha, tournez vite les talons, sans quoi c'est sous vos yeux que je ferai couper le cou à la gamine et à Zuguro. Même si l'opiniâtreté de cette petite m'a charmée… Ha ha !

Junga-junga et Ananpi émirent à leur tour un petit rire satisfait.

Le Professeur ne laissa pas échapper cette occasion.

– À l’attaque ! ordonna-t-il, profitant du relâchement de l’ennemi confit dans son autosatisfaction.

Comme convenu, Ogurô mobilisa toute la puissance de ses muscles pour sauter sur Junga-junga.

Le jaguar noir n'était pas en reste : il prit la fuite d'un bond, échappant aux griffes du puma à un centième de seconde près.

« Bien joué, Ogurô ! » se réjouit Ryûji. Ça faisait un ennemi de moins. Mais le problème, c'était Goppé. Sans leur botte secrète, comment tenir tête à ce monstrueux dragon…

Yukimaru, lui, réagit autrement. Il se mordit les lèvres, dépité. Le jaguar noir allait sûrement ramener Sayuri et Zuguro afin de les faire plier : s'ils n'abandonnaient pas la partie, il leur couperait la tête. Ce serait fini. L'ennemi aurait gagné par KO.

Sans se lancer à la poursuite du jaguar, Ogurô dispersa les jaguarondis enragés.

Noccheline, ses traits déformés par la fureur, hurla :

– Ananpi, pas de quartiers ! Avale-les tous et réduis-les en purée dans ton estomac. Épargne seulement le barbu présomptueux et le gamin, ils pourraient nous servir.

L'anaconda monstrueux se redressa avec un ricanement. Ses yeux lançaient des éclairs et dans sa gueule largement ouverte, sa langue fourchue, toute rouge, ondulait comme deux petits serpents. Le plus étrange était sa queue, dressée bien haut. Sa partie aplatie était prolongée d'une fine liane d'un mètre de long, comme un serpent indépendant qui se mouvait à sa guise.

Le plan prévoyait qu'après le jaguar noir, c'était au tour de Noccheline d'être faite prisonnière : Ogurô, Kurokoma et Yukimaru devaient s'attaquer à elle. Avant cela, il fallait néanmoins éloigner Ananpi, son garde du corps.

– Mais où est Goppé ? s'énerva Yukimaru.

Tous se posaient la même question.

– Je vais le chercher, cria Chôji en sautant dans les fourrés.

Sans doute la belette était-elle partie à la recherche de l'arme secrète.

Ananpi se ramassa sur lui-même et se redressa, la gueule grande ouverte. Ses crochets acérés luisirent et sa langue serpentine ondula comme pour les narguer.

Touvabien lança aussitôt un champignon vénéneux qui, pareil à une bombe rouge, atterrit en plein dans le gosier du reptile.

Les yeux plissés, celui-ci l'avala tout rond.

Les membres de l'expédition retinrent leur souffle, le regard tourné vers Ananpi. Le champignon était censé avoir un effet immédiat : de violentes douleurs vous traversaient les membres, peu à peu paralysés. On vomissait le contenu de son estomac dans des souffrances atroces.

Contre toute attente, l'anaconda géant grogna un mot : « Délicieux ! » Puis il ouvrit grand la bouche.

Touvabien, réagissant au quart de tour, le bombarda de champignons.

Ananpi les dévora tous.

– Quel régal ! J'adore ça. Il y en a encore ? Sinon, il est temps que je me mette au travail.

À peine avait-il prononcé ces mots qu'il avançait d'un bond, dans une torsion puissante de son corps. Sa fine queue, tout en ondulations, s'enroula en un éclair autour de Touvabien et le projeta au loin.

Mais Touvabien était un bonobo : d'une roulade dans les airs, il se rattrapa adroitement à une branche d'arbre qui dépassait.

– Ananpi, arrête de t'amuser et mets-les vite hors d'état de nuire ! hurla Noccheline.

Ananpi se ramassa sur lui-même et avança, sa queue battant les airs.

Alors qu'ils s'apprêtaient tous à fuir, une voix s'éleva :

– Désolé de vous avoir fait attendre. Rassurez-vous, j'ai l'arme secrète, cria Goppé en déboulant parmi eux suivi de quatre mouffettes des Andes, leur queue touffue dressée comme un étendard.

Ananpi ne put cacher sa surprise.

Goppé hurla de toutes ses forces : « À l'attaque ! »

Les mouffettes s'alignèrent d'un bond et se retournèrent d'un bloc. Elles relevèrent bien haut leur queue et reculèrent en direction d'Ananpi, le derrière tourné vers lui.

Les prunelles du reptile, semblables à des agates rouges, reflétèrent son inquiétude. L'homme venu d'Orient et ses animaux inconnus ne lui étaient pas apparus comme des adversaires très sérieux. Les vaincre serait un jeu d'enfant, avait-il pensé, et voilà qu'il se trouvait attaqué par des mouffettes des Andes, l'animal qu'il détestait le plus au monde…

Les mouffettes approchèrent sans peur et, à cinq ou six mètres de lui, projetèrent dans sa direction un puissant gaz et du liquide jaune.

Un nuage nauséabond l'entoura.

Le pet émis par les mouffettes n'est pas un gaz immonde. Il est inodore en soi. Ce sont des glandes proches de l'anus qui stockent le liquide à l'origine de la mauvaise odeur. Projeté en même temps que le gaz, au contact de l'air, ce fluide émet une odeur tellement pestilentielle qu'elle fait perdre connaissance à un chien, raconte-t-on. Cela empeste à un kilomètre à la ronde, voire deux si on est sous le vent.

Ananpi se protégea le nez avec sa queue et recula.

Lorsque les mouffettes lancèrent leur deuxième attaque, le serpent géant expulsa par les narines un mélange de vapeur et de fumée qui dispersa l'odeur. Sans se démonter, elles lui envoyèrent une nouvelle giclée de liquide jaune.

L'atmosphère était chargée de la fumée blanche qui jaillissait des narines du dragon et des effluves dégagés par les mouffettes. Heureusement, le vent poussait le tout vers le reptile, car autrement, le Professeur et ses compagnons se seraient sans doute évanouis sous l'effet de la puanteur.

Ananpi commençait à faiblir, mais il tenta une dernière parade : un puissant gaz blanc jaillit de ses narines. Mêlé à de la vapeur d'eau, le gaz balaya dans une bourrasque le nuage produit par les mouffettes, avant de s'évanouir. Elles se retrouvèrent à découvert.

Aussitôt, la queue d'Ananpi se souleva pour aller s'enrouler autour de l'une d'entre elles et la projeter dans les airs. L'animal retomba dans le cratère qu'était sa gueule grande ouverte.

L'anaconda n'en fit qu'une bouchée.

Les trois autres, apeurées, s'éloignèrent.

« Zut alors », se dit Ryûji, pensant que l'effet de l'arme secrète avait tourné court ; il trembla de peur à l'idée du carnage qui n'allait pas manquer de se produire.

Mais Goppé s'élança avec un courage fou.

La belette s'approcha sans crainte d'Ananpi, lui tourna le dos et péta de toutes ses forces. C'était la « boule puante du putois ». Pour mettre dans le mille, Goppé avait agi au péril de sa vie.

Sa boule puante s'accompagnait, comme pour les mouffettes, d'un jet jaune pâle à la forte odeur.

Le liquide atteignit Ananpi en plein dans les yeux, comme espéré. Quelques éclaboussures pénétrèrent même ses narines.

Le serpent, soumis à cette attaque surprise alors qu'il se réjouissait de sa victoire, se couvrit les yeux de sa queue et éternua bruyamment. Le liquide l'avait momentanément aveuglé.

Son organisme avait développé une certaine résistance au gaz des mouffettes des Andes, et il savait comment s'en protéger. Cependant, la boule puante d'une belette de l'Orient lointain était une première pour lui : son corps n'y était pas habitué et il ignorait comment la combattre.

Le fond des yeux lui brûlait d'une douleur vite devenue insupportable. L'odeur portée par les gouttelettes projetées dans ses narines atteignit sa trachée et, comme quand on inhale un gaz toxique, il peina à respirer. Haletant, la respiration sifflante, Ananpi se couvrit les yeux. Il n'était pas en état de se battre. S'il ne se soignait pas rapidement, il allait perdre la vue. Une plante spéciale pouvait le guérir. Avec une volte-face d'une grande agilité pour sa taille, il s'enfuit à sa recherche.

Sortilège contre sortilège

Le Professeur éperonna Kurokoma ; ils se jetèrent sans perdre un instant sur Noccheline qui tentait de s'enfuir.

Le cheval lui donna un léger coup de sabot dans la poitrine.

Le Professeur descendit de sa monture, maîtrisa la sorcière tombée au sol et pressa la lame de son poignard Muramasa contre son cou.

– Rends-toi. Je ne te tuerai pas. Tu es une prisonnière précieuse, nous pourrons t'échanger contre Sayuri.

Touvabien et Ryûji, qui s'étaient dépêchés d'apporter une corde, la ligotèrent en un tournemain.

Les jaguarondis avaient pris la poudre d'escampette sans demander leur reste. Il ne restait plus que Noccheline, ficelée comme un saucisson.

La stratégie avait parfaitement fonctionné. Personne n'aurait imaginé que l'attaque éclair donnerait d'aussi bons résultats. Le pari était gagné ! Ils en devaient l'idée à Grumpfon. Repensant au vieux singe qui marmonnait dans sa barbe, Ryûji le remercia en son for intérieur.

Tout était allé tellement vite, y compris la fuite d'Ananpi sur qui elle comptait, que la sorcière n'avait pas eu le temps d'utiliser ses pouvoirs.

On la fit asseoir sur une pierre plate. Le Professeur s'adressa à elle, le visage sévère :

– Tu as perdu. Cependant, nous ne te chasserons pas de ce palais, pas plus que nous ne te tuerons. Mais tu as kidnappé une innocente qui ne t'a rien fait et tu l'as torturée. Pourquoi ? C'est impardonnable. Tu vas nous la rendre immédiatement, et libérer Zuguro la chouette boréale à tête noire.

– Tu m'as bien eue, répondit Noccheline avec un sourire narquois. Personne n'est capable de défaire Ananpi l'invincible. Je ne m'attendais pas à une telle attaque surprise ! L'idée ne vient pas de vous, c'est certain. C'est ce Grumpfon insondable qui vous a aidés, n'est-ce pas ?

Après un bref silence, elle reprit, à l'attention du Professeur :

– La petite n'a jamais fléchi devant la douleur. J'ignore pourquoi elle protège Zuguro à ce point, mais c'est admirable. Tu t'imagines que je suis plus faible qu'elle ? Je vais te prouver le contraire !

Ses yeux rouges, tout écarquillés, luisaient d'une lueur malsaine. Son beau visage s'empourpra et prit les traits d'une vieille femme effrayante qui marmonnait entre ses dents.

Soudain, le ciel se couvrit et des éclairs aveuglants jaillirent de nuages aussi sombres qu'un trou noir.

Le tonnerre gronda dans un roulement qui faisait frémir les cieux.

Une pluie de gros grêlons s'abattit avec bruit, rebondissant douloureusement sur la peau.

Des éclairs zébraient le ciel dans un spectacle surnaturel.

L'obscurité recouvrit progressivement les alentours, transformant chacun en une ombre chinoise floue, tandis que la silhouette de Noccheline, jusqu'à présent d'une blancheur vive, se fondait dans les ténèbres.

Cette espèce de sorcière allait prendre la fuite à la faveur de l'obscurité, voulut crier Ryûji pour avertir les autres, mais il avait perdu sa voix.

Tous étaient comme pétrifiés, incapables du moindre mouvement. Ils étaient fichus. Elle allait

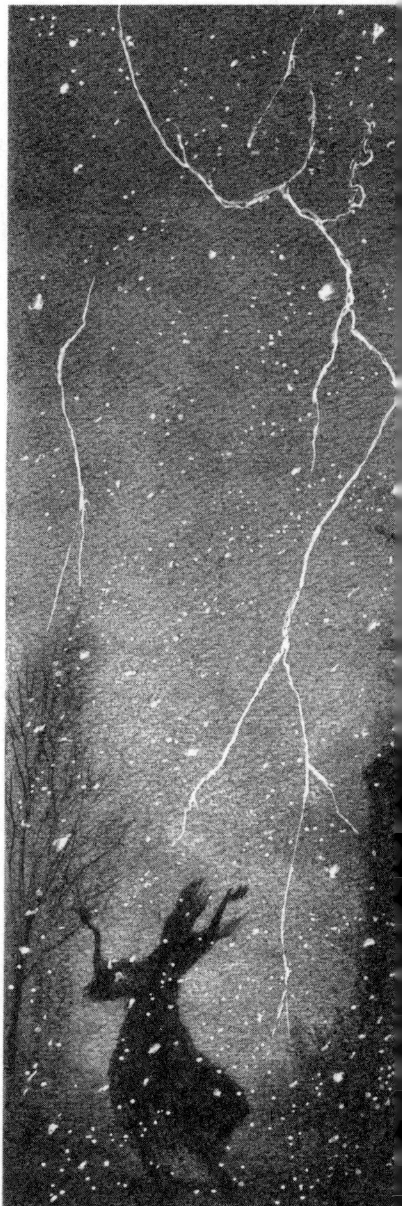

se libérer de ses liens, c'était certain. Malgré son inquiétude, Ryûji n'arrivait pas à parler.

La silhouette fantomatique de Noccheline s'effaçait dans les ténèbres. Elle finirait par disparaître complètement. Fébrile, Ryûji se tortillait.

Il se produisit alors une chose étrange.

Le ciel s'éclaircit subitement.

Les nuages noirs et le tonnerre s'évanouirent, le soleil darda ses rayons lumineux.

C'était comme si le jour avait soudain succédé à la nuit. Ryûji se frotta les yeux, tentant d'effacer cette illusion.

Le Professeur, jusque-là pétrifié devant la sorcière, fit quelques pas en arrière.

Les yeux rouges de Noccheline qui avaient brûlé d'une lueur maligne perdirent leur éclat et son teint vira au gris.

Ils avaient devant eux une vieille femme laide. Sa chevelure d'un noir de jais était désormais toute blanche, ses joues et son front autrefois lisses maintenant sillonnés de rides. Le corps de la vieille s'affaissa, les paupières closes ; elle s'était endormie.

Tous poussèrent en chœur un soupir de soulagement mêlé de surprise. Le Professeur dit à Touvabien :

– Laisse-la se reposer un moment. Consumer ses pouvoirs l'a épuisée. Elle finira par reprendre des forces. Remplace ses liens par une corde de chanvre apportée du Japon. Avec les cordes d'ici, elle sait sans doute défaire les nœuds, même les plus serrés. Ficèle-lui les poignets sur le ventre. Tu l'attacheras à cet arbre ; Ogurô et Touvabien monteront la garde. Il ne faut pas la laisser fuir. On ignore quels sorts elle pourraît nous jeter.

Chôji arriva en courant :

– C'est terrible ! Yukimaru a perdu connaissance.

Le Professeur et Kurokoma se précipitèrent à son chevet, aussi rapides que le vent.

Ryûji, Goppé et les autres les suivirent.

– Yukimaru, merci. Sans toi, cette vieille sorcière nous aurait échappé.

Le chien étendu par terre entrouvrit les yeux et hocha la tête, satisfait.

– Que se passe-t-il ? Yukimaru se sent mal ? demanda Ryûji, inquiet.

– Noccheline a jeté ses dernières forces dans un sort qui devait lui permettre de s'enfuir, répondit le Professeur. Soumis à son maléfice, nous étions comme paralysés, incapables de bouger. Après le tonnerre et les nuages noirs, un déluge se serait abattu sur nous. Il aurait fait plus sombre qu'au crépuscule et la pluie nous aurait bouché la vue. Les cordes qui la ligotaient, gorgées de pluie, se seraient desserrées sous son action. Elle prévoyait d'en profiter pour se libérer et disparaître dans les ténèbres. Yukimaru a détecté les forces maléfiques concentrées dans l'atmosphère, auxquelles il a opposé une résistance quasi divine, mettant fin à l'averse. Au terme d'une lutte psychique inconcevable pour le commun des mortels, il a brisé le maléfice de la sorcière. Si nous sommes sains et saufs, c'est grâce à lui. Laissons-le se reposer, il retrouvera bientôt ses forces, expliqua-t-il avant d'ajouter avec un sourire : Yukimaru, permets-moi de te dire encore une fois merci, du fond du cœur.

Tous l'imitèrent, remerciant Yukimaru chacun leur tour.

Le chien souleva les paupières, sourit et fit un petit signe d'une patte qu'il peinait à soulever.

Noccheline, dans un état grave, était plongée dans un profond coma.

Pour le dîner, ce soir-là, Horaji pêcha plein de poissons délicieux.

La lune et les nombreuses étoiles prodiguaient une clarté suffisante. Une tente avait été dressée sur l'esplanade herbeuse devant le palais de Noccheline, où fut servi le splendide repas préparé par Pompino et Pompina. Les pierres brunes des murailles alentour, baignées par le clair de lune, témoignaient de l'histoire ancienne des Incas.

Ogurô et Touvabien, chargés de surveiller Noccheline, venaient à tour de rôle goûter aux mets.

Les héros du jour étaient bien entendu Goppé et Yukimaru. Comme Yukimaru se reposait, les félicitations se concentraient sur la belette.

Kikki ne parvenait pas à cacher sa surprise :

– Je me demandais ce que c'était, cette arme secrète. Un fusil ou un arc magiques capable de transpercer les métaux les plus résistants ? Des fléchettes anesthésiantes ? Ou alors un filet enchanté – quand on est pris dedans, les mains, les pieds et la tête emberlificotés dans les mailles, on ne peut plus bouger ? J'ai eu plein d'idées. Mais non, ce n'était rien de tout cela : tu es arrivé avec des mouffettes. Quand j'ai vu ça, je me suis dit que tu avais perdu la tête.

– L'apparition des mouffettes était surprenante, mais moi, c'est le coup des champignons vénéneux qui m'a sidéré, commenta Chôji en frissonnant. Comment ça, « un régal » ? Je n'en croyais pas mes yeux, il les dévorait littéralement. J'étais certain qu'on allait tous mourir. Comment lutter contre un serpent aussi monstrueux ?

– Jamais je ne me suis autant demandé où tu étais passé, Goppé, ni ce que tu fabriquais, renchérit Ryûji. Je ne voulais pas imaginer que la peur t'avait poussé à fuir, mais je me disais que tu étais peut-être en difficulté, que tu ne savais pas comment utiliser l'arme secrète. J'ai imaginé tout un tas de choses. Puisque la tactique des champignons vénéneux avait échoué, ton arme secrète était notre seul espoir. Pourquoi as-tu tant traîné ?

Goppé rétorqua en faisant la moue :

– Comment ça, j'ai traîné ? Ce n'est pas gentil. Honnêtement, je n'en revenais pas que le grand Grumpfon me confie la responsabilité de la tactique des mouffettes. Et quand il m'a ordonné d'achever le serpent avec ma boule puante, ça m'a donné des frissons. J'ai décidé de partir sur-le-champ à la recherche de mouffettes des Andes, mais on n'en trouve pas partout. Pourtant, je n'avais pas le temps. Il me les fallait tout de suite. Quand j'ai souligné ce problème, le grand Grumpfon m'a répondu que j'échouerais si je les cherchais : je devais les faire venir à moi. Je ne comprenais pas ce qu'il voulait dire, c'était énervant. Il a alors éclaté de rire : « Il suffit que tu pètes ; les mouffettes repéreront ton odeur et viendront voir à qui appartient cette drôle de fragrance inconnue. Après, à toi de jouer. Adieu ! Tout est entre tes mains », et il est parti aussi vite qu'un coup de vent.

– Qu'est-ce que tu as fait, ensuite ? On n'en pouvait vraiment plus de t'attendre, intervint Kurokoma.

– Je me suis précipité dans les buissons, j'ai trouvé un endroit susceptible de plaire aux mouffettes et j'ai fait un gros prout. Ça faisait longtemps, alors ça m'a un peu arraché le derrière. Au bout d'un moment, une mouffette est arrivée. En tout, six sont venues. C'était la première fois que je voyais des mouffettes des Andes, et elles aussi semblaient assez surprises de se retrouver face à un animal marron inconnu. La situation était cocasse, il faudra que je vous raconte ça, mais pas aujourd'hui, ça serait trop long. Ce sera pour un autre jour.

« Je leur ai expliqué de quoi il retournait et j'ai demandé leur aide. Mais elles renâclaient, elles avaient entendu parler de ce serpent monstrueux qui, disait-on, pouvait avaler tout rond un puma. On ignorait si leur arme serait efficace et, si ce n'était pas le cas, il ne ferait qu'une bouchée d'elles, alors non merci. Je ne savais plus quoi faire. Sans leur aide, tous les membres de l'Expédition Doecuru finiraient dans le ventre de ce reptile. Je les ai implorées, les larmes aux yeux.

« L'une d'entre elles, une petite, a dit que son père lui avait raconté que l'anaconda géant détestait les pets de mouffette ; d'après lui, ils faisaient partie des animaux les plus effrayants et les plus forts du monde. C'est peut-être vrai, il faudrait essayer pour le savoir, a-t-elle proposé, ce serait génial de prouver qu'on est les plus forts au monde ! Et puis, il nous supplie tellement, on pourrait l'aider, non ? a-t-elle suggéré. Après, chacun y est allé de son avis, on n'avançait pas. Et le temps filait à toute allure. J'étais sur des charbons ardents, mais quatre d'entre elles ont fini par accepter de venir en renfort. On a couru. De toutes nos forces. Si seulement Kurokoma avait été là ! Jamais je n'avais autant souhaité sa présence. On a fini par arriver à temps, mais au bord de l'épuisement. »

Perdu dans ses souvenirs, Goppé avait les yeux humides.

– Merci Goppé ! Bravo à toi ! À vrai dire, j'étais terriblement inquiet de ne pas te voir revenir, avoua le Professeur. J'étais décidé, au cas où tu ne rapporterais pas l'arme secrète, à lancer Kurokoma au galop sur le monstre pour lui transpercer le cœur avec mon poignard. Je n'étais pas sûr de réussir. Mais je ne voyais que ça pour nous sortir de ce mauvais pas. Quel soulagement quand je t'ai vu arriver ! Et quelle surprise de découvrir que l'arme secrète, c'était la mouffette des Andes ! Sans parler de ta boule puante, quelle puissance ! Merci Goppé.

Le Professeur, les joues rosies par l'émotion, s'inclina devant la belette.

Les autres se précipitèrent pour la prendre dans leurs bras et la porter en triomphe.

Ensuite, Goppé s'adressa à eux :

– Merci à vous tous. Mais tout le mérite revient au grand Grumpfon – je n'ai fait que me conformer à son oracle – et aux quatre mouffettes. Hélas, l'une d'elles est morte au combat. J'ai invité les autres à notre banquet, mais elles ne pouvaient pas célébrer notre victoire alors qu'elles avaient perdu une camarade. Elles sont vite parties se recueillir à sa mémoire. Professeur, allez les remercier un jour, s'il vous plaît.

Celui-ci acquiesça d'un hochement de tête vigoureux.

Le repas terminé, il prit la parole :

– Achevons notre journée ici. Nous n'avons pas encore rempli notre objectif principal : secourir Sayuri et Zuguro. Le plus dur reste à faire, il est trop tôt pour se réjouir. La fête est terminée. Prenez du repos et reconstituez vos forces en vue de la bataille décisive de demain. Bonne nuit.

Le Professeur retourna sous sa tente, où il se servit un verre de *pisco*, un alcool péruvien. Il en but une gorgée. Surnommée « la liqueur divine », on dit que c'est un cadeau des dieux aux Péruviens. Bien que fabriqué en distillant du raisin, son goût est différent de celui du vin.

Fûka Kôya se sentait seul. Un vent froid soufflait dans sa poitrine. La lanterne projetait son ombre sur les parois de la tente. Il était perdu dans ses pensées. Il lui semblait avoir couru après des ombres. N'avait-il pas simplement nourri des illusions ? Ce combat contre une dangereuse sorcière n'aurait jamais dû avoir lieu. Ils avaient failli tous mourir. S'ils avaient triomphé, c'était en partie grâce à la chance. Toute une série d'autres dangers imprévisibles les attendait sûrement. Pour les surmonter, il faudrait gagner autant de paris, mais on ne pouvait pas l'emporter à chaque coup. Le hasard avait bien fait les choses, c'était tout. Rien ne garantissait qu'ils vaincraient la prochaine fois encore.

Il avait sillonné le monde, seul, visité à de multiples reprises les lieux les plus reculés et le fin fond de la jungle. Confronté à un tas de dangers, il avait toujours su réagir et régler le problème. Cette capacité ne s'était-elle pas émoussée ? Opposer à Ananpi une tactique aussi puérile que l'idée des champignons vénéneux suggérée par Yukimaru était inadmissible.

En colère contre lui-même, il s'assena une claque sur le crâne.

Il devait reprendre ses esprits. Était-il réellement moins apte à gérer les crises ? Si c'était le cas, il vaudrait hélas mieux renoncer à l'expédition et rebrousser chemin.

Il quitta la tente, son verre de pisco à la main. La constellation de la Croix du Sud se détachait au-dessus de lui, comme incrustée dans le ciel. Une demi-lune à moitié cachée derrière les nuages jetait une pâle lueur sur les ruines incas. Il prit une grande lampée d'alcool et balaya les alentours du regard.

Les ruines se dressaient, froides et mystérieuses. Il sentait, à force de les scruter, une puissante énergie vitale sourdre au fond de lui-même.

« Qu'as-tu à te lamenter sur ton sort ? Ça ne te ressemble pas », souffla un autre lui-même, sa voix pareille à la brise.

Il ne voyageait pas seul, comme il l'avait fait jusqu'à présent. Il était responsable de toute la maisonnée.

Chacun se rendait utile à sa manière. Il devait se débrouiller pour forger une cohésion entre les atouts des uns et des autres, de sorte à en redoubler la puissance : ils ne devaient pas s'additionner, mais se multiplier. Ou plutôt foisonner à l'infini, de façon exponentielle : soient les forces a, b et c ; a puissance b, c'est-à-dire a^b, donne Z et ensuite on obtient Z puissance c, c'est-à-dire Z^c.

Arrivé à ce point de son raisonnement, Kôya avala une gorgée de pisco et étouffa un rire. Une telle puissance était réservée aux élus des dieux. Puisque cela lui était impossible, il s'en tiendrait à une simple multiplication. Il ne s'y était pas suffisamment appliqué.

Il était revenu à son moi débordant de rêves. « Ne jamais oublier son point de départ », songea-t-il en contractant les muscles en dessous du nombril.

Sentant une présence dans son dos, il se retourna. Ryûji se tenait derrière lui, l'air inquiet.

– Tiens, Ryûji. Qu'y a-t-il ?

– Rien de particulier. Je m'inquiétais pour vous, Père Kazé…

Le Professeur Taishi se tenait au milieu des ruines de l'empire inca, son ombre dessinée par le clair de lune. Aux yeux de Ryûji, cette silhouette n'était pas celle du digne professeur érudit, mais celle du Père Kazé qui lui avait autrefois raconté tant d'histoires d'animaux. C'est avec lui que, par quelque miracle, il se trouvait à

présent dans la cour d'un ancien palais inca. Submergé par ces souvenirs, le nom de Père Kazé lui avait échappé.

– Je regarde les étoiles, c'est tout. On voit nettement la Croix du Sud, qui est invisible au Japon. Ryûji, allons nous coucher. La bataille ne fait que commencer. Nous devons absolument sauver Sayuri et Zuguro. Quand ce sera fait, on réfléchira tous ensemble à la suite.

– Bonne nuit, Père Kazé. J'ai du courage en pagaille. Les choses sérieuses commenceront une fois nos camarades libérés. Reposons-nous pour emmagasiner des forces.

Ryûji exécuta une petite courbette et se retira d'un pas vif.

Une légère inquiétude s'était emparée de lui. Que signifiaient les dernières paroles de Père Kazé ? S'agissait-il de réfléchir tous ensemble à une stratégie pour atteindre leur but, ou de choisir une voie plus sûre ? En d'autres termes, de renoncer et de repartir au Japon ?

« C'est impossible », songea-t-il. Vu la situation dans laquelle se trouvait Sayuri, penser d'abord à la sécurité de chacun était le rôle du chef de l'expédition. Mais personne n'accepterait d'abandonner. Si jamais le Professeur faiblissait, lui bataillerait, il ferait tout pour le soutenir, se promit Ryûji. Il partit se mettre au lit, foulant sa propre ombre.

Dupés par la vieille sorcière

Noccheline dormit deux jours et deux nuits durant. Le troisième jour, elle se réveilla et but une tasse de thé.

Le Professeur lui rendit visite en compagnie de Yukimaru.

– Bonjour, Noccheline. Tu te sens mieux ?

– Tu le vois bien, non ? Que comptes-tu faire de moi ?

– Je te l'ai déjà dit. Tu dois libérer Sayuri et Zuguro, nous les rendre. Donnes-en l'ordre à Junga-junga. En attendant, tu es notre prisonnière.

– Très bien, je vais les libérer. Il y a, à un kilomètre d'ici, une grande cascade dont le bassin est situé mille mètres en contrebas. Tu vas m'emmener sur le promontoire qui fait face aux chutes. C'est là que je te rendrai tes deux protégés.

– Je ne vois aucune nécessité à aller là-bas. Fais-les venir ici et en échange, nous te rendrons ta liberté. C'est suffisant, non ? demanda Yukimaru, dubitatif.

– Vous comprendrez lorsque vous m'y aurez emmenée. Si vous refusez, vous ne reverrez jamais ni la fillette ni Zuguro, cracha la vieille sorcière.

Le Professeur et Yukimaru s'entretinrent un instant ; ce dernier annonça :

– D'accord, nous irons là où tu veux, sur ce promontoire face à la cascade. Une fois que nous aurons récupéré les deux prisonniers, et seulement à ce moment, nous déferons tes liens. D'ici là, ta vie est entre nos mains.

Le Professeur monterait Kurokoma et Noccheline serait escortée par Ogurô et Touvabien jusqu'à la Cascade des brumes, fut-il décidé. La chute d'eau, à son arrivée dans le bassin, rejaillissait en gouttelettes qui formaient une brume dense jusqu'en son milieu, d'où ce nom de Cascade des brumes.

En chemin, Kikki chuchota à Goppé :

– Horaji n'est pas là. Qu'est-ce qu'il fabrique ?

– C'est bizarre, il était avec nous il y a un moment encore. Peut-être qu'il est allé se baigner, répondit la belette à voix basse.

– C'est possible, fit Kikki, perplexe.

Aller se baigner, à cet instant crucial ? La loutre ne s'en faisait pas. Il lui passerait un savon quand il le reverrait. Kikki était très remonté.

Ils arrivèrent à l'endroit désigné par Noccheline. En face d'eux, la cascade se déversait le long de l'à-pic. L'épais rideau blanc se précipitait tout droit vers le bassin en contrebas.

Noccheline se tenait au bord de la falaise, entourée des membres de la troupe.

Près de cent mètres les séparaient de la rive opposée. De l'autre côté, ils virent arriver Sayuri et Zuguro, solidement ligotés, sous la garde d'un jaguar couleur fauve. À bout de forces, ils peinaient à marcher. Sayuri, affaiblie, faisait peine à voir, ses joues rebondies désormais creuses.

Incapable de se retenir, Ryûji cria son prénom à pleins poumons. La fillette afficha un pâle sourire.

– Tais-toi ! Que personne ne parle !

Une voix rauque, sinistre, l'avait interrompu.

Le jaguar noir se tenait derrière les deux prisonniers. Le grand ciel bleu les baignait d'une lumière pure qui faisait nettement ressortir leurs silhouettes.

– L'échange des prisonniers… commença Yukimaru.

Aussitôt, Ryûji lui coupa la parole :

– Laissez-moi m'en occuper !

Le chien secoua la tête.

– Ogurô et Touvabien vont s'en charger. Méfiez-vous de Junga-junga.

Le promontoire décrivait un U à trois cents mètres de là, jusqu'à la rive opposée. Touvabien sauta sur le dos du puma qui s'élança à toute vitesse.

Ryûji était vexé mais, sa fougue un peu retombée, il comprit qu'il n'était pas le mieux équipé pour tenir tête à des jaguars, à commencer par Junga-junga. Même en admettant qu'avec son poignard, il parvienne à en combattre un seul, encerclé par plusieurs, il lui aurait fallu beaucoup d'adresse ne serait-ce que pour arriver à s'enfuir.

Touvabien et Ogurô arrivèrent sur le promontoire où se tenaient Sayuri et Zuguro. Le jaguar noir les scruta de ses prunelles vertes qui lançaient des éclairs. Le gardien à ses ordres bloqua la voie aux prisonniers. Il était prêt à bondir au moindre signe.

Le Professeur ordonna sèchement à Noccheline :

– Qu'ils les détachent et les remettent à Touvabien et Ogurô. Lorsqu'ils seront de retour ici sans accroc, nous déferons tes liens et tu seras libre. Dépêche-toi d'en donner l'ordre à Junga-junga.

– Certainement pas ! J'ai percé ton plan à jour. Lorsque j'aurai libéré les prisonniers, tu me précipiteras vers ma mort au fond de ce bassin. Commence par défaire cette corde qui me serre la poitrine et m'empêche de respirer. Je suis prise en étau : devant moi, une chute mortelle, et vous derrière ; comment voudrais-tu que je m'enfuie, à moins d'avoir des ailes ? Les liens qui retiennent Sayuri sont ensorcelés et je suis la seule à connaître la formule qui rompra le sort. Quelques mots de ma part et elle sera soit étranglée, soit libérée. Mais la formule doit être accompagnée de gestes, ce qui est impossible si j'ai les mains liées, n'est-ce pas ? Défais la corde qui m'entrave les mains et le buste, ne laisse que celle autour de ma taille et le jaguar noir amènera les prisonniers ici. Nous ferons ensuite l'échange.

Le Professeur réfléchit un instant. La proposition lui paraissait avantager la sorcière, mais il n'avait guère le choix. Il consulta Yukimaru du regard ; le chien hocha la tête, l'air grave, et proposa :

– Attachons-lui les pieds.

– C'est cela, et amenez-moi tout près du vide. Ainsi, vous pourrez plus facilement me pousser du haut de la falaise.

Une fois menée tout au bord du précipice, les pieds entravés, elle lança d'une voix criarde quelques mots au jaguar noir resté sur l'autre rive.

De son poignard, Ryûji trancha la corde autour du buste et des mains de la vieille sorcière. Il pressa ensuite la lame contre son dos.

Sur la rive opposée, le jaguar noir mena Sayuri et Zuguro jusqu'au bord de la falaise.

D'une drôle de voix stridente, la sorcière vociféra une formule magique.

Le jaguar noir se positionna derrière les prisonniers. Au lieu de les détacher, il les poussa soudain de tout son corps.

Sayuri et Zuguro, toujours ligotés, tombèrent la tête la première dans la cascade.

Presque au même moment, avec un rire perçant, Noccheline sauta du haut de la falaise. Tout était allé si vite que Ryûji n'eut pas le temps de se servir de son poignard.

Ensuite, le jaguar plongea, pareil à un caillou noir.

Le Professeur, Ryûji et Yukimaru se ruèrent au bord du précipice pour scruter le bassin de la cascade. Un spectacle inimaginable les attendait.

La longue robe blanche de Noccheline, gonflée d'air, faisait office de parachute. La vieille sorcière, sa tête émergeant au milieu de la corolle de tissu, descendait en douceur vers le bassin.

Junga-junga, qui l'avait suivie, s'était raccroché à elle ; allongé à la hauteur des épaules de Noccheline, sa joue contre la sienne, il affichait un air ravi.

Lentement, le parachute s'enfonça dans la brume épaisse.

Il n'y avait pas la moindre trace de Sayuri et Zuguro, avalés par le brouillard.

Le Professeur s'effondra, la tête entre les mains.

Yukimaru donna un grand coup de patte sur le sol, gagna en vacillant le bord de la falaise et scruta le bassin. Ses traits déformés par la douleur, le chien s'approcha doucement du Professeur et s'assit tout contre lui. Terrassés par le dépit et le chagrin, nul ne disait mot. Ryûji, qui s'en voulait d'avoir assisté, impuissant, à la chute de Sayuri vers une mort certaine, luttait de toutes ses forces contre la pulsion qui le poussait à sauter à son tour pour aller la sauver.

Kurokoma cria :

– Ce n'est pas le moment de gémir. Il faut sauver Sayuri et Zuguro ! Leurs corps ont peut-être échoué sur le rivage. Chaque seconde compte. Professeur, Ryûji, montez sur mon dos. Je vous emmène dans la combe.

Tous deux se dépêchèrent de grimper sur son dos.

Il y avait au moins un kilomètre jusqu'aux gorges. Mais pour les animaux, dévaler une falaise n'a rien de très compliqué.

Avec le Professeur et Ryûji sur son dos, Kurokoma longea le promontoire à la recherche d'un sentier.

Il en trouva un sans tarder, qu'il descendit comme en volant dans les airs. En un clin d'œil, ils arrivèrent au fond de la combe.

La loutre géante

Kikki et Paul en tête, le reste de la troupe gagna le fond de la vallée et se dépêcha de remonter la rivière.

– Regardez bien autour de vous. Ils peuvent avoir échoué n'importe où. Si on les trouve, on peut encore les sauver. S'ils sont bloqués dans le bassin de la cascade, c'est plus inquiétant, prévint Kurokoma d'une voix perçante.

Horaji apparut en amont, leur faisant des signes. Il était tout sourire.

À sa vue, Ryûji sentit sa colère enfler. La loutre avait sûrement profité de la situation pour se baigner et prendre du bon temps toute seule. Il avait envie de lui mettre son poing dans la figure.

Kikki cria :

– Horaji, c'est terrible ! Ils ont jeté Sayuri et Zuguro du haut de la falaise. L'affreuse sorcière et le jaguar noir ont sauté dans le précipice en parachute, ils ont sûrement réussi à s'enfuir. Tu étais près de la cascade, tu n'as rien vu ?

– Bien sûr que si. Quelle surprise ! Imagine donc, un jaguar noir en train de descendre accroché à un parachute tout blanc. Et au milieu du parachute, la tête de la vieille sorcière secouée par un rire hystérique. Ah oui, au fait, il faut que je vous dise – nos amis sont sains et saufs.

Pour une fois, Yukimaru haussa le ton :

– Horaji, ce n'est pas le moment de débiter des sornettes. Si tu les as vraiment vus, raconte tout en détail.

– Je ne mens pas ! Vous allez voir.

Piqué au vif, Horaji partit en courant vers l'amont.

Il revint accompagné d'une énorme loutre qui faisait au moins trois fois sa taille.

– Laissez-moi vous présenter Ploutron la loutre géante. Ses camarades et elle ont sauvé Sayuri et Zuguro.

Un sourire placardé sur son museau imposant, la loutre géante s'inclina.

Le Professeur, laissant éclater sa joie, approcha à grands pas et lui serra la patte de ses deux mains. Il semblait avoir compris, en gros, ce qu'il s'était passé.

– Merci, Ploutron. Et bravo, Horaji, dit-il en lui caressant la tête, ravi. Donne-nous des détails, veux-tu ?

La loutre entreprit d'expliquer avec fierté :

– Quand vous êtes tous montés vers le promontoire, moi, je suis descendu vers les gorges.

Horaji lança un bref coup d'œil à Kikki qui baissa la tête, embarrassé.

– Si la vieille sorcière avait négocié avec le Professeur pour être emmenée près de la cascade, c'est qu'elle cachait quelque chose. J'en avais l'intuition. Le bassin de la cascade est recouvert d'une épaisse brume qui bouche la vue, d'en haut. Si quelqu'un y chute depuis le promontoire, il n'y a aucun moyen de savoir ce qu'il devient. Dans l'éventualité où un membre de notre groupe tomberait dans la cascade, il fallait pouvoir le sauver ; j'ai donc demandé son aide au chef Ploutron, qui vit ici. Comme il n'apprécie pas les manières de Mama-cuna, quand je lui ai expliqué la situation, il a accepté sans difficulté de nous accorder son soutien. Mais voir Sayuri et Zuguro tomber du haut de la cascade, ça, c'était un coup de théâtre. Ligotés comme des saucissons, en prime. Je n'en revenais pas. Et je n'étais pas au bout de mes surprises : ensuite, cela a été au tour de Mama-cuna et du jaguar noir, avec sa robe en guise de parachute. On a eu fort à faire. Six loutres géantes se sont attelées au sauvetage de Sayuri et Zuguro : elles ont sans tarder grignoté leurs liens, les ont transportés sur l'herbe de la berge et leur ont fait recracher l'eau. Parce qu'il faut sortir les gens de l'eau moins de deux minutes après leur chute – si possible moins d'une minute après, même –, sinon, ils se noient. Seules les loutres géantes, grâce à leur force physique, en étaient capables.

– Horaji, merci beaucoup. Vraiment, du fond du cœur, dit le Professeur en lui serrant la patte, les yeux fermés. Et Mama-cuna, qu'est-elle devenue ?

– Ça n'a pas été une partie de plaisir. Parce qu'elle s'est débattue comme un beau diable. Six loutres costaudes et Ploutron lui ont livré une sacrée bataille. À l'instant où, au terme de sa descente, ses pieds ont touché l'eau, Ploutron lui a passé un nœud coulant autour des jambes tandis que le jeune Ploutra en faisait autant avec le jaguar noir. Comme Mama-cuna maîtrise en partie les techniques de camouflage aquatique, elle peut rester une dizaine de minutes sous l'eau sans respirer. Il ne nous restait plus qu'à attacher la corde à une grosse pierre au fond du bassin, et on y était presque, lorsqu'elle a craché du poison. L'une des loutres qui l'a pris en pleine figure a été aveuglée un instant. Ploutron a aussitôt dispersé le poison en soufflant fort dessus. Je vous raconterai plus tard les détails de la bataille sous-marine contre Mama-cuna et le jaguar noir ; en un mot, on les a tous les deux attachés à des pierres sous l'eau et ils sont partis pour l'autre monde une bonne fois pour toutes. Il n'y a plus à se soucier d'eux. C'est grâce à Ploutron et ses camarades. Au fait, Professeur, vous avez des gouttes pour les yeux, n'est-ce pas ? Donnez-en à la jeune loutre aveuglée par le poison, s'il vous plaît.

– Vous avez toute ma gratitude, déclara le Professeur en s'inclinant profondément devant Ploutron. Sans votre aide, nous aurions perdu Sayuri et Zuguro à tout jamais. Je ne sais comment vous remercier.

Kikki s'écria :

– Merci à Ploutron et aux loutres géantes !

S'ensuivit un concert de remerciements lancés par tous ceux qui étaient présents, Yukimaru en tête, et qui se réverbéra dans les gorges.

Le Professeur, sur le dos de Kurokoma avec Ryûji et Horaji, se rendit au galop auprès de Sayuri.

Zuguro et elle étaient étendus sur l'herbe.

– Sayuri, tu es vivante ! s'exclama Ryûji en la serrant dans ses bras, des larmes roulant sur ses joues.

Le Professeur lui prit la main :

– Tu as été très courageuse, Sayuri. Merci. Tu me redonnes la force de vivre.

Il prit le pouls de la fillette.

– Ça va aller. Ton pouls est régulier et tu commences à reprendre des couleurs.

Sayuri n'avait pas la force de parler ; elle afficha un pâle sourire.

Les membres de l'expédition arrivèrent un par un, Chôji en tête.

Le Professeur caressa doucement les ailes de Zuguro.

– Zuguro, ça faisait longtemps. Tu as beaucoup souffert, mais tu as été très brave. Tu nous raconteras tout ça plus tard, tout va bien maintenant. Repose-toi pour reprendre des forces.

Zuguro, la joie se lisant sur ses traits, fit claquer son bec à plusieurs reprises.

– Merci, Professeur. Ne vous en faites pas pour moi, murmura-t-il d'une petite voix éraillée, à peine discernable.

C'est Chôji, dont les oreilles recueillaient jusqu'au plus faible son, qui répéta ses paroles aux autres.

« Ouf ! » se réjouirent-ils mutuellement. « Pardon », chuchota Kikki à l'oreille de Horaji.

Le temps de la convalescence de Sayuri et Zuguro, le Professeur et ses camarades s'installeraient dans le palais de Noccheline, fut-il décidé. En lieu et place de la maîtresse des lieux, de son serviteur le jaguar noir et de leurs sbires les jaguars et les jaguarondis, le château accueillait désormais les membres de l'Expédition Doecuru, sous la houlette du Professeur.

L'atmosphère lugubre qui y avait régné disparut, remplacée par une légèreté pleine de joie et de rires. Les conciliabules malintentionnés laissèrent partout place à des discussions enjouées et ouvertes.

Ryûji prodigua tous les soins qu'il put à Sayuri. Les boursouflures sur son dos lacéré par les coups de fouet sans pitié du jaguarondi faisaient mal à voir. Le Professeur découvrit un fruit utile pour soigner les contusions. On le réduisait en purée qu'on étalait sur les traces, comme un cataplasme froid qui apaisait grandement la douleur lancinante. Touvabien et Kikki étaient chargés d'aller cueillir ce fruit violet pâle.

« Quelle cruauté ! Il existe vraiment des gens pareils aux monstres et aux démons de l'enfer », songeait Ryûji avec colère chaque fois qu'il pensait au traitement infligé à Sayuri. S'il avait eu ce jaguarondi devant lui, il l'aurait volontiers assommé à coups de bâton. Sans cesse, son admiration pour sa camarade qui avait résisté à la torture en était renouvelée. Comment aurait-il réagi à sa place ? L'idée suffisait à le faire frissonner ; il était incapable de l'envisager.

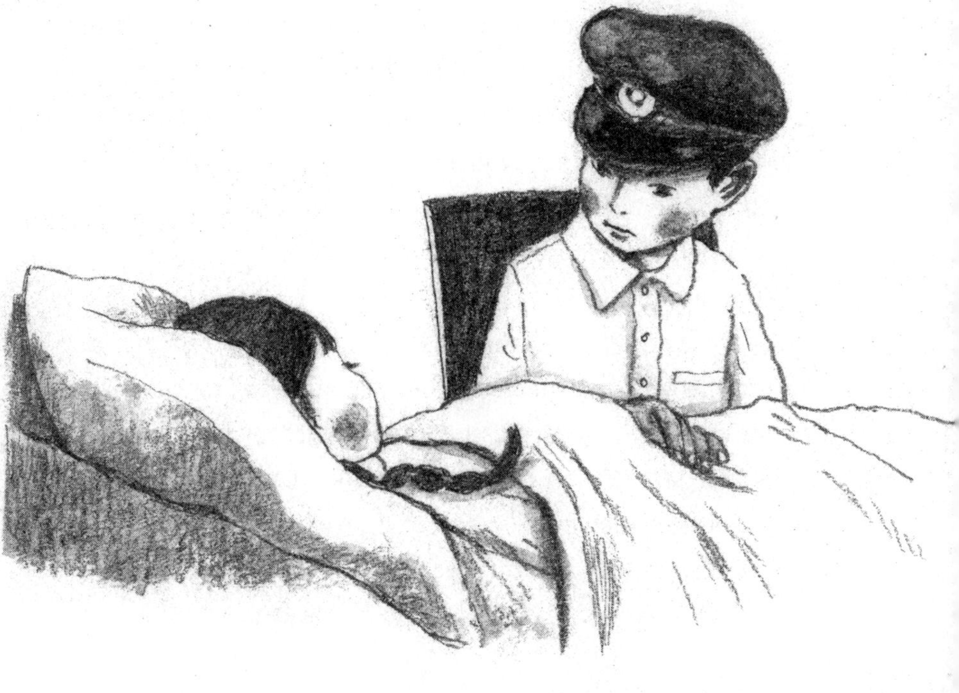

Les aveux de Sayuri

Sayuri ne se plaignait presque jamais. Mais on voyait qu'elle opposait toutes ses forces à une douleur permanente, omniprésente, et cela vous transperçait le cœur.

Si on lui disait : « Tu dois avoir mal », elle opinait du chef avec un mince sourire. Mais quand on lui demandait si elle souffrait, elle baissait la tête, les paupières closes.

Ryûji croyait bien connaître sa meilleure amie ; il découvrait pourtant une Sayuri inconnue.

Grâce aux soins dévoués de tous, ses blessures guérissaient plus vite qu'espéré. Un jour, Ryûji décida de lui poser la question qui le turlupinait depuis longtemps.

– Pourquoi, lorsqu'on te demande si tu souffres, gardes-tu toujours le silence ?

– Est-ce que je t'ai dit que j'étais la fille adoptive des Fujino ? En réalité, M. Fujino – qui est désormais mon père

– m'a achetée pour m'adopter. Par rapport à ce que j'ai vécu avant, la souffrance de la torture est supportable. C'est douloureux – les mots ne suffisent pas à exprimer à quel point –, mais quand la douleur est trop grande, on s'évanouit. Ce sont les dieux qui vous viennent en aide. En général, le supplice s'arrête avant. Mais je ne sais pas comment j'aurais réagi si ça avait duré plus longtemps. Les êtres humains sont attachés à la vie. Et puis, je suis encore jeune…

Elle eut un rire triste.

– Je n'en ai jamais parlé à personne, mais j'ai envie que tu écoutes mon histoire, Ryûji.

Elle entreprit de lui raconter, par bribes, ce qu'elle avait vécu avant son adoption par M. Fujino. Son histoire était tellement étonnante que Ryûji ne put que l'écouter, abasourdi.

Sayuri habitait à Dalian, en Mandchourie. Son père était un ingénieur de la Société des chemins de fer de Mandchourie du Sud. Elle avait grandi dans un foyer aimant.

Ce jour-là, c'était les cinq ans de son petit frère Kazuo ; leur mère s'affairait depuis le matin à préparer des rouleaux d'algues fourrés au poisson et de l'omelette épaisse, tout un repas de fête pour le dîner. Sayuri, qui aimait cuisiner, l'aidait autant que possible tandis que Kazuo se réjouissait d'avance en rêvant aux mets qu'on lui préparait.

Son père, qui rentrait d'habitude tard du travail, fut de retour vers midi ce jour-là. Alors qu'il lisait le journal, installé dans le canapé, vers quinze heures il proposa :

– Si on goûtait ? J'ai acheté de délicieuses pâtisseries. Installez-vous à table, je vais vous préparer un bon thé.

Sayuri et Kazuo prirent place avec des cris de joie. Leur mère s'essuya les mains et s'assit à leurs côtés.

C'était toujours leur père qui préparait le thé.

– Aujourd'hui, ce sera du darjeeling. Il a une saveur exceptionnelle et c'est le préféré de Kazuo.

Il versa l'eau chaude dans la théière.

Au moment exact où les feuilles de thé commençaient à se déployer, on frappa violemment à la porte et cinq hommes baraqués entrèrent en force.

– Qui êtes-vous ? demanda leur père sans flancher.

Le meneur, coiffé d'une casquette, lui montra une carte tirée de la poche intérieure de sa veste :

– Voilà qui nous sommes. Vous comprenez ? s'enquit-il d'une voix déplaisante, comme étouffée.

C'était la Police spéciale.

À peine avait-il lancé un coup d'œil sur la carte que leur père tourna les talons pour prendre la fuite.

Les quatre autres hommes l'avaient déjà encerclé. L'un d'entre eux le gifla soudain et lui immobilisa le bras droit dans la foulée.

– Qu'est-ce que vous fabriquez ? Je n'ai rien fait de répréhensible, protesta vivement le père en les fusillant du regard.

– Réfléchissez une seconde et vous saurez pourquoi. Votre idéologie est dangereuse. Vous êtes un traître à la nation !

– Certainement pas. Je suis un pacifiste. Souhaiter la paix, c'est donc mal ?

– Assez pleurniché, vous verrez bien une fois au poste.

Il lui passa les menottes aux mains. Jamais Sayuri n'oublierait la cruauté froide qui se lisait sur les traits de l'homme à cet instant.

Kazuo, en pleurs, se jeta sur lui en hurlant :

– Rendez-moi mon papa !

L'homme le repoussa sans égards et lança à leur mère :

– Il est mal élevé, ce gamin. Vous voulez que je le jette dans un cachot, lui aussi ?

Sayuri trembla devant son expression haineuse.

Les hommes partirent.

Les gâteaux attendaient vainement sur la table et le thé refroidissait.

Kazuo s'agrippait aux jambes de sa mère en sanglotant. Il avait sans doute eu très peur. Blanche comme un linge, celle-ci lui caressait la tête en silence.

Alors qu'ils s'apprêtaient à fêter gaiement un anniversaire, des messagers de l'enfer avaient fait irruption pour menotter son père chéri comme un criminel endurci et l'avaient emmené. Sayuri, dépassée par les événements, était restée bouche bée, hébétée.

– Maman, où ont-ils emmené papa ? Il n'a rien fait de mal.

– Ton père n'a rien à se reprocher. Il est opposé à la guerre, il souhaite la paix éternelle.

– Dans ce cas, pourquoi l'arrêter ? Qu'y a-t-il de mal à vouloir la paix ?

Elle n'y comprenait rien.

– Certaines personnes veulent la guerre, répondit sa mère tout bas.

– C'est bizarre. La guerre, c'est plein de gens qui s'entretuent, n'est-ce pas ?

– Chut !

Sa mère la bâillonna de sa main en regardant autour d'elle.

– On en reparlera un autre jour, chuchota-t-elle en serrant fort dans ses bras Kazuo qui tremblait.

Un danger impalpable semblait les entourer. Sayuri se reprit. Le regard tendre que son père lui avait lancé en quittant la pièce, menotté et entraîné par la Police spéciale, était gravé dans son cœur.

« Papa a raison. Qui sait ce qu'il va se passer désormais ? Je ne me laisserai pas abattre. » Bien que découragée, elle sentait germer dans son cœur une puissante soif de vivre.

À compter de ce jour, tout autour d'elle changea radicalement.

La voisine, pourtant si affable jusque-là, s'éclipsait dès qu'elle voyait Sayuri et sa famille. La fillette avait beau la saluer, la femme se contentait de lui jeter un coup d'œil embarrassé, sans lui répondre.

Le deuxième matin après l'arrestation de son père, Sayuri eut la surprise de découvrir des affiches placardées sur leur porte : « *Vendu* » « *Traître* » « *Dehors les socialistes qui vendent leur pays !* » – voilà ce qu'on leur reprochait. Sayuri les arracha de toutes ses forces, les larmes roulant sur ses joues.

Elle demanda à sa mère ce que c'était, la Police spéciale. Après avoir scruté les alentours, celle-ci lui répondit tout bas :

– C'est la Police supérieure spéciale, une milice secrète qui arrête les communistes, les socialistes et les anarchistes, tous ceux qui prônent une idéologie opposée à l'État. La plupart des gens qu'ils capturent sont envoyés en prison. Comme il s'agit de crimes contre l'État, les peines sont très sévères ; je ne sais pas ce que va devenir ton père.

À l'école, l'attitude de ses camarades changea radicalement, à sa grande surprise. Elle avait beau leur adresser la parole, ils se détournaient d'elle sans lui répondre, prenant leurs distances. Keiko, sa meilleure amie, lui expliqua d'un air embarrassé :

– Nos parents nous ont tous dit de ne pas te parler. Il ne faut pas que tes idées dangereuses nous contaminent.

Traitée comme si elle avait attrapé une maladie contagieuse, le choléra ou le typhus, elle se retrouva totalement isolée en classe.

Au début, elle protestait :

– Mon père veut que tout le monde vive en paix. Qu'y a-t-il de mal à cela ?

Mais les autres la traitaient alors de vendue, de traîtresse ; peu à peu, elle n'eut plus la force de répliquer.

Une fois, elle subit une humiliation difficile à oublier. Trois garçons de cinquième année l'avaient enfermée dans les toilettes sous prétexte que « pour une vendue comme toi, c'est le bon endroit où vivre » et ils avaient bloqué la porte de l'extérieur. Jamais elle n'avait été aussi vexée. Les larmes avaient jailli de ses yeux, mouillant ses genoux serrés entre ses bras.

« Sans doute que papa aussi est maltraité. Là où il est en prison, je ne pense quand même pas qu'il ait des chaînes aux pieds comme au bagne autrefois, mais il est sûrement enfermé dans un minuscule cachot sans fenêtre. Je ne vois pas en quoi il aurait tort de vouloir que chacun vive heureux et en paix. Moi aussi, je dois être courageuse. » Elle essuya ses larmes, il n'était pas question de se laisser aller.

C'est en fin d'après-midi qu'une maîtresse vint la libérer. Sayuri, à bout de forces, enfouit son visage dans sa jupe.

Privée du salaire de son mari, leur mère dut travailler. Mais puisqu'on la considérait porteuse d'une idéologie dangereuse, personne ne voulait l'employer. Elle n'eut d'autre choix que de prendre des travaux de terrassement. Elle avait absolument besoin d'argent pour faire vivre sa famille.

Le travail était éreintant et mal payé, elle gagnait à peine de quoi les nourrir tous les trois. Sayuri avait faim, mais elle ne se plaignait pas, voyant combien sa mère trimait. Son petit frère Kazuo, malgré son jeune âge, était très raisonnable et il taisait de son mieux sa faim. Le jour où Sayuri le surprit en train de manger en cachette le torchis d'un mur, elle ne put retenir ses larmes.

Au cœur de l'hiver, les travaux en extérieur étaient harassants. Après plusieurs jours passés à piocher le sol gelé et à transporter la terre dans une hotte, malgré sa constitution robuste, sa mère prit froid. Avec pour seule nourriture de la soupe claire à la pomme de terre et faute de médicaments, son rhume dégénéra bientôt en pneumonie. Sayuri, à force de supplier le médecin du quartier, le docteur Yamazaki, parvint à obtenir qu'il vienne l'ausculter.

Il fournit obligeamment des médicaments et sembla avoir pitié des deux enfants poliment assis sur leurs talons. Il ne leur fit pas payer le traitement et leur demanda de l'appeler sans tarder si la situation se dégradait.

Suivant les recommandations du médecin, ils gardèrent la chambre dans la pénombre même en pleine journée et mirent de l'eau à bouillir sur le réchaud, dans un saladier en aluminium, pour éviter que l'air se dessèche. Luttant contre la faim, ils veillèrent au chevet de leur mère.

La voisine les prit en pitié : elle leur apporta des boulettes de riz avec du radis en saumure et des prunes séchées pour le dîner. Ils dévorèrent le tout sans un mot. De leur vie, jamais des boulettes de riz ne leur avaient paru si bonnes.

Au troisième jour de sa maladie, leur mère qui n'avait plus la force de parler prononça ses derniers mots :

– Sayuri et Kazuo, merci. Je suis heureuse d'avoir été votre mère. Soyez forts. Quoi qu'il arrive, croyez en vous et ne vous découragez jamais. Votre père et moi, nous veillerons toujours sur vous.

À la fin, ses paroles étaient à peine audibles.

– Maman, tiens bon ! s'écria Sayuri en lui serrant fort la main ; soudain, elle se leva et se précipita hors de la maison.

Arrivée chez le médecin, elle cria « Ma mère… » avant de s'effondrer.

Le docteur Yamazaki la releva, lui donna un verre d'eau et, attrapant sa sacoche, courut chez elle.

Quand elle l'y rejoignit, il lui annonça, tête basse :

– C'est trop tard. Je suis désolé. Faites vos adieux.

Leur mère était morte. Son frère et elle l'enlacèrent. Ce fut une nuit d'une grande tristesse ; ils pleurèrent toutes les larmes de leur corps dans des ténèbres d'un noir d'encre.

Le matin, quelqu'un de la mairie vint chercher la dépouille. L'après-midi, la même personne revint avec une urne entre les mains, déclara que c'étaient les cendres de leur mère et repartit.

Le surlendemain, la voisine amena un homme :

– Ce monsieur va s'occuper de vous deux, suivez-le sans faire de simagrées.

L'homme, un certain Yanai, posa devant eux un appétissant bento à l'omelette sucrée, au saumon, aux prunes séchées et au radis en saumure et leur dit gentiment :

– Vous n'avez rien mangé. Je suis sûr que vous avez faim, régalez-vous. Venez habiter chez moi, je prendrai soin de vous. Sayuri, tu pourras retourner à l'école.

La fillette hésita. Kazuo, accroché à son bras, la regardait avec inquiétude.

– Ne t'en fais pas, je te protégerai, assura-t-elle en lui caressant la tête.

« Je dois me montrer responsable envers Kazuo. M. Yanai n'a pas l'air d'être un mauvais homme. Il ne faut tout de même pas lui faire aveuglément confiance. Pourquoi propose-t-il de s'occuper de nous ? Quand on commence à soupçonner, c'est sans fin, mais… »

Les regards méprisants de son entourage étaient insupportables ; elle voulait quitter le quartier au plus vite. Et puis, elle ne se sentait pas capable de vivre seule avec Kazuo. Elle ignorait quel genre d'homme était ce Yanai, mais le suivre, c'était la promesse d'un départ.

Elle trancha :

– Nous irons vivre chez vous. Merci.

Elle saisit fermement la main de Kazuo.

– On est ensemble, ça va aller. Ne t'inquiète pas.

Son frère s'accrocha à elle, les yeux pleins de larmes.

Ils partaient à l'aventure sans savoir ce qui les attendait. Sayuri avait des doutes sur les intentions de M. Yanai, mais elle avait trouvé en elle le courage d'avancer malgré tout. Son père disait souvent : « La vie, c'est une aventure. » Elle étouffa un petit rire.

Une fois rassasiée, elle se sentit mieux. Le dicton disait « On ne se bat pas le ventre vide » et c'était vrai, songea-t-elle.

Kazuo, lui aussi, s'écria « Je serai courageux ! » en lui assenant une petite tape dans le dos.

M. Yanai habitait loin. Ils prirent un bus jusqu'à la gare, puis un train, pendant trois heures environ, qui les mena dans une autre ville.

M. Yanai était souvent absent. Il avait une bonne qui s'occupait de la maison et des repas. Elle était un peu sourde et il fallait lui crier à l'oreille pour se faire entendre. Alors, elle ne parlait que pour dire le nécessaire, à voix basse ; il n'y avait guère de conversation.

Malgré son air renfrogné, guère avenant de prime abord, la bonne était quelqu'un de bien, une femme gentille. Sayuri était soulagée, mais comme il était difficile de discuter avec elle, elle ne put lui demander quel était le métier de M. Yanai, ni pourquoi il les avait recueillis.

On les nourrissait correctement, ce qui leur suffisait au début ; parfois, cependant, le chagrin était trop fort. Il leur était strictement interdit de sortir et, petit à petit, Sayuri se lassa du quotidien avec Kazuo.

Un jour, elle annonça à M. Yanai qu'elle voulait aller à l'école. Il lui dit de patienter, leur changement d'adresse était en cours. Il lui fallait aussi le certificat de décès de ses parents, ce n'était pas simple, gronda-t-il en faisant les gros yeux. Mais elle avait bien fait de demander : le lendemain, il lui donna quelques mangas et magazines d'occasion. Il y avait entre autres un recueil des contes d'Andersen qui l'intéressa beaucoup ; elle le lut tant qu'elle le connaissait par cœur.

Quelques jours plus tard, M. Yanai revint accompagné d'un Chinois à la carrure imposante, élégamment vêtu. Après s'être entretenus à voix basse dans une autre pièce, ils gagnèrent celle où attendaient Sayuri et Kazuo.

Le Chinois les détailla de la tête aux pieds, commenta : « Je vois, ce sont de beaux enfants » et leur offrit des biscuits et des bonbons. Cela faisait longtemps qu'ils n'avaient pas mangé de sucreries ; les biscuits avaient une saveur indicible.

Le Chinois les regarda se délecter, un sourire satisfait sur le visage, puis il annonça qu'il les emmenait faire des courses. Au fil de la conversation, Sayuri comprit qu'il s'appelait Li.

Lassée de vivre enfermée, elle se réjouit sans réfléchir et décida de le suivre.

Dehors, tout était merveilleux. M. Li fit diverses emplettes et lui offrit un joli pull. Les deux enfants, gavés de bonbons, étaient comblés.

Sur le chemin du retour, ils arrivaient devant chez M. Yanai lorsqu'une voiture s'arrêta sans bruit à leur hauteur.

M. Li poussa soudain Sayuri. Elle trébucha et il profita de cet instant pour saisir Kazuo à bras-le-corps et sauter dans le véhicule, qui démarra sans que la fillette ait le temps de réagir. Lorsqu'elle se releva, ils étaient déjà loin.

« Kazuo ! » cria-t-elle en poursuivant la voiture, en vain ; le véhicule tourna au coin de la rue et disparut. Elle l'avait regardé s'en aller, sidérée ; envahie par le dépit et la colère, elle erra sans but dans les rues.

En fin d'après-midi, elle arriva dans un parc. Assise sur un banc, elle regardait fixement le soleil en train de se coucher. Quelle triste fin de journée… Dorénavant, elle était vraiment seule. Elle aurait voulu disparaître de la surface du monde. Mais la voix de sa mère s'éleva de nulle part : « Tu dois survivre. Ne te laisse pas abattre. Crois en toi. »

Un chien errant passa devant elle. Il se contenta de lui lancer un regard avant de s'éloigner.

« Ce chien aussi, il vit seul. Je suis sûre que chaque jour, il peine à trouver sa pitance. Sans doute que parfois, les gens lui jettent des pierres. Mais il survit, solitaire, et il surmonte toutes les difficultés… »

L'animal s'arrêta pour la regarder avant de s'enfoncer dans les fourrés.

Sayuri lui fit un signe de la main et murmura : « Ne te laisse pas abattre. Soyons courageux. » Comme s'il avait compris ce qu'elle disait, il hocha la tête avant de disparaître prestement derrière un buisson.

M. Yanai arriva à bicyclette.

– Tu étais là ! Je me suis inquiété. J'ai sillonné tout le quartier à ta recherche. Allez, on rentre. Il fait froid la nuit. Tu vas mourir gelée si tu restes dehors. Comme tu es sotte ! Monte derrière moi.

Sans un mot, Sayuri enfourcha le porte-bagages.

Le thé vert bien chaud qu'elle but, de retour à la maison, était bon. Mais elle ne répondait à rien de ce que lui disait M. Yanai.

– Je comprends ton chagrin, mais sois raisonnable. Tu vas t'habituer. Kazuo est parti chez des gens bien. M. Li est très riche et il n'a pas d'enfant. Il m'a demandé de lui trouver un garçon à adopter. Kazuo est un bon petit ; il succédera sûrement à M. Li et il aura la belle vie. Ce jour-là, j'espère bien qu'il me le revaudra. Toi aussi, je vais te trouver de bons parents. Sois patiente. Tu ne vas pas rester ici indéfiniment.

Voilà le discours qu'il lui tint. Elle comprenait mieux à qui elle avait affaire.

« C'est un trafiquant d'enfants. Il cherche des orphelins dans le besoin ou il en achète à des familles pauvres pour les revendre cher. Je me demande si Kazuo va vraiment être adopté par M. Li comme il l'affirme. Peut-être qu'il en fera son esclave quand Kazuo aura grandi. Quoi qu'il en soit, il ne sert à rien de se débattre. Advienne que pourra. Tout ce que je peux faire, c'est m'accrocher à la vie, comme ce chien errant. » C'était une décision admirable, malgré son jeune âge.

Un jour, M. Yanai ramena un homme très bien habillé, venu de métropole.

En l'absence de la bonne, c'est Sayuri qui leur ouvrit la porte. Comme elle était obéissante, elle avait le droit d'aller et venir à sa guise dans la maison et elle aidait un peu à tenir le ménage.

– Sayuri, sers-nous le thé, ordonna M. Yanai.

Elle mit dans une théière des feuilles du bon thé réservé aux invités, versa dessus l'eau chaude qu'elle avait d'abord laissée refroidir un peu dans un bol, et fit infuser les feuilles pendant deux minutes avant de remplir les tasses. Car le thé de luxe devient amer si on verse l'eau bouillante directement dessus ; le père de Sayuri, fin connaisseur, lui avait appris à le préparer comme il faut.

Elle ouvrit la porte coulissante, s'inclina poliment en disant :

– Bienvenue. Prenez une tasse de thé, je vous en prie, et fit le service.

– C'est une fillette bien élevée. Apparemment, elle vient d'une bonne famille. Avec ses traits réguliers, ce sera sûrement une beauté plus tard.

Le visiteur vida sa tasse, les yeux sur Sayuri.

– Hum, ce thé est suave. Préparé comme il faut. C'est vous qui lui avez appris, monsieur Yanai ?

– Non, son père aimait le thé, elle a sûrement appris en le regardant faire. Il dirigeait une équipe de techniciens de la Société des chemins de fer de Mandchourie du Sud, mais il a hélas trouvé la mort dans un accident de la circulation. Le même hiver, sa mère est décédée d'une grippe qui a dégénéré en pneumonie. Sayuri et son frère sont devenus orphelins.

Son père, qui était l'aîné de sa fratrie, aurait dû reprendre l'affaire familiale, mais cela ne lui plaisait pas ; il a quitté la maison natale pour réaliser ses rêves. Après son installation en Chine, les ponts étaient coupés depuis longtemps avec sa famille et il n'y a pas eu moyen de les joindre, semble-t-il. Les enfants m'ont fait pitié, j'ai décidé de m'occuper d'eux. La petite est bien élevée, elle a de bonnes notes à l'école et elle est obéissante, vous ne trouverez pas mieux.

« Il ment comme un arracheur de dents, ce marchand d'êtres humains », pensa Sayuri, mais elle baissa la tête sans rien dire, fit coulisser la porte et se retira.

Un peu plus tard, on la rappela.

Le visiteur la regardait, tout sourire.

– Sayuri, ton thé était délicieux. Tu ne voudrais pas venir avec moi en métropole ? Je m'appelle Takao Fujino et je tiens une quincaillerie dans le Yamato. Mon épouse est charmante, mais elle est de constitution fragile et nous n'avons pas d'enfant. Si tu es d'accord, j'aimerais t'adopter. Tu me plais. Je pense que tu t'entendras bien avec ma femme. Bien entendu, tu iras à l'école. Je prendrai soin de toi comme si tu étais ma fille. Qu'en dis-tu ? Réfléchis bien ; j'espère que tu accepteras.

Il avait parlé d'une voix douce, en la regardant avec gentillesse.

– Tu devrais partir au Japon avec M. Fujino et devenir sa fille. Tu vas t'ennuyer si tu restes ici. Personne d'autre ne se montrera aussi gentil. Je suis sûr que M. Fujino sera un bon père, insista M. Yanai.

Lorsqu'elle avait entendu le mot « Yamato », Sayuri avait eu un coup au cœur. Parce que sa mère venait de là-bas. En plus, M. Fujino utilisait quelques mots du dialecte de l'Ouest, ce qui lui rappelait des souvenirs : sa mère avait parlé ainsi. Et puis, elle avait apprécié ce mot qu'il avait eu, « suave ». C'était la première fois qu'elle l'entendait, mais elle trouvait qu'il exprimait parfaitement la saveur du thé.

Surtout, ce qui lui plaisait, c'est qu'à la différence du Chinois qui avait emmené son frère, il lui avait demandé son avis.

– Très bien, je vous suivrai au Japon. Vous me paraissez être quelqu'un de bien. Si votre femme est d'accord, je deviendrai votre fille. Si elle ne souhaite pas m'adopter, vous pourrez me faire travailler.

Assise sur ses talons, elle s'inclina profondément. Elle s'étonnait elle-même d'avoir exprimé clairement ses attentes. Mais c'était agréable, elle se sentait toute légère.

Sayuri interrompit alors son récit ; après un bref silence, elle reprit :

– Je suis arrivée au Japon à la mi-mars ; M. Fujino et sa femme sont gentils, alors j'ai décidé de devenir leur fille adoptive. J'ai changé de nom pour m'appeler Sayuri Fujino. En avril, je suis entrée à l'école, en quatrième année, et ensuite tu connais mon histoire, n'est-ce pas ? Je me suis fait plein d'amis, à commencer par toi, Ryûji, et maintenant je suis heureuse. En Mandchourie, dans mon quartier et à l'école, on me rejetait et on me traitait de vendue, en classe, j'étais harcelée au quotidien. Je n'avais pourtant rien fait ; je ne comprends pas pourquoi les enfants d'un pacifiste convaincu devraient subir cela. Tout le monde me traitait avec froideur, partout j'étais seule et isolée, je n'avais jamais rien vécu d'aussi dur. Je ne pouvais compter sur personne, ni sur aucune aide. Sans rêves ni espoir, c'était terrible, mon avenir était bouché. Rien que d'y repenser, je me sens mal. J'ai envie que tout ça ne soit plus que du passé ancien. Comparé à cette souffrance, résister à la torture, ce n'était rien. Car je savais pouvoir compter sur vous tous, je pouvais espérer votre secours. Et puis, si jamais j'étais morte, plein de gens m'auraient pleurée. Le Professeur et toi auriez eu du chagrin, bien sûr, et aussi mes amis les animaux. J'aurais continué à vivre longtemps dans votre souvenir.

Avec un sourire triste, elle saisit la main de Ryûji.

Il en avait les larmes aux yeux. Jamais il n'avait ressenti autant d'affection pour elle. Prêt à la serrer dans ses bras, il se retint de justesse.

Il avait été loin d'imaginer que son amie portait sur ses épaules un passé si malheureux. Toujours vive et gaie, gentille avec tout le monde, jamais elle n'avait l'air maussade. Elle était la meilleure de la classe sans paraître beaucoup travailler. Il lui était même arrivé de l'envier.

Qui aurait pu supposer qu'elle avait déjà connu plus de malheurs et de souffrances que la plupart des gens normaux en une vie entière ? Il s'était demandé ce que cachait la tristesse qui voilait parfois son visage ; il le savait maintenant. Il sentait jaillir en lui un respect renouvelé pour Sayuri.

Il s'apprêtait à lui dire, pour la consoler et lui remonter le moral, qu'elle retrouverait sûrement son vrai père un jour, mais il se tut. Sans trop savoir pourquoi, il lui semblait que ce n'était pas une bonne idée.

Au fil de son long récit, elle n'avait pas fait allusion au sort de ce père qu'elle aimait tant. Alors qu'elle devait rêver de le revoir. Sans doute ne voulait-elle en parler à personne, c'était un secret qui reposait discrètement dans une petite boîte cachée, à l'existence insoupçonnée.

L'état de Sayuri s'étant amélioré, Ryûji fit une pause dans ses soins pour aller se promener en forêt. Cela avait été impossible tant que Noccheline régnait sur la Forêt obscure, alors trop dangereuse, mais il n'était plus nécessaire de se méfier.

Sa balade l'étonna : l'atmosphère sinistre et lugubre du temps où l'on craignait la Forêt obscure avait changé du tout au tout. Les feuilles des arbres bruissaient agréablement, faisant sautiller en rythme les flaques de soleil par terre.

Le gazouillis enjoué des oiseaux s'élevait ici et là. On entendait le battement des ailes des toucans survolant la canopée. Les cris puissants des singes hurleurs résonnaient au loin.

Ryûji se remémora l'impression de tristesse et de mélancolie que lui avait faite la Forêt obscure à sa première visite. On n'y apercevait que de rares animaux, aucun chant d'oiseau ne s'entendait. Désormais, l'endroit revivait. Les sortilèges du règne de Noccheline s'étaient effacés, rendant les lieux aux animaux. Ce n'était plus la Forêt obscure et ses noirs secrets, mais une forêt verte et accueillante où chacun pouvait vivre.

Il atteignit la rivière. Pour se rafraîchir, il se débarbouilla avec son eau pure. Il en but une gorgée puisée au creux de sa main : la sensation de l'eau glacée descendant dans sa gorge puis le long de l'œsophage était agréable.

Il s'allongea dans une petite prairie près de la rive.

Il continuait de penser à Sayuri. Une bonne amie, qu'il avait cru bien connaître, mais ce n'était que superficiel. Il avait été convaincu d'avoir affaire à une fillette naturellement gaie et enjouée, insouciante et parfois un peu frivole. Mais elle avait surmonté sa peur face à l'anaconda géant pareil à un dragon et au jaguar noir malfaisant et, sans céder à des supplices atroces dont la description était insupportable, elle avait protégé Zuguro avec courage ; tout cela était si loin de son image qu'il en avait l'esprit embrouillé.

En apprenant le passé malheureux de Sayuri jusqu'à son départ de Mandchourie, il lui avait semblé pénétrer les profondeurs de son cœur pour la première fois. Conscient de la superficialité de l'image qu'il s'était construite, il en eut honte. Ensuite, fier d'avoir une telle amie, la volonté de défricher ensemble le futur jaillit une nouvelle fois en lui, pareille à de l'eau de source.

Ils avaient à peine surmonté les premiers obstacles dressés sur leur chemin. Leur objectif était de rencontrer un fossile vivant, un glyptodon de la famille des tatous géants témoin de l'évolution des espèces, afin de découvrir la vérité sur l'extinction des animaux géants en Amérique latine.

Zuguro, soumis à des tortures terribles, avait été affaibli au point de ne plus pouvoir parler, mais grâce aux soins attentifs de Yukimaru et de Pompina, ses blessures avaient enfin guéri et il commençait à reprendre des forces. Il était désormais en état de répondre aux questions du Professeur.

Sa principale révélation était l'existence, au royaume de Nazca, d'un spécimen de *Doedicurus*, une espèce de glyptodon géant. Le visage inondé de joie du Professeur lorsqu'il avait appris cette information était gravé dans l'esprit de Ryûji.

Sayuri et Zuguro seraient bientôt de nouveau sur pied ; ils pourraient se mettre en route vers le lieu secret où se nichait le royaume de Nazca.

Ryûji se releva d'un bond, comme monté sur des ressorts, et, gonflant sa poitrine pleine d'espoir, il repartit vers le palais d'un pas assuré.

Le récit plein de mystères de Zuguro

Sur les hauts plateaux, à mille cinq cents mètres d'altitude, les petits matins sont froids. Cependant, une fois le brouillard dissipé, le soleil brille fort dans un ciel radieux dépourvu du moindre nuage, telle la lumière de l'espoir.

Sayuri et Zuguro, soignés avec dévouement, étaient totalement remis. Malgré tout, vu l'âge respectable de la chouette (sans doute plus de cinq cents ans), sa guérison avait demandé un peu plus de temps que dans sa jeunesse.

Leurs batteries rechargées, ils brûlaient de partir à l'aventure.

Ce jour-là, en fin d'après-midi, le Professeur rassembla tout le monde pour discuter de la conduite à tenir.

Au début, lui seul avait compris Zuguro, mais bientôt Yukimaru, qui avait la bosse des langues et les avait patiemment écoutés parler, assis à côté d'eux, avait commencé à maîtriser les rudiments de son langage. Pourtant, en réalité, il n'aurait pas eu besoin de l'apprendre. Quand on s'ouvre à autrui de tout son cœur, on arrive à communiquer : Sayuri et Zuguro, soumis à la torture, s'étaient compris. C'est ainsi que tous avaient progressivement réussi à saisir ce que voulait dire la chouette.

Le Professeur leur expliqua néanmoins ce que Zuguro lui avait appris :

– L'endroit où vivent les descendants du royaume de Nazca est situé à environ trois cents kilomètres d'ici. Bien qu'il soit difficile de s'en faire une image précise à partir des informations de Zuguro, il semblerait qu'à la différence de ce que l'on peut voir dans les ruines incas, le palais serait non pas protégé par des fortifications, mais plutôt situé dans une sorte d'immense grotte. Je peine à me représenter la chose car ce qu'il en dit se rapproche un peu du pays des merveilles ; nous verrons bien quand nous y serons.

« Le *Doedicurus* qui nous intéresse est vivant, et il habite dans le palais. Nous voilà récompensés de tous nos efforts. Ce géant est l'animal sacré du royaume, où il est vénéré comme une divinité protectrice. Il est difficile de le rencontrer si on ne fait pas partie de la famille royale. Même Zuguro, qui a pourtant ses entrées au palais, l'a seulement entraperçu à deux reprises, sans jamais le voir en entier. Ce qui est étrange, c'est qu'il aurait le museau plutôt pointu, surmonté de deux cornes d'une vingtaine de centimètres, et des pattes avant dotées de longues griffes acérées comme des épées. Zuguro n'a pas pu voir s'il avait la queue caractéristique des *Doedicurus*, un appendice épais et solide en forme de gourdin, avec des piquants à l'extrémité.

« Quand on fait le bilan de ces diverses particularités, il apparaît différent des fossiles connus de *Doedicurus*. Mais c'est sans erreur un spécimen de la famille des glyptodons. Alors que les glyptodons sont censés avoir tous disparu, pourquoi un seul d'entre eux aurait-il survécu ? C'est étrange et il reste de nombreuses zones d'ombre. Quoi qu'il en soit, nous devrions arriver à remplir notre objectif. Le problème, c'est la langue. À quoi ressemble le glyptodon ancien ? Je n'en ai aucune idée. Si on n'arrive pas à communiquer avec lui (ou elle, qui sait ?), tous nos efforts n'auront eu aucun sens.

« Heureusement, il existe une personne qui connaît son langage. Quel soulagement quand Zuguro me l'a annoncé ! Le ciel est avec nous – j'ai inconsciemment remercié les dieux. Il s'agit de Totton, le gardien de l'animal sacré. C'est un tatou à trois bandes chargé des soins au *Doedicurus*, qui s'occupe principalement de lui apporter sa nourriture – un mets particulier, semble-t-il, bien que Zuguro ignore lequel.

« Totton prend soin de lui depuis très longtemps – depuis des dizaines, ou plutôt des centaines d'années, sûrement – et il comprend assez bien le langage doedicurus. Nous avons de la chance : je maîtrise relativement bien la langue des tatous à trois bandes. Il m'est arrivé, autrefois, d'en sauver un. Avec Totton comme interprète, nous pourrons interroger Doecuru. Mais Totton est très âgé et, paraît-il, plutôt bougon. Quand on lui déplaît, on peine à le faire revenir à de meilleurs sentiments. Nous devrons tous y faire attention. »

Le Professeur marqua une pause dans son discours. Son soulagement visible réjouit Ryûji du fond du cœur. Sans interprète, une langue ancienne comme le glyptodon était incompréhensible, même pour les génies qu'étaient le Professeur et Yukimaru.

Alors que chacun réfléchissait, concentré, il y avait de l'agitation dans un coin de l'assemblée. Kikki et Horaji se disputaient à voix basse.

Kurokoma donna un coup de sabot sur le sol – silence !

Ils se turent un instant, mais le macaque décocha un coup de coude dans les côtes de la loutre.

– Aïe ! fit tout bas Horaji ; mine de rien, il écrasa les orteils de Kikki de tout son poids.

– Aïe ! s'écria Kikki, assez bas mais distinctement – tout le monde l'entendit.

Le Professeur avait apparemment suivi leur dispute et il gardait le silence, un sourire aux lèvres.

Yukimaru, n'y tenant plus, leur intima de se taire :

– Silence, vous deux ! Ce n'est pas le moment de vous disputer pour une broutille.

Kikki expliqua :

– C’est la faute de Horaji. Il raconte que le Professeur, sur la dernière phrase, m’a fait les gros yeux. Il dit que c’est forcément moi, vu comme je suis étourdi, qui vais faire une gaffe. Ça m’a énervé, alors je lui ai répondu que c’était à lui que le Professeur avait fait les gros yeux.

– Kikki rend toujours les autres responsables de ses erreurs, rétorqua Horaji. Son problème, c’est qu’il n’essaie pas du tout de s’améliorer. Quel aplomb !

En entendant cela, le visage déjà rouge de Kikki s’empourpra ; il répliqua, en colère :

– Qu’est-ce que tu racontes, ça suffit avec tes mensonges ! J’ai le visage rouge parce que je suis né comme ça. Si ça ne te plaît pas, tu n’as qu’à te plaindre à mes parents. Tu dépasses les limites, à raconter que je suis tout rouge parce qu’on m’a fouetté pour mes gaffes ! Tu insultes toute mon espèce. Mais c’est pas vrai, ça, j’ai bien envie de t’arracher la langue pour l’offrir à Enma le seigneur des morts, tiens !

Énervé, Kikki bondit sur un arbre voisin auquel il grimpa à toute allure. Il était allé trop loin en menaçant Horaji de lui arracher la langue, se dit-il, mais faute de savoir comment se rattraper, il avait pris la fuite.

– Allez, allez, tout va bien, arrêtez de vous disputer, intervint Touvabien. Vous êtes de bons amis, méchants ni l’un ni l’autre. C’est fini.

Le bonobo avait fini par se lever pour attraper Kikki par la queue.

Le macaque sauta sur son épaule, exécuta une petite courbette à l'adresse de Horaji et lui décocha un clin d'œil.

– Ha ha, je vois que vous connaissez tous les deux des expressions compliquées. Vous m'impressionnez ! s'exclama le Professeur en riant à gorge déployée.

– Je l'ai appris à l'école de Yukimaru, répondit Kikki en se grattant la tête.

Les autres n'y comprenaient rien, cela se voyait ; Yukimaru offrit des explications :

– Horaji a utilisé l'expression *kôganmuchi*, qui s'écrit avec les caractères « épais », « visage », « sans » et « honte », et qu'on utilise pour désigner quelqu'un d'effronté, qui a de l'aplomb. Kikki a pensé à une expression homophone qui s'écrit avec les caractères « rouge », « visage » et « fouet » ; en d'autres termes, il a cru qu'on lui disait que son visage était rouge parce qu'on l'avait puni à coups de fouet pour ses erreurs. Ils ont tous les deux étudié trop de caractères chinois ! Désormais, pour éviter les disputes, j'expliquerai davantage d'homophones. C'est une bonne leçon pour moi aussi. Mais vraiment, quelle drôlerie, ha ha ha !

Yukimaru trouvait tout cela très comique. Son rire, comme un détonateur, déclencha celui des autres.

Kikki, surfant sur cette vague, quitta l'épaule de Touvabien pour aller serrer Horaji dans ses bras. La loutre, un peu embarrassée, marmonna dans sa barbe :

– « Un vantard sachant vanter vante-t-il du vent ? » Puis, une deuxième fois : « Un vent tard sachant venter vente-t-il du vent ? »

Seul Chôji l'entendit ; il pouffa discrètement.

Une fois les rires retombés, le Professeur annonça avec enjouement :

– Horaji et Kikki nous ont montré leur progression dans les études et ils ont détendu l'atmosphère. Faisons une pause. Pompino, Pompina, je compte sur vous pour nous préparer un délicieux café.

Sayuri s'empressa d'ajouter avec un grand sourire :

– Je vais aider, pour remercier tout le monde.

Ils bavardèrent un moment en savourant leur café ; quand ils eurent fini, le Professeur fit une déclaration solennelle :

– Demain, nous partirons enfin vers notre destination finale. Reposez-vous bien, dormez sur vos deux oreilles et faites le plein d'énergie.

Chacun alla se coucher, le cœur gonflé d'espoir à l'idée des aventures à venir.

Extrait du second tome de *L'Expédition Doecuru*,
à paraître au printemps 2022.

« CHAPITRE 1

Le jour des adieux

C'était par une belle matinée à la brise rafraîchissante.

Même près de l'équateur, en altitude, les températures sont basses le matin et un pull-over est le bienvenu.

Sayuri se promenait à pas lents dans la forêt en fredonnant quelques mots d'un chant appris à l'école, *Un matin à la ferme* :

Sous les rayons du soleil levant
Forêts et montagnes quittent le monde des songes

Les paroles de cette chanson disaient vrai, pensait-elle. Sous le règne de la sorcière Mama-cuna, la forêt avait été sombre et oppressante. Le maléfice désormais levé, comme au sortir d'un cauchemar, les rais de lumière perçaient le feuillage pour former des flaques dansantes sur le sol.

Un colibri en vol stationnaire recueillait le nectar d'une orchidée jaune, son long bec plongé dans le calice de la fleur. Cet exploit, butiner en battant des ailes cinquante à soixante-dix fois par seconde pour rester sur place, retint l'attention de Sayuri pendant un instant.

Cela lui revenait. Dans le cachot, lorsque les supplices subis la plongeaient dans le désespoir, un colibri s'était présenté à la lucarne, une fleur au bec. Il s'était adressé à elle d'une petite voix mignonne, tentant de communiquer. Sans comprendre son langage, elle avait saisi qu'il s'agissait d'un message du Professeur ; elle se souvenait qu'un courage renouvelé avait jailli en elle.

« Gentil colibri, merci pour ce jour-là ! » s'écria-t-elle avec un grand sourire et un signe de la main.

Elle savait qu'il ne s'agissait pas du même oiseau, mais elle ne put retenir un élan de joie.

Le colibri approcha encore de la fleur avant de bifurquer soudain à angle droit et de filer en semant derrière lui des éclats d'un bleu métallique.

On pouvait désormais se promener seul en forêt sans crainte ni danger. Le cœur de Sayuri débordait de bonheur. Les gazouillis des oiseaux, le vrombissement des insectes, tout semblait chanter sa félicité.

C'était peut-être la première fois depuis le décès de sa mère qu'elle ressentait une telle plénitude. Un avenir radieux l'attendait. C'est ici qu'elle avait découvert la merveilleuse discipline appelée archéologie. Une fois leur mission accomplie, elle étudierait l'archéologie et un jour, elle reviendrait défricher le champ des études sur la civilisation andine. Sa décision, aussi solide qu'un magnifique cristal, illuminait un recoin de sa poitrine. »

RETROUVEZ AUX ÉDITIONS THIERRY MAGNIER :

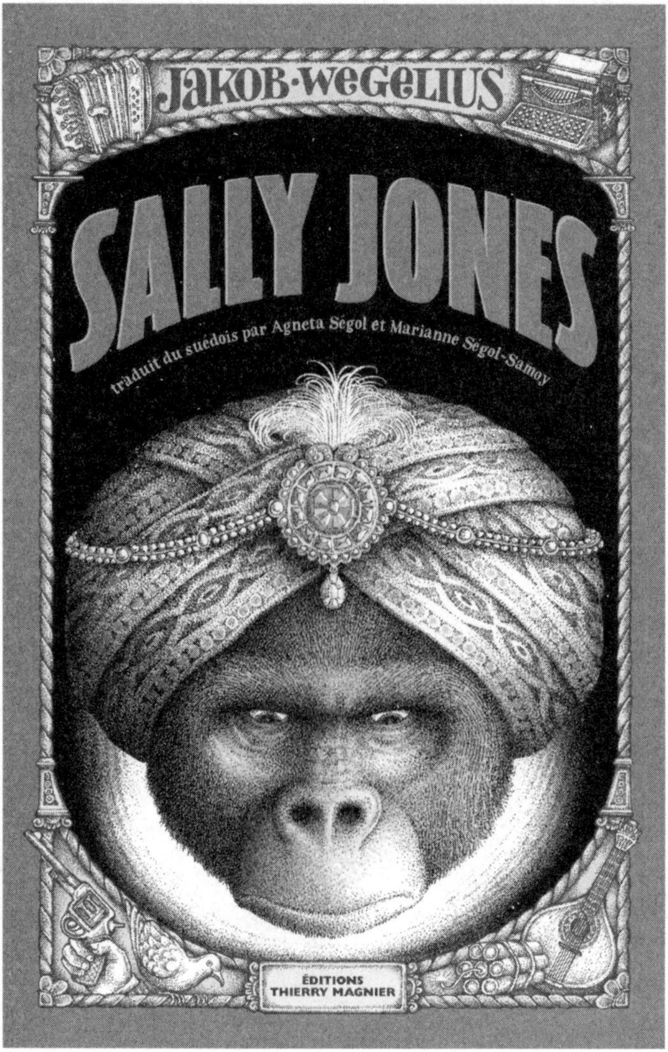

978-2-36474-913-9

Sally Jones, Jakob Wegelius
traduit du suédois par Agneta Ségol et Marianne Ségol-Samoy

« Pour ceux qui ne me connaissent pas, je tiens à préciser que je ne suis pas un être humain mais un singe anthropoïde. Un grand singe. D'après les scientifiques, j'appartiens à l'espèce *Gorilla gorilla graueri*. La plupart d'entre nous vivent en Afrique, dans la jungle profonde, le long des rives du fleuve Congo. Il est d'ailleurs probable que ce soit de là que je vienne.

J'ignore comment je me suis retrouvée parmi les hommes et je ne le saurai sans doute jamais. Ça remonte probablement à ma toute petite enfance et il est possible que ce soient des chasseurs ou des habitants de mon village qui m'aient capturée et vendue. Mon premier souvenir est un sol en pierre froid sur lequel j'étais assise, une chaîne autour du cou. Peut-être était-ce à Istanbul mais je ne peux pas le garantir.

En tout cas, je vis depuis dans le monde des humains. J'ai appris la manière dont vous réfléchissez et je comprends ce que vous dites. J'ai appris à lire et à écrire. J'ai appris à voler et à trahir. Je sais ce qu'est la cupidité. Et la cruauté. J'ai eu de nombreux maîtres, j'aimerais effacer de ma mémoire chaque trace de la plupart d'entre eux. Quelqu'un m'a donné mon nom. Mais j'ignore qui. Et pourquoi.

Quoi qu'il en soit, je m'appelle Sally Jones. »

(Extrait du chapitre 1)

979-10-352-0382-5

La Rose du Hudson Queen, Jakob Wegelius traduit du suédois par Marianne Ségol-Samoy et Agneta Ségol

« À Madame

Vous m'avez demandé d'écrire tout ce que je sais sur l'homme que l'on appelait Shetland Jack. Et c'est ce que je m'apprête à faire. Je vous dirai tout sur sa vie difficile. Et également la terrible vérité sur sa mort violente.

L'histoire de Shetland Jack ne s'est pas terminée lorsqu'il est mort. Aujourd'hui elle est devenue une partie de la mienne.

Je dois aussi vous parler de ma propre histoire, même si cela m'est pénible. J'aurais préféré oublier un grand nombre des événements qui me sont arrivés au cours de cette dernière année.

Il va me falloir des semaines pour aller jusqu'au bout. Un mois entier peut-être. Si vous le souhaitez, je vous ferai lire mon récit au fur et à mesure que je l'écris. Chaque soir je déposerai les dernières pages rédigées dans le grand salon, sur la petite table en acajou à côté du piano à queue.

La machine à écrire que vous m'avez prêtée est parfaite.

C'est la première fois que je me sers d'une Impériale. Moi-même je possède une vieille Underwood n°5, mais elle est restée à Lisbonne, bien empaquetée au fond de mon coffre de marin à bord du Hudson Queen.

Le Hudson Queen, c'est notre bateau, au Chef et à moi.

Nous l'avons acheté il y a bien longtemps à New York et depuis, il est notre domicile et il assure notre subsistance.

À son bord nous avons traversé la plupart des océans. Je suis incapable de compter le nombre de ports dans lesquels nous avons chargé et déchargé de la marchandise.

Nous avons débarqué à Lisbonne il y a cinq ans. Peu de temps après notre arrivée, un homme nous a demandé d'aller chercher des carreaux de faïence à Agiere, un petit port situé dans les terres au bord du fleuve le Zêzere, à une vingtaine de kilomètres de la côte. C'était une mission qui nous semblait facile mais qui, en réalité, est à l'origine du grand malheur que nous avons vécu. À Agiere, le Hudson Queen a été attaqué par des bandits et a sombré au fond du fleuve.

Nous nous en sommes tirés la vie sauve, le Chef et moi.

Mais à notre retour à Lisbonne, la police a arrêté le Chef, l'accusant d'avoir assassiné un homme du nom d'Alphonse Morro. Il a été condamné à vingt-cinq ans de prison. »

(Extrait du chapitre 1)

Cet ouvrage a été achevé d'imprimer par-delà la Forêt obscure
pour le compte des éditions Thierry Magnier
par Normandie Roto Impression s.a.s. à Lonrai en octobre 2021
Dépôt légal : octobre 2021
NBJ/38816.01.54891.001
N° d'impression : 2104446
Imprimé en France